타임 슬라이스

미르영 퓨전 판타지 소설
FUSION FANTASTIC STORY

타임 슬라이스 4

미르영 퓨전 판타지 소설

초판 1쇄 찍은 날 § 2010년 1월 26일
초판 1쇄 펴낸 날 § 2010년 2월 2일

지은이 § 미르영
펴낸이 § 서경석

편집장 § 문혜영
편집책임 § 서지현
편집 § 주소영

펴낸곳 § 도서출판 청어람
등록번호 § 제1081-1-89호
등록일자 § 1999. 5. 31
어람번호 § 제1-1117호

주소 § 경기도 부천시 원미구 심곡2동 163-2 서경B/D 3F (우) 420-822
전화 § 032-656-4452 팩스 § 032-656-4453
http://www.chungeoram.com
E-mail § eoram99@chollian.net

ⓒ 미르영, 2009

ISBN 978-89-251-2071-3 04810
ISBN 978-89-251-1998-4 (세트)

TIME SLICE

타임 슬라이스

CONTENTS

1장 암살을 막아라　　7

2장 다시 나타난 사령사　　41

3장 부활 프로젝트　　81

4장 생체기갑병기와 육체의 비밀　　115

5장 사령사와 블랙캣　　153

6장 숨겨온 비밀들　　191

7장 새로운 생명체의 탄생　　227

8장 네오클래스의 혈탑　　265

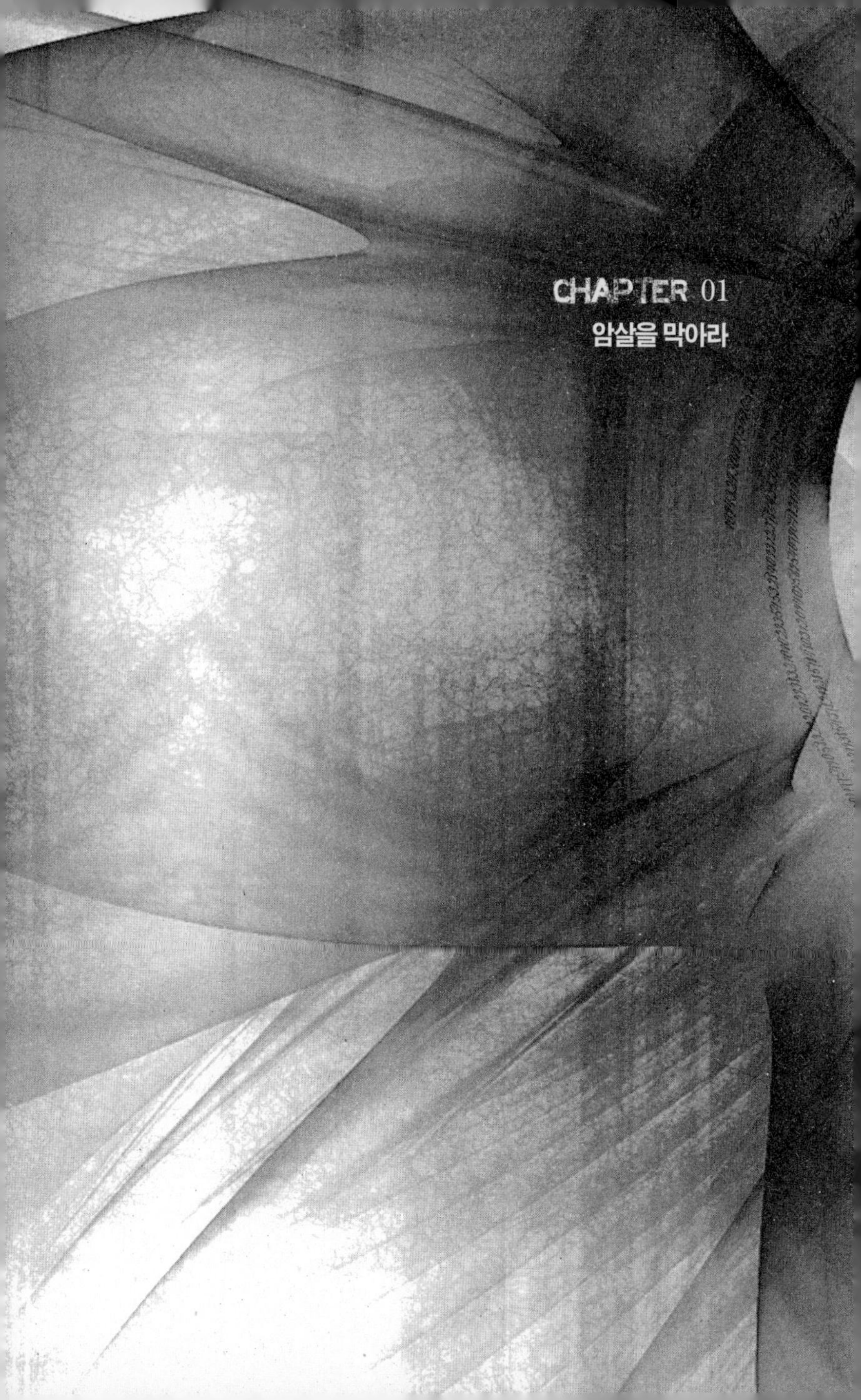

CHAPTER 01
암살을 막아라

TIME
SLICE 타임 슬라이스

자신의 동생인 써니를 보기 위해 나선 스티브는 지금 놀라고 있었다. 동생의 말대로 손님이 있었던 것이다.

"너무 환하다. 조명 좀 내려."

―알겠습니다, 마스터.

컴퓨터로 하여금 침입자들의 시야를 방해하기 위해 올려놓았던 조도를 내리도록 했다.

스티브의 음성에 반응하는 컴퓨터는 일부 인공지능을 갖춘 것으로, 시중에 나와 있는 슈퍼컴퓨터를 능가하는 최첨단 장비였다.

조도가 낮아지고 두 사람의 모습이 확연히 드러났다.

스티브는 디스플레이 기능이 있는 선글라스를 벗고 두영을 바라보았다.

'내가 만든 감지기를 벗어나는 자가 있다니, 연구를 다시 해야 할지도 모르겠군.'

감지기의 분석대로라면 지금 이 안에는 자신과 동생인 써니만 있는 것이 정상이다. 눈으로는 확인할 수 있는데 감지기는 아무것도 표시하지 않고 있었다.

정말이지 놀랍고 두려운 일이었다. 지금까지 연구해 온 것이 물거품이 될 수도 있는 일인 것이다.

초능력자들의 파장을 통해 능력을 측정하고 감시하는 장치를 만들어온 그로서는 아무것도 파악할 수 없는 두영은 그동안 쌓아왔던 모든 것을 허무는 존재였다.

'써니와 친한 것 같으니 시간을 두고 살펴봐야겠다.'

동생이 다른 사람을 데리고 온 것은 처음이었다. 그만큼 친분이 있고 믿을 만한 존재라는 뜻이다. 스티브는 두영을 연구하는 데 앞으로 시간이 걸릴 것이라 생각했다.

"얼굴 닳겠다. 그만 바라보고 자리 좀 권해봐, 오빠."

"그래, 자리에 앉아라."

써니의 말에 정신을 차린 스티브가 동생과 두영에게 자리를 권했다.

'그나저나 저 녀석이 웬일이지? 한바탕 하고 간 지가 엊그제 같은데 말이야.'

두영의 일에 관심이 가기는 하지만 오랜만에 온 동생이다. 의견 차이로 인해 조금 서먹서먹해지기는 했지만 반가운 마음이 들었다.

"아그네스, 차 좀 내와라."

두 사람이 자리에 앉자 스티브는 자신이 개발한 가정용 로봇인 아그네스를 불러 차를 내오도록 했다.

"어쩐 일이냐? 이 사람은 또 누구고?"

"한 가지씩만 질문해."

"알았다. 그럼 먼저 이 사람은 누구냐? 보통 사람은 아닌 것 같은데."

스티브는 가장 궁금한 것부터 물었다.

"이 사람? 호호호, 내 보스야."

"보스?"

동생이 고아들을 모아 뭔가를 하고 있다는 것은 알고 있었다. 그러나 동생의 성격상 자신의 위에 누구를 둔다는 것은 있을 수 없는 일이었다.

스티브는 의외라는 듯 써니를 바라보았다.

"앞으로 이 사람 밑에서 일하기로 했어. 오늘 이곳에 온 것은 오빠가 개발한 것들을 실전에 투입하고 싶어서야. 시뮬레이션이야 숱하게 했지만 실전에 투입해 봐야 정확하게 알 수 있다고 했으니, 이번에 한번 우리 일에 끼어봐."

"으음."

스티브는 신음을 삼켰다.

두영을 만나기 전 같으면 당장에 승낙하고도 남았겠지만 오늘 자신이 개발한 것들이 무용지물이라는 것을 확인한 이상 섣불리 승낙할 수 없었던 것이다.

"오빠가 무엇을 걱정하는지는 알아. 하지만 오빠가 개발한 감지기에서 이 사람은 예외야. 보스는 ESP가 아니니까. 나도 모습을 감추려고 했는데 오빠가 알아냈잖아. 오빠가 만든 것은 확실히 효과가 있어."

스티브가 선뜻 승낙하지 않는 이유가 무엇인지 알고 있는 써니가 설명을 해주었다.

하지만 써니의 설명은 스티브의 궁금증을 더 부추겼을 뿐이다.

"으음, 확실히 이상하기는 하다. 너에 대한 측정치는 전부 나타나고 있는데 저 사람만 나타나지 않다니 말이다."

"보스에 대해서는 나중에 알아보도록 하고, 어때? 이번 일에 합류할 거야, 말 거야?"

써니 자신도 두영이 어떻게 그런 능력을 발휘하는지 모르는 처지였다. 그것보다는 오빠가 합류할지 여부가 더 중요했기에 스티브의 대답을 재촉했다.

"무슨 일인데 그러냐?"

"암살을 막아야 돼."

"암살을 막는다고? 그건……."

괜한 일에 끼고 싶지 않았던 스티브가 말끝을 흐렸다.

"호호호, 암살 대상이 누군지 안다면 오빠도 관심을 가질 걸?"

이미 예상했던 듯 써니는 스티브의 궁금증을 유발시켰다.

"누군데 그러냐?"

"피터 루이스 학장!"

"감히 어떤 놈이!"

써니의 말에 스티브는 화를 내며 자리에서 벌떡 일어났다. 자신이 존경하는 스승이자 아버지처럼 존경하는 루이스 학장을 암살하려는 자들이 있다는 소리에 언제나 냉정하던 그도 분노가 치민 것이다.

"어때, 이번 일 할 거야, 말 거야?"

써니가 다시 재촉했다.

"스승님을 암살하려는 놈들이 있다면 당연히 내가 끼어야지. 그런데 어떤 놈들이냐, 그 잡놈들이?"

스티브는 자리에 앉으며 암살하려고 하는 자들이 누군지 물었다.

자리에 앉는 그의 얼굴에서는 이미 노기(怒氣)를 찾아볼 수 없었다.

자신이 개발한 장치를 활용하려는 것을 보면 보통 놈들이 아니라는 소리였기에 마음을 가라앉히고 써니의 입을 바라보았다.

"블랙워크, 암살에 동원된 자는 블랙캣이야."

"블랙캣이라면, 침묵의 율법자라는 바로 그 블랙캣?"

특급이라 일컬어지는 블랙캣이 움직인다는 소리에 스티브는 상황이 심각하다는 것을 알 수 있었다. 블랙캣이 움직인다면 암살 대상은 반드시 죽는다고 봐야 했던 것이다.

"맞아, 블랙캣이 루이스 학장님을 비롯해 MIT의 교수들을 노리고 있어. 다른 교수들도 오빠가 잘 아는 분들이야."

"어째서냐? 학문밖에 모르는 양반들을 그들이 왜 노리는 것이냐?"

"보스?"

오빠의 질문에 써니가 두영을 바라보았다. 자신의 오빠에게 알려줘도 되냐는 의미였다.

두영이 고개를 끄덕였다.

어차피 도움이 필요해서 온 일이라 내용을 설명해 줄 필요가 있었던 것이다.

"이번에 국방부에서 비밀 프로젝트가 진행될 예정이야. 국방부에서 하는 것인지, 아니면 그 안에 있는 누군가가 진행하는 것인지는 모르지만 명목상으로는 그래. 그런데 그 연구를 진행하게 만든 자료를 루이스 학장을 비롯해 네 명의 교수가 봤어. 그래서 그들은 자료의 내용을 알고 있는 교수들을 없애려고 하지. 우리는 그것을 막을 생각이야."

써니의 말에 스티브는 떠오르는 이름이 하나 있었다. 그것은 미국의 군부를 지배하는, 장막 속의 지배자라 일컬어지는 한 단체였다.

"그렇다면 네오클래스구나."

"맞아. 내 예상에도 그들인 거 같아. 놈들은 사람의 목숨을 파리 목숨보다 못하게 여기니까."

스티브의 말에 써니가 맞장구쳤다. 그녀 또한 이러한 일을 계획할 존재로 네오클래스를 주목하고 있었던 것이다.

네오클래스는 피로 먹고사는 존재들의 카르텔이었다. 전쟁 속에서 수익을 창출하고, 전쟁을 이용해 부를 쌓는 존재들.

피도 눈물도 없는 전쟁상인의 연합체가 바로 네오클래스라 일컬어지는 자들이었던 것이다.

"그럼 내가 뭘 준비하면 되는 거냐?"

써니의 요청을 승낙하기로 한 스티브는 자신이 할 일을 물었다.

"오빠가 개발한 장치를 아주 소형으로 만들어줘. 교수들에게 부착할 생각이니 언뜻 봐서는 모를 정도로 위장도 해야 하고 말이야. 그리고 이곳에서 상황 통제도 좀 해줘야겠어. 네 사람을 모두 보호하려면 한곳에서 통제가 가능해야 하니까 말이야."

"네 사람이라니?"

"MIT교수 네 명이 타깃이야."

"미친놈들이로군. 세상이 발칵 뒤집힐 일인데 말이야."

"그래서 동원된 것이 블래캣이겠지. 아무래도 자연사로 위장할 것 같으니 만만치가 않아."

"알았다. 다른 것은?"

"상황이 끝나도 이 공장을 얼마 동안 좀 써야겠어."

"공장을?"

"교수들을 안전하게 보호하려면 블랙워크에게 그들이 죽었다고 믿게 해야 돼서 말이야. 교수들을 빼돌려 한동안 이곳에 머물게 할 생각이야.”

“그건……."

“호호호, 너무 염려하지 마. 교수들은 이곳에서 재미있는 연구를 하게 될 테니까. 아마 오빠에게도 많은 도움이 될걸. 보스의 말이 맞다면 말이야.”

스티브는 써니의 말에서 암살을 막는 것 말고도 다른 일 있다는 것을 알아차릴 수 있었다. 도움이 된다고 하는 것을 보면 자신의 연구와도 관련이 있는 것이 틀림없어 보였기에 승낙하기로 했다.

“으음, 좋다. 내주도록 하지. 그런데 물건은 언제까지 필요한 거냐?”

“지금 당장! 어때, 가능하겠어?”

“잠시만 기다려라.”

느닷없이 찾아와 요구한 것이지만, 몇 가지 손질만 거치면 충분히 들어줄 수 있었다.

그렇지 않아도 초능력자를 탐지할 수 있는 장치를 소형으로 만들어놓은 것이 있었던 것이다.

스티브는 한쪽에 보관되어 있는 추적 장치를 꺼내어 인식장치와 통신 장치를 손본 후 두 사람에게 가져왔다.

스티브가 가져온 것은 초능력자를 식별하는 인식기능이 달려 있는 장치로 작은 단추만 한 크기였다.

거기다가 있는지조차 구별하기 힘들 정도로 아주 얇고 투명해서 이번 일에는 안성맞춤으로 보였다.

"피부 아무 곳에나 붙이면 된다. 부착된 이후에는 곧바로 피하로 흡수되어 본인도 잘 모르니까. 이것이면 주변 1킬로미터 이내의 ESP 파장을 감시할 수가 있을 거다. 교수님들에게 부착할 생각이냐?"

"그래야 할 것 같아. 블랙캣의 움직임을 확실히 감시할 수 있는 가장 좋은 방법이니까."

"그렇겠지. ESP들이 능력을 발휘할 수 있는 범위는 대부분 시야가 확보된 지역에서 500미터 범위 내니까."

"고마워, 오빠. 수하들이 없어 고민했는데 오빠 덕분에 해결됐네."

생각보다 수월하게 도움을 준 스티브에게 써니는 고마움을 표시했다.

"필요한 것이 있으면 휑하니 가져가더니 오늘은 웬일이냐? 고맙다는 인사도 다 하고."

"오빠!"

스티브의 핀잔에 자신이 언제 그랬냐는 듯 써니가 눈을 부라리며 대답했다.

"알았다. 그래도 예전보다는 보기 좋으니 앞으로도 좀 그래라. 그나저나 써니의 보스라고 했소?"

스티브는 써니에게서 시선을 돌려 깊은 눈빛으로 두영을 바라보았다.

"그렇습니다."

"이름이 어떻게 되는지는 묻지 않겠소. 알아야 할 것이면 써니가 벌써 이야기해 주었을 테니까. 우리 써니, 알고 보면 불쌍한 아이요. 당신이 하는 일이 무엇인지 모르지만 상처받지 않도록 잘 보살펴 주시오."

"염려 마십시오, 최선을 다할 테니."

두영이 대답하자 스티브는 품에서 뭔가를 꺼냈다. 은은하게 은빛이 도는 작은 팔찌들이었다.

"이건 통신 장비요. 굳이 이곳으로 오지 않아도 나와 연락이 닿을 거요. 써니와 함께 나누어 끼도록 하시오. 팔찌를 낀 당사자 간에만 통신이 가능한 장치요. 그럼 지금부터 감시 체제에 들어갈 테니 이만 가보도록 하시오."

스티브는 두영에 대해 자세히 살펴보고 싶었지만 호기심을 참으며 축객령을 내렸다.

써니가 허락하지 않을 것 같기도 하지만, 지금 자신의 능력으로는 두영을 살핀다는 것이 불가능하다는 것을 그도 잘 알고 있었던 것이다.

"알았어. 갈게. 일이 끝나면 한번 보러 올 테니까 너무 서운해하지는 마, 오빠."

써니가 여운을 남겼다. 두영에 대해서는 나중에 설명해 주겠다는 의도였다.

"알았다. 몸조심해라. 네 능력이 향상된 것 같지만 세상일이란 모르는 일이 대부분이니까 말이다."

스티브는 밖으로 나서기 위해 엘리베이터를 타는 써니를 애처로운 눈빛으로 바라보았다.

딸과 같은 동생의 안위가 무엇보다 걱정이 되는 까닭이었다.

"나이 차이가 꽤 많이 나는 오빠더군?"

스티브의 공장을 나선 후 차에 올라타고 나서 써니에게 물었다.

"많지요. 스무 살이 넘게 차이 나니까. 오빠와 난 어머니가 달라요. 아버지가 우리 어머니를 후처로 들이셨죠. 그게 오빠가 대학교를 다닐 때였어요. 내가 태어나고 얼마 있지 않아 부모님들이 돌아가셨어요. 그 이후로는 오빠 손에 컸어요."

"그랬었군."

부모님 이야기를 하며 얼굴이 굳어지는 것을 보니 사연이 있는 것 같았다. 남의 아픈 사정을 굳이 알 필요가 없었기에 더 이상 묻지는 않았다.

"이제 무기를 구하러 가야죠?"

"무기? 무기는 많이 구비하고 있지 않나?"

"호호호, ESP들을 상대하려면 그에 걸맞은 무기가 필요해요. 보통의 무기로는 털끝 하나 건드리기 힘들죠. 그런 자들을 상대할 수 있는 무기는 지금 우리 세계에서 사용하는 무기들하고는 질적으로 다르죠. 보스도 이면 세계에 대해 알고 있지 않나요?"

잘 알면서 왜 묻느냐는 식으로 써니의 대답이 돌아왔다.

"이면 세계의 물건을 사용하겠다는 말인가?"

이면 세계에 적을 두고 있지 않은 사람이 그곳의 물건을 구할 수는 없다. 스티브가 써니를 대하는 것을 보면 이면 세계에 발을 붙이지 못하게 할 것 같은데 깊이 연관된 사실이 의외다. 써니가 특별한 능력을 가지고 있기는 하지만 뭔가 사연이 있지 않고서는 말이다.

"블랙캣이 누구인지 잘 모르는군요? 특이한 케이스이기는 하지만 그녀도 이면 세계의 인물이에요. 그녀에게 사용한다고 해서 문제가 될 것은 없으니까 일단 가요. 아주 재미있는 구경 거리가 많으니까요."

써니가 재미있다는 표정으로 가속 페달을 밟았다. 그녀는 뉴욕 방향으로 향했다.

"충격이 있을 테니까 조심해요."

하이웨이를 향해 달리던 써니가 인터체인지로 들어서자 조심하라는 말과 함께 핸들 옆에 있는 빨간 단추를 눌렀다.

끼이이익!

타이어와 지면이 마찰하는 날카로운 소리와 함께 인터체인지를 따라 빠르게 회전하던 차가 어디론가 빨려 들어가는 느낌을 받았다.

주변 공간이 흐릿해지기 시작했다. 공간 결계를 뚫고 세상과는 단절된 곳으로 차량이 이동한 것이다.

다시금 주변 경관이 또렷해진 것은 금방이었다.

'굉장하군.'

결계를 뚫고 들어온 곳에는 지금까지 보던 것과는 전혀 다른 세상이 펼쳐져 있었다. 지금은 있을 수 없는, 조금 다르기는 하지만 내가 예전에 살던 미래의 모습과 유사하게 공간에 펼쳐져 있었다.

끝도 보이지 않는 마천루와 허공을 나는 비행정들. 이면 세계가 이런 곳이라는 사실이 의외일 정도였다.

'그래도 내가 살던 시대와는 다르게 자연환경은 잘 보존되어 있는 편이라 보기는 좋군.'

마천루와 함께 푸른 녹지 공간이 곳곳에 펼쳐져 있었다. 마치 미래의 이상향을 보는 것 같은 느낌이다.

"재미있는 곳이지요?"

"그렇기는 하군."

"우리가 살고 있는 것보다 100년은 앞선 곳이라고 보면 돼요. 이곳에서는 미래의 기술을 모두 볼 수가 있지요. 첨단 과학의 결정체라고나 할까."

"그런가?"

써니가 설명을 하기는 했지만 현실감이 느껴지지 않았다.

아무리 기술이 발달했다고 해두 이 정도의 공간을 이면에 배치한다는 것은 미래에도 불가능한 일이었기 때문이다.

"칫! 눈치챘군요. 스콜피온, 홀로그램 꺼라."

나를 속여 넘기려고 했었는지 써니가 아쉬운 듯 입맛을 다셨다. 역시나 실제 모습이 아닌 것이 틀림없었다.

"이게 홀로그램이었나? 정말이지, 실제같이 잘 만들었군."

"나도 이야기해 주기 전까지는 전혀 몰랐는데. 역시 보스는 다르군요. 단번에 눈치채다니. 야, 인마! 홀로그램 꺼!"

이야기를 하다가 써니가 버럭 소리를 질렀다.

아직까지 주변의 풍경이 변하지 않은 것 때문이기보다는 뭔가 화나게 하는 것이 있는 것 같았다.

"이 자식, 이거 또 처자고 있군."

써니가 시동을 끄고 차 문을 열었다. 그리고는 미래의 거리에 있는 전화기 부스로 다가가 전화 버튼을 눌렀다.

전화 버튼을 누르고 나자 미래 도시의 모습이 온데간데없이 사라져 버렸다. 홀로그램이 꺼진 것이다.

그리고 나타난 공간!

아무것도 없는 거대한 공간이 눈앞에 드러났다. 홀로그램이 사라진 후에 나타난 것은 사방이 온통 알루미늄 같은 은백색의 금속으로 둘러싸인 운동장 크기만 한 공간이었다.

"스콜피온, 너 일어나지 않으면 오늘 한번 날 잡는다!"

"오랜만에 찾아와서는 왜 이렇게 시끄럽게 구는 거야! 필요한 거 있으면 가지고 가기나 하지!"

칼칼한 목소리의 청년이 눈앞에 나타나며 써니를 향해 소리를 질렀다.

눈곱이 끼어 있는 것이 이제 막 잠에서 깨어난 모습이다.

"너, 이 자식! 누나가 왔는데 홀로그램으로 나타나? 너, 죽을래?"

써니가 화를 버럭 냈다.

눈앞에 나타난 스콜피온이라는 청년의 모습도 홀로그램이었던 것이다.

홀로그램이라고는 하지만 정말 정교했다. 실제와 거의 다를 바 없는 모습이었다.

심지어 심장이 뛰는 소리까지 느껴질 지경이니 보통 사람은 진짜 사람으로 여길 정도였다.

"알았다고! 알았어! 성질머리 하고는!"

홀로그램이 사라지고, 사방 1미터 정도 되는 바닥이 갈라지며 뭔가가 올라오기 시작했다.

홀로그램으로 나타난 청년의 모습과 같은 사람이었다.

"도대체 원하는 것이 뭐기에 이렇게 사람을 귀찮게 굴고 그러는 거야?"

"네놈 홀로그램하고 검!"

알 수 없다는 듯 스콜피온이 고개를 갸웃거렸다.

이능력자를 상대하는 데 총은 그다지 소용이 없는 물건이다. 자신만의 결계나 에너지장으로 총알을 튕겨내는 것이 다반사이기 때문이다.

그래서 이능력을 가진 자들을 상대하는 데는 특별한 무기가 필요하다. 전설처럼 내려오는 보검이나 신검, 피를 부르는 귀검(鬼劍)이나 마검이 바로 그런 것들이다.

옛날부터 전설처럼 전해지는 무구 중에 능력자들을 상대할 수 있는 힘을 가지고 있는 것들이 있어 간혹 이능력자들의 전쟁이 벌어지면 등장하곤 했다.

'검은 이해가 가는데…….'

스콜피온도 전설처럼 전해지는 무구 중 몇 가지를 소유하고 있었다.

자신에게 그런 무구들이 있다는 것을 알고 있는 써니였기에 검을 요구하는 것은 이해가 갔지만, 자신이 연구하고 있는 홀로그램까지 요구하는 것을 보면 심상치 않은 일 같았다. 이능력자들의 전쟁이라고는 하지만 굳이 홀로그램을 쓸 필요는 없었던 것이다.

"홀로그램까지? 도대체 무슨 일이 있는 거야?"

일반적인 일이 아니라는 뜻이었기에 스콜피온이 물었다.

"블랙캣이 떴다. 이번에 반대편에 섰거든."

"아무리 블랙캣이 떴다고 해도 검만 있으면 되지 홀로그램까지라니, 나 물 먹이려는 수작 아니야?"

혹시나 하는 생각에 넘겨짚어 봤지만 써니의 답변이 훌륭하게 스콜피온의 의문을 해소해 주었다.

"자식, 앞서가기는. 블랙캣이 이면 세계의 율법을 어길 것 같다. 그러니 처리를 해야지."

"설마 일반인을 암살한다는 이야기야?"

"맞다. 그것도 타깃이 네 명이다. 네 녀석의 홀로그램이 필요해, 타깃이 된 사람들을 빼돌려야 하거든. 블랙캣은 물론이고 배후에 있는 자들을 완벽히 속이려면 말이야."

"으음, 그거 재미있겠는데? 능력자를 속이는 일이라…….

그럼 제대로 한번 만들어 봐야겠네.”
“내일까지 시간을 줄 테니까 만들어놔. 그동안은 내가 블랙캣을 막고 있을 테니까.”
“내일까지? 그게 어디 쉬운 일인 줄 알아? 난 못해!”
“호호호, 만약 네 녀석이 내일까지 완성한다면 구인회에 끼워준다.”
“저, 정말이야?”
“물론. 난 일에서는 거짓을 말하지 않아, 특히 구인회에 대해서는.”
“좋아, 만들어주지. 하지만 타깃이 되는 대상에 대한 자료가 필요해.”
“조금 있다가 보내주도록 하지.”
“좋았어. 그런데 이 남자 누구야? 혹시 이거?”
스콜피온은 새끼손가락을 까딱거리며 두영을 바라보았다.
“촐랑거리지 마라. 내가 모시고 있는 보스다.”
“서, 설마!”
짝!
“이 자식, 넘겨짚지 말라니까!”
스콜피온의 놀림에 써니가 그의 등짝을 후려쳤다.
“그럼?”
“우리 모두를 한순간에 제압했다. 너, 내 신조 알지?”
“구인회 모두를 한 번에 제압하는 사람을 보스로 모시겠다는 그 약속 말이야?”

“그래. 그래서 우리 보스가 된 분이다. 인사드려라.”

“스, 스콜피온이라고 합니다. 앞으로 잘 부탁드립니다.”

써니의 말에 스콜피온이 두영에게 인사를 했다.

구인회를 혼자서 제압했다는 소리에 주눅이 든 듯 그의 목소리가 조금 떨렸다.

“이 사람이 무기를 조달할 건가?”

“그래요, 보스. 무기 이외에도 교수들을 빼돌리기 위해서는 이 녀석의 홀로그램이 필요해요. 작정하고 만든다면 완전히 사람하고 똑같으니까요. 그것 때문에 이 녀석이 이면 세계와 현실 세계 양쪽에 적응을 못할 정도예요.”

“그럼 어느 정도 걱정을 덜었군. 그럼, 무기를 좀 볼까.”

“빨리 네 보물 창고로 안내해라. 보스가 무기를 좀 보시겠단다.”

두영이 제안을 하자 써니가 스콜피온을 재촉했다.

사실 그녀가 스콜피온을 찾은 것은 블랙캣을 상대하기 위해서이기도 했지만 두영에게 좋은 무기를 선물하기 위해서이기도 했다.

“알았어. 따라와.”

조금 억울한 표정으로 스콜피온은 두 사람을 그의 비밀 창고로 안내했다.

그가 간 곳은 은백색의 금속판이 약간 도드라진 곳이었다.

스콜피온은 금손판을 손으로 쓰다듬었다.

지잉!

착!

금속판이 밀려나고 빛이 가득 차 있는 공간이 나타났다.

"보관 장소를 또 옮긴 거냐?"

"노리는 놈들이 하도 많아서 말이야."

"하긴."

스콜피온이 보관하고 있는 무구들은 자신의 아버지로부터 물려받은 것들이다. 그의 아버지는 이면 세계에서도 널리 알려진 전설적인 무기 상인이었던 것이다.

스콜피온이 보유하고 있는 무구들은 상당한 가치가 있는 것들이었다.

이면 세계에서도 보물로 취급되는 것들을 다수 가지고 있어 스콜피온은 언제나 보안에 철저를 기하고 있었다.

"어서 들어가. 트랩이 걸려 있으니까."

스콜피온이 재촉했다. 침입자를 방지하기 위해 입구에 트랩을 설치해 놓았기에 자신이라 할지라도 위험했던 것이다.

세 사람이 안으로 들어서자 스콜피온은 오른손을 앞으로 내밀며 쫙 폈다.

"파워립으로 인네데!"

그의 손에서 푸른 기운이 번득였다. 그의 손을 빠져나간 푸른 기운이 빛으로 휩싸인 공간을 맴돌았다.

공간을 나누는 경계선이다. 만든 자도 특별한 보안과정을 거쳐야 무기가 있는 곳으로 갈 수 있도록 만들어진 출입문이었다.

출입구에 만들어놓은 트랩들을 해제하기 위해서는 특별한

힘이 필요한 터라 스콜피온은 자신의 마나를 방출해 트랩들을 하나하나 해제해 나갔다.

도둑과 침입자를 방지하기 위해 스콜피온은 자신과 동행했을 때만 다른 이들이 들어올 수 있도록 만들었다.

멋모르고 침입했다가는 공간이 붕괴되어 소멸에 이르도록 만든 공간인 것이다.

트랩이 모두 해제되자 새로운 공간이 전면에 나타났다. 마치 동양의 오래된 무가의 집 안을 보는 듯한 느낌이 물씬 풍기는 곳이었다.

좌우에는 검은 빛이 감도는 마호가니 나무로 만들어진 거치대들이 사열하듯 정렬해 있었고, 거치대 위에는 한눈에도 범상치 않아 보이는 검들이 일렬로 죽 늘어서 있었다.

'정말 대단하군. 아버지라는 사람이 누굴까?

두영은 스콜피온이 컬렉션을 이 정도로 꾸며놓았을 줄은 상상도 하지 못했다. 안에 있는 검들은 대단한 기운을 뿜어내고 있었다.

이 정도의 도검을 모았을 정도면 스콜피온의 아버지라는 사람은 범상치 않은 인물이 틀림없었다.

스콜피온과 그의 아버지에 대해 생각하며 두영은 천천히 검들의 기운을 살폈다.

'결계를 통해 검의 기운이 다른 검에 영향을 미치지 않도록 조치를 해놓았군. 결계를 쳐도 이 정도인데 그렇지 않으면 보통 사람은 근처에도 가지 못하겠구나. 어쩌면 이면 세계에서

도 상당한 명성을 가진 사람일 수도······.'

검이 있는 거치대를 살펴보던 두영은 보관 자체가 아주 특별한 방법으로 이루어지고 있음을 알아냈다. 두영이 보기에도 상당한 수준의 결계였다.

"보스도 이제 무기가 필요할 테니까 어서 골라봐요."

"이곳에 있는 것을 가져도 되는 건가?"

써니의 말이 사실인지 두영은 스콜피온을 보며 물었다. 함부로 누구에게 건넬 만한 물건들이 아니었던 것이다.

"이제부터 저도 보스로 모셔야 하니 가지셔도 됩니다. 대신 꼭 한 자루뿐입니다. 그건, 아버지가 검을 모으면서 정해놓으신 규칙이라서. 헤헤!"

스콜피온은 아까운 빛이 역력한 얼굴로 승낙했다.

하나같이 대단한 검들이다. 가히 보검이라 불릴 만한 것들로 신기를 뿜어내고 있는 놈들도 있었다.

스콜피온의 아버지라는 사람이 누구인지 궁금하다. 이 정도의 컬렉션을 꾸미려면 돈도 돈이지만, 이걸 지킬 수 있는 능력도 상당해야 할 것 같았다.

스콜피온이 이면 세계의 인물이면서도 동떨어져 생활하는 것은 아마도 이 물건들을 지키기 위해서가 아닐까 하는 생각이 든다.

검대가 양옆으로 길게 늘어선 복도를 따라 걸었다. 마음에 드는 놈을 찾기 위해서다.

　‘응? 이 기운은?’

　천천히 걷다 보니 낯익은 기운이 느껴졌다. 나를 부르는 듯한 기운을 쫓아 그곳으로 갔다.

　‘이 녀석이 여기 있을 줄은…….’

　다른 녀석들과는 달리 고동색의 검대에 놓여 있는 검이 눈앞에 나타났다.

　검대와 마찬가지로 빛바랜 고동색 검갑에 싸여진 검은 잊으려고 해야 잊을 수가 없는 녀석과 같은 기운을 풍기고 있었다.

　외관은 많이 달랐지만 예전 시대에 내가 사용하던 녀석과 같은 기운을 풍기는 검이라니 정말 놀라운 일이다.

　스르릉!

　나도 모르게 집어 들고는 검을 빼냈다.

　날카롭지도 그렇다고 유하지도 않은 기운을 풍기는, 물결무늬가 선명한 검신이 나타났다.

　‘이것이 제혼(制魂)의 원래 모습인가?’

　검병은 달랐지만 검신은 내가 사용하던 제혼과 같았다.

　아니, 이 검은 제혼이다.

　오랜 세월 동안 나에게 있어 운명의 동반자가 되어준 나의 검인 것이다.

　‘아! 제혼을 여기서 만나다니…….’

　제혼은 고비사막에서 발견된 검이다.

　영국의 고고학자가 고비사막의 유적에서 발견한 검으로 발견 당시에도 화제가 되었다.

천 년이 넘은 검이 녹 하나 슬지 않고 온전한 상태로 발견되었기 때문이다.

'그렇다면 스콜피온의 아버지가 바로 죽음의 상인이라 일컬어지는 콘라드라는 말인가?'

현실 세계와 이면 세계를 통틀어 그가 판매한 무기로 대략 수백만 명의 사람이 죽었다고 알려져 있을 만큼 죽음이라는 이름에 가장 걸맞은 자가 콘라드다. 그로 인해 그는 세계 정보 기관들의 첫 번째 감시 대상이었다. 하지만 활동할 당시에는 끝내 정체가 밝혀지지 않았던 장막 속의 인물이었다. 제혼의 최후의 소지자가 죽음의 전쟁상인이었다니 놀라운 일이다.

'드디어 온 건가?'

검신을 바라보며 뭔가 생각하는 두영을 보며 스콜피온이 눈빛을 빛냈다.

검에 대해 자신의 아버지가 죽기 전 자신에게 남긴 말이 기억났던 것이다. 두영이 들고 있는 제혼의 주인인 자가 세계를 지배할 것이라는 의미심장한 유언이었다.

그리고 그가 바로 자신을 이끌어줄 사람이니 죽음이 갈라놓기 전까지 따르라고 했다.

'어차피 슬슬 지겨워지기도 했는데 써니에게 약속한 대로 나도 구인회에 들어가 보자.'

이면 세계 사람들의 눈을 피해 이렇게 숨어사는 것도 슬슬 지겨워지는 참이었다. 써니와 함께 두영을 따르면 재미도 있을 것 같았다.

"이야, 아버지가 알아보는 자가 없을 것이라고 했는데 보스는 다르군요. 단번에 그걸 고르다니!"

마음을 정한 스콜피온은 감탄한 표정으로 두영에게 다가갔다.

"이 검의 이름이 무엇인가?"

자신을 대하는 스콜피온의 태도가 변했다는 것을 알아차린 두영이 스스럼없이 물었다.

"저도 잘 모릅니다. 아버지가 영국인 고고학자에게 구입했다는데 유적에서 발견된 것이라 이름이 없다고 합니다. 유일하게 그것만 이름을 짓지 않으셨습니다."

"그럼 내가 지어도 되나?"

"하하하, 이제 주인이신데 마음대로 하십시오."

"으음! 그럼 제혼이라고 해야겠군."

우우웅!

두영의 입에서 검의 이름이 흘러나오자 검신이 떨며 울기 시작했다. 스스로 검명(劍鳴)을 토해낸 것이다.

"아버지의 유산 중 제일 아끼시던 검을 곧바로 찾아내셔서 조금 놀랐었는데, 이렇게 우는 것을 보니 보스께서는 이 검의 진정한 주인이시군요. 아마도 좋은 동반자가 되어줄 겁니다, 보스."

"이제 나를 인정한 건가?"

처음과는 달리 깍듯해진 스콜피온을 보며 두영이 물었다.

"그럼요. 이 제혼의 주인이 되신 이상, 앞으로 영원한 저의 보스시니까요."

"고맙군. 앞으로 잘해보도록 하자고."

두영으로서도 인재를 얻은 것 같아 기분이 좋았다.

실제와 같은 홀로그램을 만들어낼 수 있는 능력도 능력이지만 스콜피온이 콘라드의 재능을 조금이라도 이어받았다면 앞으로 많은 도움이 될 수 있기 때문이었다.

써니로 인해 오늘 많은 것을 얻은 것 같다.

특히나 인연을 맺기 어려운 사람들과의 만남이라 뜻이 깊은 날이다.

오늘 메인타워를 최초로 개발한 것으로 보이는 스티브와 전쟁 무기의 대가인 콘라드의 아들이자 훗날 전략 무기 전문가로 불리게 될 스콜피온을 만났기 때문이다.

이들은 삼묘족의 미스터리를 파헤치는 데 상당한 도움이 될 것 같았다.

사실 이곳으로 오며 스티브에 대해 많은 고민을 했다. 그가 어떤 사람인지 생각이 났기 때문이다.

그가 누구라는 것을 알아차린 것은 통신기로 인해서였다.

나와 써니에게 준 통신기는 멀티크로스라 불리는 메인타워의 통신기 원형과 매우 흡사했던 것이다.

철저한 암호화 시스템으로 능력자라 하더라도 감청이 불가능할 뿐만 아니라, 어떠한 극한 상황하에서도 통신이 가능한 것으로 메인타워가 가지고 있는 것과 기본적으로 구조가 같았다.

거기다가 그의 공장 지하에 설치된 컴퓨터는 음성 인식으로 작동되는, 메인타워의 제작에 기초가 되었던 인공지능과 흡사했다.

메인타워의 기초를 설계하고 전쟁의 향방을 바꾸었던 스티브 다이가 바로 써니의 오빠였던 것이다.

메인타워의 초기 형태는 사실 행성 개발용이 아니었다.

국가 간 전쟁에서 전쟁의 향방을 바꾸기 위해 적국의 후방에 교두보를 확보하기 위해 만들어진 전략 이동 수단이 바로 메인타워였다.

그런데 그 메인타워의 초기 형태를 만든 이가 바로 써니의 오빠인 스티브였던 것이다.

스콜피온도 마찬가지다.

본명은 칼마 도비스. 새로운 차원의 전략 및 전술 핵무기와 플라즈마를 최초로 무기 체계화시킨 이가 바로 스콜피온이었던 것이다.

"보스, 다들 스콜피온이라고 부르고 있지만 그것은 별명이고, 진짜 이름은 칼마 도비스입니다."

"난 백두영. 잘 부탁한다."

칼마가 정식으로 인사를 했다. 앞으로 내 사람이 될 것 같아 나도 본명을 밝혔다.

"진짜 이름이 칼마였어? 난 여태까지 몰랐네!"

써니도 칼마의 본명을 몰랐던 듯 물었다.

이면 세계에서는 본명을 알고 있더라도 별명으로 부르는 것이 관례였던 것이다.

"그런데 두 사람, 어떻게 되는 사이지?"

"하하하, 제가 써니보다 한 달 정도 생일이 늦습니다. 그래서 만날 누나 노릇을 하려고 하지요. 어떻게 만나게 됐는지는 써니가 말해줄 겁니다."

"같은 나이로군."

막냇동생을 대하는 것 같았는데 동갑인 모양이다.

"그렇습니다. 친구라고 할 수 있죠."

"자식, 오뉴월 하룻볕이 어딘데……."

친구라는 말에 써니가 입을 삐죽인다. 불만이 많은 모양이다.

"써니도 무기를 구하려고 온 것 아니었나?"

이곳에 오면서 무기를 얻겠다고 했으니 홀로그램만 필요한 것은 아닌 것 같아 써니의 의식을 환기시켰다.

"아참! 서열은 나중에 따지기로 하고, 네 녀석이 개발한 것 중에 쓸 만한 것 좀 내놔. 블랙캣을 상대한다는 것을 기준으로 하고 말이야."

"알았다. 내주도록 하지."

칼마는 한쪽 구석에 검대가 놓여 있는 탁자 밑으로 가서 알루미늄 케이스로 된 가방 하나를 꺼내왔다.

“사용법은 그 안에 있다. 알아서 잘 사용해라. 그거라면 블랙캣을 막는 데 도움이 될 거다.”

써니가 내용물을 확인하지 않는 것을 보니 이런 일이 몇 번 있었던 것 같다. 그만큼 칼마의 능력을 믿는다는 것이니 좋은 조합이 될 것 같다.

“이만 간다. 언제 암살이 진행될지 몰라서 말이야.”

“그래, 가는 즉시 자료를 전송해 주는 것 잊지 말고.”

“염려 마라.”

“그럼 가보십시오. 저도 기본적인 준비는 해야 할 것 같으니 말입니다.”

“알았다. 일이 끝나면 따로 한번 보도록 하지.”

“그러실 필요 없습니다. 완성되는 대로 써니의 아지트로 가겠습니다. 그곳에서 뵙도록 하지요.”

“그러도록 하지.”

써니의 아지트를 알고 있는 것을 보면 써니가 꽤나 믿는 사람인 것을 알 수 있었다.

홀로그램이 완성되면 만나기로 하고 그의 공간을 나왔다.

이제는 교수님들의 자료를 모아 전송하고 암살에 대비하는 일만 남았다.

혹시나 홀로그램이 완성되기 전에 암살이 일어날 수도 있기에 먼저 스티브가 준 감지 장치를 교수들에게 부착해야 했다.

교수님들의 집을 일일이 찾아 감지 장치를 부착하는 것은 그리 쉽지 않은 일이었지만 써니는 아주 손쉽게 해냈다.

ESP답게 간단하게 교수님들의 정신을 잃게 하고는 이마에 감지 장치를 붙였던 것이다.

꽤나 재미있는 장치였다. 감지 장치는 피부에 붙자마자 마치 버터가 녹듯 순식간에 피부 속으로 사라졌다.

주변의 신경망을 차단하고 마이크로 형태의 감지 장치를 피하 속에 이식하는데 거의 1분도 걸리지 않았다.

그렇게 감시망을 완성하고 써니의 아지트로 향했다.

차로 이동하며 점심을 먹기는 했지만 배가 고팠기에 써니가 요리를 해준다는 제의를 거절하지 않았던 것이다.

아지트로 돌아온 써니는 먼저 칼마에게 자료부터 전송했다. 언제 암살이 진행될지 모르니 식사보다는 그것이 우선이었던 것이다.

자료 전송을 끝내고 써니가 요리를 시작했다.

거친 세계를 살아가는 여자답지 않게 써니의 요리 솜씨는 훌륭했다.

담백한 파스타에 매콤한 해물 요리가 아주 잘 어울리는 훌륭한 식탁이었다.

그렇게 둘이 식탁에 앉아 요리를 먹을 때였다.

반쯤 먹었을 때 갑자기 스티브로부터 연락이 왔다. 초능력을 가진 존재가 피터 루이스 교수 가까이 접근하고 있다는 연락이었다.

스티브가 준 통신기의 성능은 아주 훌륭했다.

피부의 미세한 진동을 통해 고막을 울려 소리를 전달하는 시스템이었다.

피부를 따라 흐르는 진동 또한 암호화되어 있는 것으로 다른 이들은 그것이 통신인지 알지 못하게 되어 있었다.

"얼마 정도 떨어져 있어?"

―4백 미터. 능력을 활성화시키지 않는 것을 보면 지금은 감시만 하는 중인 것 같다.

"그럼 곧바로 가봐야 겠군."

―그래야 할 거다. 상황은 이곳에서 통제할 테니 빨리 가봐라. 몸조심하고.

"고마워, 오빠."

통신을 끊은 써니는 두영을 바라보았다.

자신이 예상한 것보다 빨리 일이 진행되어 마음이 급해진 써니였다.

"일단 가보지."

"그래요. 자연사로 위장하려 할 테니까. 아직 시간이 있을 거예요."

식사를 마치지 못하고 바로 자리에서 일어나야 했다.

루이스 교수의 집은 써니의 집과 그리 멀리 않았다. 고작해야 두 블록 떨어진 곳이라, 두 사람은 차를 이용하는 것보다는 그냥 걸어가기로 했다.

―좌측, 오른쪽 집 2층에 머물고 있다.

근처에 도착하자 스티브로부터 연락이 왔다. 블랙캣이 감시 중인 장소를 알려주는 통신이었다.

두 사람은 블랙캣이 있는 곳에서는 보이지 않는 사각에 자리를 잡고 감시를 시작했다.

"오빠 말대로 아직은 아닌 것 같아요."

"그런 것 같군. 루이스 교수를 상대로 작업을 하려면 저 위치가 가장 적당할 것 같으니 아마도 저곳에서 일을 벌일 것 같은데, 어떻게 하지?"

"글쎄요. 빨리 시작하면 우리의 계획대로 일을 꾸미기 어려울 텐데 걱정이네요."

"일단 감시부터 하자고. 바로 움직이면 어쩔 수 없이 써니와 내가 나서는 수밖에."

"그것보다는 블랙캣을 바쁘게 만들도록 하지요."

"바쁘게?"

"이삼 일간은 타깃에 신경 쓰지 못하도록 하는 거예요."

"어떻게?"

"호호호. 두고 봐요, 내가 어떻게 하는지."

써니는 말을 끝내자마자 블랙캣이 숨어 있는 곳을 향해 염력을 발휘했다.

염력을 보내자마자 즉각 반응이 왔다. 강렬한 기운이 두 사람을 향해 몰아쳤던 것이다.

보이지 않지만 파장을 역추적해 있는 곳을 알아낸 모양이었다.

“이제부터 달려요. 우선 집까지 간 후에 차를 타고 항구까지 가요. 전에 내가 있던 아지트까지 가는 거예요.”

“그곳에서 어떻게 하려는 거지?”

“보시면 알아요.”

써니가 먼저 달리기 시작하자 두영이 그 뒤를 따랐다. 아주 빠른 속도였다. 두 번째 아지트까지 온 써니는 자신의 차에 올라탔다.

“이렇게 간다고 블랙캣을 바쁘게 만들 수가 있을까?”

차에 올라탄 후에 두영이 물었다.

“블랙캣은 우리와는 달라요. 그녀의 별명이 블랙캣, 바로 고양이에요. 고양이는 위험에 아주 민감한 동물이에요. 그녀는 주변에 있는 위험부터 제거하고 타깃을 노릴 거예요.”

“우리가 블랙캣의 신경을 건드리는 위험인자가 되자는 말인 건가?”

“그래요. 일단 어서 가요.”

CHAPTER 02
다시 나타난 사령사

TIME SLICE 타임 슬라이스

부르르릉!

써니는 힘껏 액셀러레이터를 밟았다. 차는 빠르게 도로를 달리기 시작했다.

첫 번째 아지트까지 가는 시간은 무척이나 짧았다. 밤늦은 시간이라 주변에 차량이 거의 없었기 때문이다.

아지트에 도착하자 써니는 곧장 안으로 들어가 순병이 가지런히 놓여 있는 식당 뒤로 갔다.

"어서 들어와요. 이곳을 통해 빠져나가면 블랙캣은 한동안 우리를 찾지 못할 거예요."

두영이 따르자 써니가 비밀 통로를 열었다. 냉장고로 전면이 위장되어 있었는데, 냉장고 문을 열고 안에 있는 스위치를 누르자 밀려나며 비밀 통로가 드러났다.

"아직까지 뒤를 잡히지는 않은 것 같군요. 블랙캣은 자신의 주변에 능력자가 있다는 것을 감지했으니 암살을 쉽게 단행하지는 않을 거예요."

"이거야 원!"

"어서 들어가요."

재촉하는 써니를 따라 두영이 비밀 통로로 들어섰다.

'대단하다. 그 시간에 이런 계획을 세우다니!'

두영은 써니의 순간적인 판단 능력이 뛰어나다는 생각이 들었다. 그 짧은 순간에 작전을 세우고, 자신이 알고 있는 것을 적절히 이용하는 것을 보니 그녀가 제로나인을 세웠다는 것이 그저 우연히 아니었다는 것을 알 수 있었다.

"경각심을 불어넣어 시간을 버는 것만으로는 어려울 텐데."

두영은 비밀 통로를 따라 빠르게 이동하면서 궁금한 점이 있어 써니에게 물었다.

"그것뿐만이 아니에요. 블랙캣 말고도 다른 자들이 있어서 그들에 대해서 알아볼 시간을 벌어야 했어요."

"다른 자들이라니?"

다른 자들이라는 소리에 두영이 놀라 물었다.

두영도 신경을 집중해 감시하고 있었지만 다른 자들이 있다는 것은 알아차리지 못했기 때문이다.

"블랙캣에게 염력을 펼친 후에 뭔가 움직였어요. 놀랍게도 블랙캣이 있던 곳에 다른 자들이 있었던 것 같아요. 블랙캣과는 전혀 일행으로 보이지 않는 자들이 말이죠."

"그런 자들이 있었다니……."

믿지 못하겠다는 듯 두영이 고개를 저었다.

"나도 아주 미세하게 느꼈기 때문에 이곳으로 온 거예요. 이곳에서라면 다른 자들이 있었는지 확인할 수 있으니까요."

"으음! 확인을 해보면 알겠지."

자신이 느끼지 못한 것을 써니가 느꼈다는 것이 의아스러웠지만 두영은 일단 그녀의 감각을 믿기로 했다.

능력을 향상시켜 놓았던 터라 자신의 감각보다 예민할 수 있었기 때문이다.

"어서 가요, 보스!"

써니가 빠르게 달리기 시작하자 두영이 그 뒤를 따랐다.

쾅!

어느 정도 달렸을까. 폭발음이 들려왔다.

"비밀 통로가 발견됐나 봐요. 강제로 열면 폭발하게끔 되어 있거든요. 조금만 더 가면 놈들을 따돌릴 수가 있을 거예요. 스콜피온, 아니, 칼마의 도움으로 공간을 갈라놓은 곳이 있어요."

"그래, 빨리 가자고. 속도가 무척 빠른 것 같으니 말이야."

"그래요."

두 사람은 속도를 더욱 빨리해 달리기 시작했다. 그렇게 달리며 써니가 손을 들어 통로를 따라 중간중간 천장에 위치한 비상등을 건드렸다.

통로에 기이한 기운이 움직이기 시작했다.

'공간을 갈라놓았다고 하더니…….'

잠시 뒤, 두영은 지금까지와는 전혀 다른 통로로 자신들이 들어섰다는 것을 느낄 수 있었다. 주변의 전경이 완전히 바뀌어 버린 것이다.

두 사람이 들어선 곳은 작은 방 같은 곳이었다.

칼마를 만났을 때처럼 사방이 은백색의 금속판으로 둘러싸인 곳이었다.

"후우! 됐어요. 이제 누가 쫓아왔나 한번 볼까요?"

써니가 한쪽 구석으로 다가가 뭔가를 눌렀다.

불룩 튀어나온 것이었는데, 그곳을 누르자 한쪽 벽면이 벌어지며 액정이 나타났다.

팟!

전원이 들어왔는지 화면이 켜졌다.

액정에는 분할된 화면으로 그들이 달려온 통로가 비춰지고 있었다.

모습은 선명하지 않지만 화면에 뭔가가 나타났다. 어두워진 통로를 움직이고 있는 물체였다.

그림자를 따라 이동하는 것이 은잠법을 사용하고 있는 것이 분명했다.

두영과 써니의 흔적을 놓친 탓인지 빠르게 통로를 따라오던 자들의 속도가 현저히 느려졌다.

"이제 블랙캣과 놈들을 따돌린 것 같네요."

"확실히 블랙캣 말고도 다른 자들이 있었군. 누군지 자세히 볼 수 있나?"

자신의 기감을 벗어나는 존재를 확인하기 위해 두영이 물었다.

"지금 화면은 CCTV로 보는 것이 아니라서 확실히 알 수는 없어요."

"으음, 아쉽군. 어떤 자들인지 알면 좋을 텐데."

"호호호, 잠시만 기다려 봐요. 싸움을 붙이면 혹시나 알 수도 있을지 모르니까요."

쾌활한 웃음과 함께 써니가 액정 옆에 있는 스위치 같은 것을 눌렀다.

갑자기 통로가 밝아졌다. 통로가 밝아진 것은 조명으로 인한 빛 때문이 아니었다. 이면 세계의 능력 중 환술이나 은잠법을 무력화시키는 특별한 빛이었다.

은잠법을 펼치고 있는 자들의 모습이 자연스럽게 드러났다.

앞서 두영과 써니를 추적하고 있던 블랙캣은 물론이고, 그 뒤를 따르던 자들의 모습이 고스란히 드러난 것이다.

블랙캣은 쫙 달라붙는 검은 가죽옷을 입고 있었고, 뒤를 따르는 자들은 마치 인자(忍者)처럼 복면과 검은 옷을 착용하고 있었다.

갑작스럽게 환해지고 모습이 드러난 탓에 당황했는지 검은 복면 중 하나가 미세한 기척을 흘렸다.

“누구냐?”

자신의 뒤를 따르고 있는 자들이 있다는 것을 알아차린 블랙캣이 뒤로 돌며 날카로운 목소리로 외쳤다.

슈슈슉!

자신들의 기척이 드러나자 복면인들이 뭔가를 날렸다. 날카로운 예기를 흘리는 것이 아주 위험해 보였다.

샤아아악!

“쳇!”

복면인들이 날린 것으로 인한 파공음이 심상치 않다는 것을 느낀 블랙캣은 다급한 표정으로 몸을 피했다.

슈강!

복면인들이 뿌린 뭔가가 통로를 갈랐다. 단단한 콘크리트로 만들어진 벽이 종잇장처럼 잘려져 나갔다.

자신이 가진 염력으로 막을 수도 있지만 블랙캣은 그러지 않았다. 복면인들이 뿌린 것이 염력으로는 막을 수 없는 물건이라는 것을 알았기 때문이다.

“네놈들이 어떻게?”

블랙캣은 사령사의 인물들이 나타난 것에 놀라고 있었다.

어둠 속의 그림자, 또는 밤의 세계를 지배하는 악령의 그림자라는 사령사의 인물들이 활동한 것은 100여 년도 전의 일이었기 때문이다.

방금 전, 복면인들이 뿌린 것은 암천혈(暗天血)이라 불리는 사령사의 독문 암기였다.

오직 사령사의 인물들만이 사용하며 모든 방어 계통의 이능력을 무력화시키고 적을 참살하는 필살의 암기가 바로 암천혈이었다.

슈슈슛!

오랜 세월 흔적이 드러나지 않았던 사령사가 모습을 드러낸 것이 놀랍기는 하지만 블랙캣은 우선 날아오는 암천혈을 막고 봐야 했다.

피하기만 한다면 그대로 당할 수밖에 없었기 때문이다.

길이 하나뿐인 통로에서 암천혈의 공격을 피할 수 있는 공간은 한정되어 있는 상태였기에 그녀도 오랜만에 자신의 무기를 꺼내 들었다.

채채챙!

블랙캣이 손을 휘두르자 푸른 불꽃이 튀기며 그녀를 향해 날아오던 암천혈들이 튕겨져 나갔다.

그녀의 손가락에서 푸른색의 날카로운 검들이 솟아나 있었다. 마치 고양이의 발톱처럼 안쪽으로 휘어진 검들은 무척이나 날카로운 예기를 흘리는 것이 보통 물건은 아닌 것 같았다.

스르릉!

블랙캣이 무기를 꺼낸 것을 본 사령사의 인물들은 암천혈을 회수하고는 곧장 등에 매고 있던 검을 꺼냈다.

날카롭게 벼려진 검인에는 살벌한 살기가 흐르고 있었다.

"살기를 감추지 않는 것을 보니 내가 타깃이었나?"

사령사의 인물들이 흘리는 살기로 블랙캣은 자신이 그들의 타깃이었다는 것을 알 수 있었다.

사령사의 인물들은 오직 한 가지 경우를 제외하고는 살기를
흘리지 않는다.

그들이 살기를 흘리는 경우는 제거 대상과 직접 마주했을
때뿐이었다.

사사삭!

사령사의 인물들이 움직였다.

사방이 온통 환했지만 그들이 움직이자 모습이 흐릿해졌다.
빛 속에서 모습을 감춘 것이다.

"쳇!"

블랙캣이 뒤로 움직이며 양손을 사방으로 휘둘렀다.

티팅! 티티팅!

검과 검이 부딪치는 소리가 통로를 울렸다. 어느새 다가온
검들을 그녀가 쳐낸 것이다.

자신이 누구인지 알고 제거하러 온 만큼 사령사의 인물들은
만만치가 않았다. 묘조(猫爪)를 통해 전달되는 힘이 블랙캣의
내부를 흔들고 있었던 것이다.

완벽한 합공이었다.

모습을 감춘 채 간격을 두고 사방으로 찔러 들어오는 힘 속
에는 사령사 출신들 특유의 사기가 흘러나오고 있었다.

'지하라 사기가 더 강하다. 이대로는 놈들에게 당하고 만
다.'

묘조를 통해 흘러들어 온 사기가 자신의 기운을 잠식하고

있었기에 블랙캣은 싸울 마음이 사라졌다.

우선은 피하고 봐야겠다는 생각이 들었다.

티티팅!

피피핑!

이어지는 공격을 뿌리치며 뒤로 물러선 블랙캣은 자신의 묘조 중 세 개를 사령사의 인물들에게 뿌린 후 곧장 신형을 돌려 달리기 시작했다.

티티팅!

사령사의 인물들은 블랙캣을 쫓을 수 없었다. 블랙캣의 사념을 간직한 묘조들이 허공을 날며 공격하고 있었기 때문이다.

시간이 지나면 사념이 사라지겠지만 당장 쫓아갔다가는 당할 수가 있기에 잠시 지체해야 했다.

블랙캣이 도주한 후 세 사람의 모습이 나타났다. 은신을 위해 힘을 분산할 필요가 없어진 까닭이다.

타타탕!

모습을 드러낸 세 사람은 힘을 다해 자신들의 검으로 허공을 날아 공격해 오는 묘조를 쳐냈다.

사기를 잔뜩 담은 검격으로 인해 묘조들이 바닥으로 떨어진 후 사라져 버렸다. 블랙캣이 사용하는 묘조 자체가 사념으로 이루어진 것이기 때문이다.

"최대한 빨리 계집을 쫓아 묘조를 회수한다."

복면인 중 한 명의 입에서 싸늘한 목소리가 흘러나왔다.

세 사람은 빠르게 블랙캣을 추적하기 시작했다.

달려가는 그들의 마음은 다급했다. 무척이나 오랜만에 드러난 묘조의 종적이 사라질 수도 있기 때문이었다.

백여 년 동안 행방불명이 되었다가 이제야 모습을 드러낸 묘조!

사령사의 보물 중 하나인 묘조는 반드시 회수해야 할 물건이었다. 묘조는 무기로서의 가치도 가치지만 그 안에 담겨 있는 막중한 비밀로 인해 더욱 중요한 물건이었다.

사령사가 백 년 동안 침묵할 수밖에 없었던 이유가 묘조 안에 담겨 있었던 것이다.

'블랙캣이라 불리는 계집이 사용한 것이 묘조인 것은 확실하다. 사념의 검을 날릴 수 있는 무구는 오직 묘조뿐이니까.'

블랙캣이 사라진 방향을 향해 달리고 있는 가와키는 지금 흥분 상태였다. 묘조를 회수할 수 있다면 오랜 유배 생활을 마칠 수 있었기 때문이다.

묘조의 행방에 대해 알게 된 것은 바로 어제였다. 뉴욕에 있는 자신의 사무실로 배달된 한 통의 편지 속에 묘조를 지니고 있는 블랙캣의 행방이 적혀 있었던 것이다.

묘조에 대한 정보를 토대로 보스턴으로 날아온 가와키였지만 사실 반신반의했다. 묘조가 처음 사라진 곳이 한국이었기에 미국에는 없을 것이라 생각했던 것이다.

유배 차원에서 미국으로 온 그였기에 따분해하던 가와키는 밑져야 본전이라는 식으로 보스턴으로 날아왔다.

보스턴으로 날아와 목적지를 찾았을 때, 가와키는 편지의 내용이 사실일 수도 있다는 생각이 들었다.

목적지에는 누군가를 암살하기 위한 작업이 진행 중이었다. 그것도 이면 세계의 힘을 사용하는 자가 관련된 일이었다.

어느 정도 확신이 든 가와키는 자신이 가지고 있는 힘을 사용하기로 했다. 미국에 유배되어 있는 동안 금제된 힘이었지만 묘조만 찾는다면 모든 허물은 사라질 것이기 때문이다.

숨어서 목표를 감시했다. 묘조를 확인해야만 나설 수 있었기 때문이다.

그러다가 갑작스러운 공격을 받았다. 염동력을 이용한 공격이었다.

그리고 갑자기 목표물이 이동하기 시작했다. 자신들의 감시를 알아차린 것이 분명했지만 가와키는 쫓지 않을 수 없었다.

목표를 쫓다가 아지트로 보이는 곳을 찾을 수 있었다. 이미 목표물은 비밀 통로를 통해 이동 중이었다. 바로 뒤를 쫓았지만 들키고 말았다. 은잠술이 발각당한 것이다.

갑작스러웠지만 공격을 감행했다. 문책을 가오한 암천혈을 이용한 공격이었다.

그리고 끝내 묘조를 확인할 수 있었다.

유배당해 힘을 잃은 자신을 다시 반석 위로 올려줄 기회를 잡은 것이다.

'이번 기회는 반드시 잡을 것이다. 묘조만 내 손에 들어오면

사령사의 수좌도 결코 꿈만은 아니다.'

블랙캣을 쫓자 점차 흥분이 가라앉았다. 오랫동안 침묵의 수련을 해온 탓에 자연적으로 가라앉은 것이다.

"이제 밖인 것 같다. 놓쳐서는 안 된다."

신선한 공기가 틈새를 타고 흘러들어 오는 것이 느껴졌다. 통로의 끝이 나타난 것이다. 가와키는 수하들을 독려한 후 빠르게 비밀 통로를 나섰다.

통로가 끝난 곳은 선박에서 하역된 화물들을 보관하는 창고였다. 화물이 교묘히 가리고 있는 통로 입구는 오랫동안 사용하지 않은 듯 먼지가 잔뜩 끼어 있었다.

"사라졌군."

누군가 있었던 흔적이 전혀 없었다. 이능력을 가진 이답게 완벽하게 흔적을 감추고 사라진 것이다.

"걱정 마십시오. 계집의 몸에 추종향이 묻었으니 찾아낼 수 있을 겁니다."

격전 도중 암천혈을 이용해 추종향을 뿌렸기에 블랙캣을 잡을 수 있으리라 확신하고 있는 수하가 보고했다.

"추종향으로 그 계집을 찾아내는 것도 중요하지만, 실력으로 봤을 때 피해를 입을 수도 있다. 계집을 찾는 것과 동시에 암군(暗軍)을 부른다."

"암군 말입니까?"

수하 중 하나인 니시오가 놀라 물었다. 암군을 동원한다는 것이 문제가 될 수도 있었던 탓이다.

"그렇다. 본토에서 나에 대한 척살령이 떨어질 수도 있지만, 그 계집을 잡고 묘조를 회수하려면 암군이 필요하다."

"알겠습니다. 그러면 동원령을 내리도록 하겠습니다."

"나카무라는 그 계집을 쫓고, 니시오는 암군을 인솔하라. 난 블랙워크를 찾아보겠다."

"하이!"

"하이!"

나카무라와 니시오가 자리를 떠났다. 신형을 감추고 자리를 뜬 두 사람은 모습에는 긴장감이 서려 있었다.

암군을 동원한다는 것은 자신들의 주군인 가와키가 이번 일에 모든 것을 걸었다는 것이기 때문이다.

수하들이 떠나는 것을 지켜본 가와키는 다시 통로로 들어왔다. 블랙캣의 아지트라고 믿고 있었기에 뭔가 단서가 있을 것이라 판단한 것이다.

*　　*　　*

"저 자식, 그냥 갈 것이지 왜 또 와!"

사령사의 인물인 듯한 자가 다시 통로로 들어서자 써니가 화를 냈다.

"뭐, 문제라도 있나?"

"문제야 없지만 암살을 막을 준비를 못하잖아요. 칼마도 올 텐데 말이죠."

"암살은 조금 여유가 있을 것 같군. 블랙캣도 저들에게 쫓기느라 정신이 없을 테니까 말이야."

"그렇겠죠. 그런데 블랙캣을 노리는 자들이 사령사의 인물들이라니 조금 놀랐어요. 그들이 사라진 지 꽤 오래됐는데 말이죠."

"언제 사라진 것이지?"

"한 백 년 정도 됐을 거예요. 들은 바로는 그들이 마지막으로 모습을 드러낸 곳이 한국이라고 했어요. 한일전쟁 와중에 나타났다가 갑자기 사라져 버렸다고 하더군요."

"그런가?"

지금 역사는 내가 알고 있던 것과는 조금 다르다.

일본에 의해 조선이 강제로 합병된 적도 없었고, 6·25라 불리는 한국전쟁도 없었다.

그 대신 일본과 전쟁이 한 번 있었는데, 그것이 바로 대마도의 영유권 문제로 촉발된 한일전쟁이었다.

백일전쟁이라 일컬어지는 이 전쟁은 조선의 승리로 끝났다.

이로 인해 조선은 대한이라는 제국의 호칭을 쓰게 되었으며, 국가 체계가 전면적으로 개편되어 발전하는 계기가 되었다.

그렇다면 사령사가 타임 슬라이스와 관계가 있다는 것을 뜻했다. 일제 치하의 36년이라는 긴 시간이 타임 슬라이스로 인해 교체되었고, 활발하게 활동하던 사령사가 모습을 감추었다면 모종의 관계가 있다는 것을 부정할 수 없는 것이다.

"이제 돌아가려나 보군요. 하긴, 찾을 것도 없으니까."

써니의 말에 생각을 접었다.

사령사의 인물이 통로를 한번 훑어보더니 곧장 떠나 버렸던 것이다.

"이제 나가서 준비를 해야겠군. 블랙캣이 암살을 시도하지 못하더라도 교수님들을 빼돌려야 하니까."

"그럴 거예요. 블랙캣이 못 나선다면 블랙워크는 다른 자들을 보낼 테니까요."

써니의 말대로일 것이다. 블랙워크는 자신의 목적을 위해서라도 암살을 중단하지 않을 것이기 때문이다.

써니가 공간을 갈라놓은 곳을 열었다. 이제부터 교수들을 빼돌릴 준비를 해야 했기에 그녀의 마음은 조금 급했다.

"잠깐!"

공간을 열고 나서는 써니를 두영이 붙잡았다.

두영이 써니를 잡은 것은 통로 안에 사라졌어야 할 사람이 있었기 때문이다.

밝은 빛 속에서도 모습을 감추고 있는 그는 바로 지금 전 통로를 떠났던 가와키였다.

그는 통로를 돌아보며 누군가 감시하고 있다는 생각을 지울 수 없어 자신이 가진 최고의 은잠술을 사용해 조심스럽게 통로에 다시 돌아와 있었던 것이다.

"후후후! 역시 있었군."

유창한 영어 발음이었다.

가와키는 자신의 짐작이 맞았음을 확인했기에 입가에 옅은 미소를 짓고 있었다.

"어떻게 흔적도 없이 들어올 수가 있었지?"

"그건 영업 비밀이라서 말이야. 그런데 너희들은 누구지? 그 계집과는 관계가 없는 것 같은데 말이야."

"구태여 알 것은 없고, 당신이 사령사의 인물이라니 놀라운 사실이야. 이제 세상에 나오기로 한 것인가?"

"우리에 대해 안다는 말인가? 호오! 이거 놀랍군."

이능력을 가진 것으로 보이기는 했지만 사령사에 대해 알고 있을 줄은 가와키도 생각하지 못한 것이었다.

활동하던 당시에도 사령사에 대해 알고 있는 자들은 극소수였을 뿐만 아니라, 알고 있던 자들도 지금은 대부분이 죽었기 때문이다.

"그렇게 빈정거리는 것을 보니 우리를 제압할 자신이 있는 모양이로군."

자신을 얕보는 것 같아 써니는 화가 났는지 자신의 기운을 일으켰다. 염력을 실체화시킨 힘이 가와키를 향해 뻗어나갔다.

가와키는 손을 내밀어 자신을 향해 몰아치는 써니의 힘을 막았다.

"초능력자인가? 대단하군. 이런 힘을 발휘하는 것을 보니 최소한 S급 랭커라는 소린데 말이야. 넌 누구지?"

써니의 힘을 막은 가와키가 물었다.

사령사 내에서도 초능력자들이 있지만 이 정도 수준에 있는 자는 아주 극소수였기에 궁금했던 것이다.

"알 것은 없고, 한번 손을 섞어봐야 하지 않나? 호호호, 오랜만에 세상에 나온 것 같은데 말이야."

블랙캣과의 싸움에서 사령사의 인물들이 사용했던 암기를 한번 상대해 보고 싶었던 써니는 가와키를 자극했다.

암천혈은 이면 세계에서 아주 유명한 암기였다.

사령사의 인물들도 단 하나만 소유할 수 있는 것으로 적을 죽이거나 자신이 죽거나 양단간에 결정을 내는 결전병기다. 사령사의 모든 것을 대변한다고 알려져 있는 암천혈이 백여 년 만에 나타났기에 써니는 자신을 시험해 보고 싶었다.

피리릿!

말이 끝남과 동시에 써니가 손가락을 튕겼다. 실체화된 염동력이 그녀의 손끝을 벗어나 빠르게 가와키에게 쇄도했다.

검도를 걷는 검사들이 화경에 들어서야 뿜어낸다는 검기와 같은 기운이 가와키를 향해 날아간 것이다.

티티티티팅!

어느새 검을 뽑아 든 가와키는 써니의 공세를 쳐냈다.

지이잉!

상당한 물리력이 충돌한 듯 파란 검신이 잘게 떨리며 울고 있었다.

"꽤나 짜릿하군."

챙!

무척이나 놀랍다는 모습으로 가와키는 자신의 검을 떨쳐 남아 있는 기운의 여운을 털어냈다.

"네 녀석 기운도 마찬가지군. 아주 재미있는 기운이야."

말에서 지지 않기 위해 대꾸하고는 있었지만 가와키의 암중 반격으로 사기가 침입한 듯 써니는 주먹을 쥐었다 폈다 했다.

"본격적으로 해보자는 말인가?"

"언제는 본격적이 아니었나? 네놈은 우리를 가만두지 않을 텐데 말이야."

"후후후! 하긴 그렇군."

상대의 말이 틀리지 않았다. 어차피 제거하거나 사로잡아야 할 상대였기에 가와키는 굳은 신색으로 두 사람을 살폈다.

'저놈은 별 볼일 없는 것 같고, 저 계집만 제압하면 되는 건가?'

이미 상대에 대해서는 파악이 끝난 가와키였다.

두영에게서는 이면 세계 특유의 기운을 읽을 수가 없었기에 어느 정도 안심을 했다.

문제가 되는 것은 써니였다. 단 한 번 손속을 나눈 것에 불과했지만 어느 정도 상대의 전력을 분석한 가와키는 만만치 않다는 것을 짐작할 수 있었다.

하지만 자신이 가진 힘이라면 조금 고생은 하겠지만 충분히 상대를 제압할 수 있을 것이라 생각했다.

'일단 힘을 빼는 것이 우선이다.'

피잉!

생각을 정리한 가와키는 빠르게 암천혈을 발출했다.

빠른 속도로 날아가는 암천혈은 마치 팔랑개비처럼 회전하며 써니를 향해 날아갔다.

작은 단도 형태의 암천혈은 날아가는 순간 날 속에 감추어져 있던 또 하나의 날이 일어서는 암기다.

양쪽으로 날이 선 도인이 펼쳐지며 빠르게 회전하여 상대를 격살하는 것으로 초능력자들이 뿜어내는 염력장을 간단하게 찢어발길 수 있는 힘이 내장되어 있는 특별한 암기였다.

탕!

암천혈이 쇄도하자 써니는 뭔가를 휘둘렀다.

그녀가 휘두른 것은 푸른색이 감도는 비단으로 만든 작은 장갑이었다.

"타앗!"

암천혈을 쳐내 가와키를 향해 되돌려 보낸 써니가 기합성과 함께 앞으로 신형을 옮겼다. 가와키의 품을 파고들어 단숨에 제압하려는 생각에서였다.

앞으로 움직이는 그녀의 손에는 어느새 푸른색 비단 장갑이 끼어져 있었다.

슈슈슈슉!

푸른색 검인이 허공을 갈랐다. 무섭게 달려드는 써니의 기세를 늦추고자 가와키가 빠르게 검을 찔러댄 것이다.

써니의 신형이 기묘하게 틀어졌다.

초능력만으로 이루어진 움직임은 결코 아니었다. 가와키의 검세를 피하며 접근한 써니는 그의 바로 앞에서 바닥이 부서질 듯 진각을 밟았다.

쾅!

강렬한 파장이 바닥을 타고 가와키의 발끝에서 폭발했다. 암천혈을 막아낸 장갑을 낀 손이 아니라 발이 먼저 공격을 시작한 것이다.

진각을 통해 땅으로 파고든 써니의 염동력이 마치 날카로운 창처럼 가와키의 발밑에서 솟아올랐다.

어느 정도 예상을 한 듯 가와키의 신형이 미끄러지듯 뒤로 물러났다.

핑!

그와 동시에 화살처럼 쏘아지는 그의 검신이 써니의 얼굴을 노렸다. 뒤로 물러나며 내뻗은 검이라 평시라면 어림도 없는 거리였지만 앞으로 써니가 전진하고 있는 탓에 그녀의 얼굴은 검세에 환하게 노출되어 있었다.

그녀의 손이 순식간에 앞으로 뻗어나갔다. 장갑으로 인한 것인지 푸른색 선이 섬광처럼 뻗어나간 것처럼 보였다.

턱!

가와키의 검촉이 손끝에 잡혀 버린 것과 동시에 써니는 빠르게 검을 끌어당겼다.

예상치 못한 반격에 가와키의 신형이 중심을 잃고 앞쪽으로 몰렸다.

핏!

늘씬한 다리가 앞으로 끌려오는 가와키의 턱을 향하고 있었다. 내뻗은 다리를 중심으로 뒤따라오던 써니의 발끝이었다.

"쳇!"

한 치만 더 내뻗으면 심각한 타격을 줄 수 있었지만 써니는 공격을 멈추고 신형을 뒤집으며 옆으로 피했다.

쐐애액!

어느새 그녀가 쳐냈던 암천혈이 되돌아와 뒷목을 노리고 있었기 때문이다.

암천혈로 써니의 공세를 빠져나간 가와키는 한숨을 돌렸다. 써니가 쉽게 대할 수 있는 상대가 아니라는 생각에 가슴이 서늘했다.

자칫했으면 이 세상을 하직할 뻔했던 것이다.

"어째서 너 같은 능력자가 알려지지 않은 거지?"

유배를 당해 미국으로 왔다고는 하지만 가와키가 놀고만 있었던 것은 아니다. 훗날을 대비해 요주의 인물들에 대한 정보를 수집해 놓은 그였다.

하지만 써니에 대한 것은 그가 모아놓은 정보에는 없었다. 그야말로 전혀 알려지지 않은 실력자였던 것이다.

체술과 초능력을 적절히 섞어가며 구사하는 것으로 볼 때 무수한 실전을 거친 것이 분명했다.

그런 사람이 하나도 알려져 있지 않다는 사실 때문에 어쩌면 오늘 낭패를 볼 수 있다는 생각을 가지게 했다.

‘일단 빠져나가고 보자. 저자를 이용하면 될 것이다.’

호흡 하나 흐트러지지 않는 써니를 상대하다가는 자신이 당할 수도 있다는 생각에 가와키는 싸움을 구경하고 있는 두영을 이용하기로 했다.

암천혈을 이용해 써니를 물러나게 하고 두영을 사로잡는다면 유리한 고지를 점령할 수 있다고 생각한 것이다.

하지만 그것이 자신의 생애에 있어 두 번째 오판이 될 것이라고는 가와키도 생각도 하지 못했다.

찬황기를 소모하긴 했어도 써니의 실력을 향상시킨 것이 잘한 일인 것 같다.

전 같으면 상대해 보지도 못했을 자를 저렇게 몰아치는 것을 보면 훌륭한 선택이었다.

사령사의 인물들이 특별한 능력을 가지고 있다고 했는데 생각보다 떨어지는 것을 보면 뭔가 감추고 있는 것 같기는 하지만 지금의 써니라면 충분히 상대할 수 있을 것으로 보였다.

‘후후후, 엉뚱한 생각을 하는 것 같군.’

발끝이 미묘하게 틀어졌다. 잡고 있는 암천혈을 써니에게 던질 태세지만 진정한 목표는 아니었다.

아마도 나를 사로잡고 이 자리를 뜨려 하는 것 같았다.

엉뚱한 생각이기는 하지만 그로서도 꼭 틀린 선택만이라고는 할 수 없을 것이다. 저자에게는 내가 아무런 힘도 가지고 있지 않는 그저 평범한 사람으로 느껴질 테니까.

놈이 어떤 의도를 가지고 있든 그리 염려할 바는 아니니 이번 기회에 저놈을 잡아 궁금했던 사령사에 대해 알아봐야 할 것 같다. 내 조국이 한국인 이상 언젠가는 부딪칠지도 모르는 곳이니 말이다.

촤르르르!

공기를 진동시키는 음향과 함께 암천혈이 허공을 날았다.

호신강기도 뚫을 수 있는 암기를 전력으로 던졌으니 써니로서도 막아내기가 쉽지 않을 것이다.

타타탕!

써니가 장갑을 낀 손으로 쳐냈지만 처음과는 달리 암천혈은 멀리 튕겨 나가지 않았다. 써니를 중심으로 반경 1미터를 벗어나지 않고 회전하며 연이어 공격을 해댔다.

사령사에서 나온 자가 사념을 이용해 조종하는 것 같았다.

암천혈을 이용해 쉬지 않고 공격을 하며 써니의 정신을 분산시킨 후 놈은 나에게로 다가왔다.

마치 그림자가 늘어나듯 그의 신형이 길게 늘어지며 내게로 다가오는 모습이 이형환위라 불리는 고절한 신법이다.

후후후! 놈은 실수한 것이다.

비록 완전한 신체는 아니지만 호령무를 통해 상당한 힘을 보유하고 있는 나다. 거기다 놈들보다 신체적인 능력은 떨어질지 모르지만 주법의 힘은 이능력자들을 상대할 수 있을 정도로 충분히 강한 상태인 것이다.

놈이 다가와 내 목을 틀어쥐는 순간까지 기다렸다. 공격하다가 이상을 눈치채고 도주하면 안 되기 때문이다.

빛 속에서도 자신의 신형을 감출 줄 아는 자라 멀리 벗어나는 순간, 그를 잡는 것은 요원한 일이 될 것이기에 놈을 기다렸다.

'주(呪)! 금쇄(禁鎖)! 혈(血)!'

어느 정도 회복하고 있던 주법의 힘을 전부 사용했다. 놈이 반격할 여지를 아예 주지 않기 위해서였다.

사방에서 일어난 기운이 순식간에 놈과 나를 둘러쌌다. 하늘마저 가둘 수 있는 주법을 이용해 녀석의 행동반경 전부를 포위해 버린 것이다.

"엇?"

무엇인가 이상을 느꼈는지 놈이 놀람과 함께 빠르게 뒷걸음질 쳤다.

하지만 놓칠 내가 아니다.

기회는 잡으라고 있는 것이지, 놓치기 위해서 있는 것이 아니기 때문이다.

수인을 맺어 빠져나가는 녀석을 향해 주법을 강화했다.

주(呪)와 함께 손으로 수인을 맺으면 주법의 힘은 더욱 강해진다. 의지력으로 발휘하는 것보다 반 배 정도 더 힘이 집중되기에 가능한 일이다.

움직임을 제압하기 위해 놈에게 건 주법은 피에 작용하는 특별한 것이다.

금쇄혈은 혈류 속도를 현저히 떨어뜨려 뇌로 떨어지는 산소의 공급량을 줄여 버린다.

산소가 떨어진 뇌는 정상적인 사고 활동을 할 수 없게 된다.
운동능력도 마찬가지다.

금쇄를 펼치면 혈류의 속도가 십분의 일로 떨어지기 때문에
보통 사람은 사망에까지 이르게 된다.

파파팟!

뒤로 빠져나가며 현기증이 나는지 비틀거리는 놈의 혈도를
주법을 이용해 제압했다.

상반신과 하반신의 기맥을 나누어 제압했기에 어지간해서
는 몸을 움직일 수 없을 터였다.

털썩!

바닥에 나뒹구는 놈에게 다가갔다. 그의 눈에는 어떻게 된
일인지 알 수 없다는 의문의 빛만 가득했다.

타타탁!

"해(解)!"

혹시나 자결할 것을 우려해 눈만 움직일 수 있도록 전신을
제압하며 주법을 풀었다.

조금만 더 혈류의 진행을 막는다면 뇌사상태에 빠질 수도
있기에 일단 풀어놓은 것이다.

"보스를 잡으려 하다니, 미련한 자군요. 보이는 것만 믿어서
는 안 된다는 이면 세계의 진리를 잊어먹다니."

써니가 혀를 찼다.

사령사의 인물이 가장 기본적인 것을 잊고 함부로 행동한
것에 대한 질책이었다.

"이자에게서 사령사에 대해 알아보는 것이 좋겠군. 어디 조용한 곳 없을까?"

"두 번째 아지트로 가면 돼요. 지하에 우리가 숨었던 것과 같은 공간이 있어요. 그곳은 이곳보다 훨씬 더 견고하게 만들어진 곳이라 이자를 가두고 심문하는 데 좋을 거예요, 보스."

"그럼 가자고. 나도 시간이 얼마 없으니 준비가 되는 대로 빨리 처리하는 것이 좋을 것 같으니까."

"알았어요."

두 사람은 제압한 가와키를 차 뒷좌석에 싣고는 아지트로 갔다. 주차장이 별도로 마련되어 있는 곳이라 두 사람이 사령사의 인물을 싣고 왔다는 것을 누구도 알 수 없었다.

차에서 내린 후 써니의 안내를 받아 두영이 지하에 마련된 공간으로 가와키를 옮겼다.

"이자의 입을 열 수 있을까요? 쉽지 않을 텐데 말이죠."

눈동자를 굴리며 상황을 살피는 가와키의 얼굴을 보며 써니가 걱정스러운 듯 물었다.

"걱정하지 마. 입을 열 수 있는 방법은 많으니까. 대신 내가 녀석의 입을 열게 하는 동안 그 누구도 이곳에 들어와서는 안 되는데, 할 수 있겠어?"

"가능할 거예요. 그 점은 염려 말아요. 조금 있으면 칼마가 올 테니까 둘이서 함께 교수님들을 빼돌릴 준비를 하도록 할게요."

"부탁하지. 내가 나갈 때까지 써니도 이곳에 들어오지 말도록 해줘."

"알았어요."

조금 섭섭한 마음이 들었지만 이미 의탁을 하기로 한 터라 써니는 서운한 감정을 털었다.

이면 세계의 힘을 사용할 때는 자신의 자식이라 할지라도 진실한 모습은 보여주지 않는 것이 율법처럼 내려오는 일이기 때문이었다.

두영은 가와키가 약물이나 고문에 견디도록 철저한 훈련을 받았을 것이기에 입을 열게 하기 위해 특별한 방법을 사용하기로 했다.

두영이 사용하려는 방법은 피를 이용하는 극상승의 주법 중 하나였다.

피를 이용한 주법은 달리 혈법이라 불리는데, 시전자가 자신의 피에 담긴 힘을 이용하는 것으로 강력한 힘을 발휘한다.

그중 정신 공격을 통해 상대의 영혼을 제압하는 혈법이 망혼이다. 망혼을 시전하는 도중에 자칫 미세한 충격이라도 받았다가는 시전자가 위험해질 수도 있기에 사람들을 못 들어오게 했던 것이다.

망혼은 위험한 수법인만큼 효과는 확실했다. 가와키 정도의 인물을 제압해 영혼에 담긴 정보를 빼내기 위해서는 보통의 방법으로는 힘들기에 어쩔 수 없는 일이었다.

안전을 도모하기 위해 두영은 써니가 밖으로 나간 후에 결계를 치기 시작했다.

'저자가 쓰는 수법이 무엇이라는 말인가? 아무런 연락도 할 수가 없다니……?'

공간을 나눈 곳에 들어왔다는 것은 알고 있었지만 세상과의 연계가 완전히 단절되어 있는 것은 아니었다.

그 누구도 공간을 나누며 세상과 완벽하게 단절시킨다는 것은 불가능하다는 것이 세간에 알려진 사실이었다.

나누는 공간 자체가 현실 세상을 기반으로 하고 있기에 벌어지는 어쩔 수 없는 현상이었다.

하지만 두영이 결계를 펼친 후에는 세상과 완벽하게 단절되어 버렸다.

"이런 방법까지 쓰려고 하지는 않았는데, 네가 계속해서 사념으로 흔적을 남기려 했기에 이제는 어쩔 수가 없다."

두영의 말에 가와키의 눈이 더할 나위 없이 커졌다.

'어, 어떻게……?'

사실 제압되어 오면서도 어느 정도 안심하고 있던 가와키였다.

그런데 자신이 남긴 사념에 대해 두영이 알고 있자 놀라지 않을 수 없었던 것이다.

이미 알고 있다면 자신의 사념을 지웠을 것이기 때문에 가와키는 곤혹스러웠다.

'그럴 리가 없다. 아무런 힘도 쓰지 않았는데……. 그렇다면 혹시 아까 그 행동이?'

차를 타고 오는 동안 두영은 가끔씩 손가락을 튕겼다. 그저 습관적으로 하는 행동이라 생각했는데 이제 보니 자신이 흘린 사념을 지우는 행동이었을지도 모른다는 생각이 들었다.

자신의 사념을 이용해 흔적을 남기고 왔던 것이 아예 무산되어 버린 것을 느낀 가와키는 자신도 모르게 의기소침해질 수밖에 없었다.

"누가 널 구해줄 것이라는 생각은 버려라. 이제부터 네 영혼은 내 소유가 될 테니까."

무척이나 차가운 말투였다.

자신의 영혼을 소유하겠다는 두영의 말에 가와키는 소름이 돋았다. 사령사에 몸을 담은 후 처음으로 느껴보는 공포가 그를 지배했다.

'서, 설마 영혼을 다루는 자란 말인가?'

오래전, 사령사에 몸을 담으며 영혼의 맹세를 한 가와키는 율사로부터 전설의 한 자락을 들을 수 있었다.

그것은 아주 오래전 사라진 종족에 대한 전설이었다.

영혼을 이용한 술법으로 모든 살아 있는 생물체를 다스린다는 전설의 종족 삼묘족에 대한 이야기였다.

'으으으! 이, 이자가 만약 삼묘족의 진전을 이어받았다면 난 모든 것을 불게 될 것이다. 영혼의 속박을 당한 자는 절대 거짓을 말할 수 없으니까.'

공포로 젖어가는 가와키의 눈을 바라보며 두영은 단검을 꺼내 자신의 손가락을 찔렀다.

손가락에서 한 방울의 피가 솟아났다. 영롱한 붉은 빛을 뿌리는 붉은 구슬이 허공으로 떠올랐다. 삼묘족의 영혼이라 일컬어지는 영혈이었다.

허공으로 솟아오른 피의 구슬은 조용히 가와키의 입을 향했다. 누군가 입을 벌리듯 가와키의 입이 벌어졌다. 그의 의지와는 상관없이 벌어진 일이었다.

피의 구슬이 가와키의 입으로 들어가고 난 뒤, 그의 눈에 서려 있던 총기가 사라졌다.

가와키의 눈에 하얗게 백태가 끼었다. 의지가 사라져 버리고, 그의 영혼이 삼묘의 영혈에 장악되어 버린 것이다.

망혼을 시전하고 있는 두영의 모습도 서서히 변하고 있었다. 칠흑처럼 검은 머리카락이 하늘로 곤두서고, 검은 눈동자는 어느새 붉게 변해 있었다.

"영혼이 전하는 법을 그대에게 보내니 이름을 말하라."

심장을 두근거리게 만드는 영혼의 음성이 두영의 입에서 흘러나왔다.

"가와키 요시마루."

아무런 의지가 없는 딱딱한 음성이 가와키의 입에서 흘러나왔다.

"가와키 요시마루, 그대는 영원한 영혼의 속박을 받았다. 그대의 모든 것은 나의 주관하에 있으니 세상의 모든 인연은 끊어지고 영원히 나에게 귀속되리라!"

"크아아악!"

처절한 비명과 함께 가와키의 신형이 부들부들 떨렸다. 영혼으로 이어진 사령사와의 인과관계가 끊어지면서 발생하는 고통을 감당하기 힘들어 벌어진 현상이었다.

가와키의 경련은 한동안 지속되었다. 경련이 지속되는 동안 두영의 몸도 떨리고 있었다.

타인의 영혼을 강제로 속박하는 만큼 그 반작용으로 두영 또한 감내하기 힘든 고통을 견뎌내고 있었던 것이다.

'크으윽! 함부로 시전할 것이 아니라고 하던 스승님의 말씀이 맞구나.'

끔찍한 고통이었다. 삼묘의 법을 이어받으며 무수한 고통을 감내했던 두영이지만 이런 고통은 처음이었다.

우주의 순환 법칙인 윤회의 사슬을 강제로 끊어내는 일이었기에 그만한 고통을 감수해야 했지만 정말이지 두 번 다시 겪고 싶지가 않았다.

두영이 이런 고통을 굳이 감수한 것은 이유가 있어서였다.

가와키가 뿌린 죽음의 기운이 지난날 삼묘족의 참사 시에 죽은 자들의 사체에 남아 있던 기운과 비슷했기에 무리를 한 것이다.

영혼의 전사들이 보았던 기억의 잔해 속에서 알 수 있었던 죽음의 기운과 비슷하지 않았다면 이런 무리는 하지 않을 두영이었다.

완벽하지 않은 상태에서 무리를 한 탓에 두영은 가와키의 영혼을 강제로 제압한 후에도 한동안 삼천기를 이용해 몸을 추슬러야 했다.

'이제는 거의 바닥이구나. 갈수록 찬황기를 쌓기가 어려워
지니…….'

이번 일로 인해 다시 많은 양의 찬황기를 소모해야 했다. 찬
황기는 백선기와 흑요기를 조율하는 기운이다. 이대로 바닥이
난다면 백선기와 흑요기가 충돌을 일으켜 큰 문제를 야기할
수 있기에 걱정이 들지 않을 수 없었다.

하지만 찬황기의 사용은 삼묘족의 혈겁에 대한 단서를 잡은
이상 어쩔 수 없는 일이었다. 망혼 같은 고위 주법을 완성하기
위해서는 찬황기의 사용이 필수였던 것이다.

'이제 슬슬 이자에게서 사령사와 블랙캣을 쫓은 이유에 대
해 알아보자.'

어느 정도 기운을 회복한 두영은 가와키를 심문하기 시작했
다.

"지금부터 네가 알고 있는 사령사의 모든 것을 말하라!"

"저는 다섯 살 때 율사들에게 발탁되어 사령사에 입문했습
니다. 어둠의 율사들은 사령사를 수호하는 자들로……."

두영은 오랜 시간 동안 가와키로부터 사령사에 대해서 들을
수 있었다.

그가 사령사에 들어간 후 수련을 통해 이능력을 얻게 된 과
정과 사령사 내에서 있었던 권력 다툼, 그리고 그로 인해 미국
으로 유배되듯 떠나온 것까지 가와키가 그동안 살아온 모든
세월에 대해서였다.

가와키의 진술은 네 시간이 넘도록 진행됐다. 그가 사령사의 내부 구조와 자신이 구축한 세력, 그리고 재기를 위해 그간 해온 것을 들을 수 있었다.

'전부 이야기했지만 이자도 사령사에 대해서는 잘 모르는 것 같구나. 가장 중요한 율사들에 대해서는 거의 모르는 것 같으니 말이다.'

사령사를 이끌어갈 자들을 뽑는 위치는 매우 특별한 것이었다. 처음 들어갔을 때 자신에게 행해졌던 의식에 대해서 진술하기는 했지만 정작 중요한 율사들에 대한 정보는 없었다.

'그렇지만 묘조에 대해 알게 된 것은 다행이다. 블랙캣이 가지고 있는 묘조라는 것은 스피릿아머 중 하나가 분명하다. 주작의 검이라 일컬어지는 혈작검(血雀劍)의 화신이 아마도 묘조일 것이다.'

안젤라로부터 들은 바로는 주작의 검인 혈작검은 날개를 가진 검이라고 했다. 한 개의 몸체에 여러 개의 검인을 가진 검이라는 이야기였다.

써니와 함께 본 것은 분명 묘조라 불리는 호조였지만 어찌 보면 여러 개의 검인을 가진 검이라고도 할 수 있는 것이었다.

사령사의 운명을 좌우할지도 모를 정도의 물건이라고 하니 분명 주작검이 분명해 보였다.

'묘조가 주작검이라면, 예상대로 삼묘족의 혈겁에 칠대세력이 관련되어 있다는 이야기인데……'

삼묘족의 혈겁에 대한 단서를 잡았으니 스승인 오렌에게 연락을 해야 했다.

'지금 당장은 곤란하고 어찌 되었든 새로운 사실을 알았으니 이번 일을 마무리하는 대로 스승님께 한번 연락을 해야겠구나.'

스승의 영혼과 소통하기 위해 삼묘족의 성지로 이어지는 세상의 통로를 여는 일도 이제는 본격적으로 시작해야 할 시기였다.

통로를 여는 일은 메우가 맡고 있었는데, 조금 있으면 끝난다는 이야기를 들은 두영은 준비가 완료되고 난 후에 교수들을 빼돌리는 대로 자신의 스승인 오렌에게 연락을 하기로 했다.

'후우, 그렇지만 스승님께 연락을 하려면 또다시 찬황기를 소모해야 할지도 모르는데, 그동안 쌓아온 찬황기를 거의 소모하게 되다니……. 그렇지만 세계수의 열매를 얻지 못했다면 아무것도 못할 뻔했다. 그것으로 위안을 삼자. 하지만 내 염원을 또다시 뒤로 미뤄둬야 하니 아쉽기는 하다.'

안타까운 일이었다.

완전한 신체를 가지고 있었다면 찬황기 정도는 순식간에 복구할 수 있을 터였다. 백선기와 흑요기까지 완벽하게 다룰 수도 있을 테지만 지금은 요원한 일이었다.

아직 때가 되지 않았다고 판단한 두영은 결계를 해제한 후에 완전히 의지를 상실한 가와키를 두고 갈라진 공간을 빠져나왔다.

“잘됐나요?”

창백해진 얼굴로 1층으로 올라온 두영을 보고 써니가 물었
다. 두영의 모습을 보고 있는 그녀의 얼굴에는 걱정이 가득했
다.

“다행스럽게 이상없이 끝냈다. 그런데 칼마는?”

“홀로그램을 설치하기 위해 교수님들 집을 돌고 있어요.”

“다행히 시간을 맞출 수 있었군.”

“시간을 맞추기는 했지만 일이 더 어려워질 수도 있을 것 같
아요.”

“무슨 일이 있나?”

“블랙캣의 흔적은 찾아볼 수 없지만 새로운 자들이 나타났
어요.”

“새로운 자들이라니?”

“아무래도 블랙워크에서 다른 자들을 보낸 것 같아요.”

“으음!”

다른 자들을 보냈다면 자연사로 위장하기보다는 제거 쪽으
로 가닥을 잡을 것 같기에 두영이 신음을 토했다.

“어쩔 수 없이 사건이 커지겠군.”

“그럴 것 같아요. 블랙워크에서 아예 작정을 한 것 같아요.
사건이 커지면 자신들도 곤란할 텐데 말이죠.”

자연사로 위장하는 것을 포기한 것으로 보이는 이상, 일이
확대될 것은 분명했다. 교수들 개개인이 사회적으로 저명인사
에 속하는 인물들이었기 때문이다.

“그런 것 같은데, 우리 쪽에는 문제가 없을까?”

일이 확대되는 것은 그다지 문제가 되지 않았지만 써니가 곤란할 수도 있기에 두영이 물었다.

블랙워크를 막다 보면 일반인들에게는 아니겠지만 자칫 써니가 이면 세계 인물들에게 노출될 수 있었던 것이다.

“그건 걱정 말아요. 어차피 노출을 각오하고 벌인 일이니까요.”

써니의 대답에 두영이 고개를 끄덕였다. 써니가 나름대로 생각한 것이 있다면 자신이 생각한 방법을 써먹어도 될 것 같았다.

“그렇다면 좀 더 화려하게 일을 꾸며야 될 것 같은데, 이왕이면 세상 전부가 아는 것도 괜찮고 말이야.”

“놈들의 발을 묶으려고 하는군요.”

써니는 두영의 의중을 대번에 알아들었다.

“그래야겠지. 놈들에 대한 단서를 은근슬쩍 세상에 흘리면 놈들의 활동이 줄어들 수밖에 없을 테니까 말이야.”

“그것도 좋은 방법이네요. 보스가 그렇게 생각하고 있다면 준비하도록 하지요.”

써니는 두영의 의견에 찬성했다. 자신이 보기에도 그러는 편이 훨씬 나을 것이라는 생각이 들었던 것이다.

“그런데 그자에게서 나온 정보가 궁금하지 않아?”

“호호호, 지금은 그것보다는 일이 우선인 것 같네요. 그리고 어차피 말씀해 주실 거잖아요.”

'내가 써니를 너무 믿지 못했나 보구나.'

자신을 믿는다는 표정을 지으며 웃고 있는 써니를 본 두영은 괜한 걱정을 했다는 생각이 들었다.

"그러지. 이번 일이 끝나면 자세하게 설명해 주도록 하지."

두영은 일이 끝나면 써니에게 어느 정도 알려줄 생각을 굳혔다. 써니가 워마캣에 뛰어든 이유를 먼저 알아야겠지만 삼묘족의 일을 어느 정도 밝혀도 상관없을 것 같았기 때문이다.

사실 써니와 그의 오빠인 스티브가 모종의 사연을 가지고 있다는 것은 느끼고 있는 터였다.

두 사람이 하고 있는 일로 봐서는 그것이 이면 세계와 관련된 개인적인 원한임을 알 수 있었다.

개인적인 원한이 자신의 일에 방해될 수도 있지만 그것은 기꺼이 감수할 수 있다고 생각하고 있었다.

두 사람으로부터 앞으로 받을 수 있는 도움에 비한다면 그런 것은 충분히 감수할 용의가 있었던 것이다.

특히나 메인타워의 초기 모델을 만든 것으로 보이는 스티브의 도움은 앞으로도 계속 필요할 것이 틀림없었다.

'앞으로 계속해서 행동을 같이할 사람들이라면 마음을 터놓을 기회를 만드는 것이 좋을 것 같다.'

서로 간의 속내를 알아보는 자리를 마련해야겠다는 생각을 정리할 때 써니가 두영에게 물었다.

"그런데 그자는 어떻게 하실 거예요? 사라진 것을 알면 사령사에서도 찾으려 할 텐데 말이죠."

잡아놓은 가와키에 대한 처리 문제였다.

"사령사에서 우리를 찾는 일은 없을 거다. 가와키 그자는 아무것도 모르고 사령사로 돌아갈 테니까."

"그렇군요. 그러면 우리는 이번 일만 잘 끝내면 되겠군요."

어떤 방법인지 모르지만 사령사의 인물을 회유했다는 사실에 무척이나 놀라고 있는 써니였지만 애써 내색하지 않았다.

"그래야겠지."

"그럼 칼마가 돌아올 동안 식사나 해요. 시간이 많이 지났어요."

"그럴까? 그러고 보니 배가 고프기는 하군."

식사를 하는 둥 마는 둥 하고 블랫캣과 가와키로 인해 시간을 허비한 터라 배가 고팠던 두영은 식당으로 향하는 써니의 뒤를 쫓았다.

CHAPTER 03
부활 프로젝트

TIME SLICE 타임 슬라이스

두 사람이 늦은 아침 식사를 위해 주방으로 향하고 있을 무렵, 칼마는 무척이나 바쁘게 움직이고 있었다.

교수들의 죽음을 가장할 홀로그램을 설치하는 것은 물론, 암살자들의 신원을 확인할 수 있는 장치도 설치해야만 했기 때문이다.

암살이 이루어지는 장소를 특정할 수 없는 상태라 홀로그램은 교수들에게 직접 설치해야만 했다.

사실 움직이는 생물을 대상으로 홀로그램을 만들어내는 것은 아주 어려운 일이었다. 대상물 자체가 홀로그램을 인식하지 않아야 하기 때문이기도 했지만, 고정된 시설보다 더 많은 정보를 처리해야 하는 어려움이 있었다.

보통의 경우라면 거의 불가능한 일이지만 교수들을 상대로 홀로그램을 설치하는 것이 성공한 것은 이번 일을 위하여 자신의 가문에서 내려오는 비전을 기꺼이 내놓았기에 가능한 일이었다.

거기다가 자신이 심혈을 기울여 연구한 것들도 몽땅 내놓았으니 어려움 속에서도 성공했던 것이다.

칼마가 이번에 풀어놓은 것들은 자신의 직계에게도 죽는 순간에만 내어줄 것들이다.

가문이 멸문의 위기에 처해 있을 때에도 사용하지 않았던 비전을 내놓은 것은 자신의 소원을 풀어줄 이가 바로 두영이라 생각했기 때문이다.

구인회에 가입하는 순간에도 이미 두영을 자신의 보스로 인정하고 있었지만 칼마가 두영을 자신의 목숨을 가질 주인으로 선택한 것은 써니의 충고가 있어서였다.

스티브와 써니, 그리고 칼마는 모두 같은 대상을 원수로 두고 있었다. 이면 세계의 인물들인 그들의 부모가 한 집단에 의해 무참하게 살해당했던 것이다.

하지만 세 사람은 복수는커녕 숨어살기에 바쁜 나날을 보내야 했다. 혹시라도 원수에게 들키지 않을까 노심초사해야 했다.

칼마가 홀로그램에 빠진 것도 그 때문이었다. 적들의 손에서 벗어나기 위해서이기도 하지만 현실을 탈피하고 싶은 마음에 더욱 빠져들었던 것이다.

그런데 오늘 홀로그램 발생 장치를 만들어 써니를 찾았을 때, 칼마는 아주 기쁜 소식을 들을 수 있었다.

요원하기만 했던 복수를 어쩌면 이룰 수도 있다는 소식이었다. 오랜 시간 동안 써니와 스티브가 나름대로 복수를 준비해 왔지만 불가능해 보인 일이었다. 언제나 그의 뇌리를 떠나지 않았던 부모님의 비명 소리를 잊을 수 있을지도 모른다는 생각에 칼마는 써니에게 자세한 내용을 물었다.

써니는 칼마에게 복수에 대한 확신이 어디서 비롯되었는지 이야기해 주었다. 구인회의 새로운 보스가 된 두영이 보여준 힘이 그것을 가능하게 해줄 것이라고 말해주었다. 자신과 구인회의 나머지 동료들의 능력을 완전히 이끌어낸 두영이라면 복수가 가능할뿐더러, 그 시간도 그리 멀지 않았다는 것이 써니의 이야기였다. 믿을 수 없는 이야기였지만 써니는 칼마에게 증거를 보여주었다. 두영으로 인해 급상승한 자신의 능력 중 일부를 보여준 것이다.

칼마가 본 써니의 능력은 그야말로 가공할 정도라고밖에는 표현할 수가 없었다.

써니에 대해서 누구보다 잘 알고 있던 칼마도 상상할 수 없는 능력을 보았던 것이다.

써니는 믿지 못하는 칼마에게 염동력으로 가공할 화력을 지닌 불꽃을 보여주었다.

염동력으로 물리력을 사용할 수 있을 뿐만 아니라, 특정한 형태의 기운으로 변화시키는 모습을 칼마의 눈앞에서 보여준 것이다.

그러한 능력은 이면 세계에서도 극소수 최상위 능력자들만이 가지고 있는 것이었다.

두영이 마음에 들기도 하지만 써니에게 단숨에 그런 능력을 가질 수 있게 만들었다면 충분히 복수의 시간을 앞당길 수 있다는 판단이 들었던 것이다.

써니의 충고와 보여준 힘이 아니더라도 이미 마음에 든 사람이었다. 복수할 수 있는 힘을 줄지도 모른다는 것은 거의 부수적이었다. 오랫동안의 도피 생활로 지쳐 있던 자신에게 두영은 한줄기 서광이나 마찬가지였기에 칼마는 가지고 있는 모든 능력을 쏟아붓기로 한 것이다.

"이제 됐군. 그럼 이제 지켜보는 일만 남은 것 같은데, 일단은 보스부터 만나보기로 하자."

잠들어 있는 루이스를 바라보던 칼마는 집을 빠져나와 써니의 아지트로 향했다.

루이스가 홀로그램을 설치할 마지막 교수였다. 아지트로부터 가장 먼 곳부터 시작한 탓에 써니의 집으로 향하는 시간은 그리 오래 걸리지 않았다.

'식사 중인가? 별일이로군. 써니가 요리를 다 하고. 보스를 마음에 두고 있는 것인가?

칼마는 써니의 아지트로 돌아와서 식사를 하고 있는 두 사람을 볼 수 있었다. 오랫동안 써니와 알고 지냈지만 요리를 하고 그것을 다른 사람과 나누어 먹는 모습을 한 번도 본 적이 없었기에 써니가 두영을 매우 특별하게 여긴다는 것을 알 수 있었다.

'그나저나 냄새가 좋은데?

간단하게 조리할 수 있는 음식이었지만 맛있는 냄새를 풍기고 있어 칼마는 회가 동했다. 저녁 내 홀로그램을 설치한 탓에 배가 많이 고팠던 것이다.

"남는 거 있으면 나도 좀 줘."

천연덕스럽게 식탁으로 재빨리 다가가 자리에 앉은 칼마는 써니에게 음식을 달라고 재촉했다.

"일은 잘 끝낸 거냐?"

어떻게 됐는지 이야기는 하지 않고 막무가내로 밥을 달라고 재촉하는 칼마를 흘기며 써니가 물었다.

"일하지 않는 자는 밥도 먹지 마라! 그게 내 신조야!"

일이나 끝내고 먹으라는 써니의 핀잔에 당연한 걸 묻느냐며 대답했다.

"흥! 자리에나 앉아!"

너스레를 떠는 칼마를 향해 새침한 표정을 지어 보인 써니가 주방으로 들어가 음식을 내왔다.

표정과는 달리 고생한 칼마를 위해서 접시 위에는 파스타가 가득 담겨 있었다.

"이동하는 홀로그램은 어렵다고 했는데, 문제는 없겠나?"

교수들의 안위가 염려스러웠던 두영은 홀로그램이 정상적으로 작동될 수 있는지 물었다.

"시험까지 거친 거니까 적정 붙들어 매두십시오."

"자신하는 것을 보니 잘된 모양이로군."

칼마의 확신하는 대답에 두영은 다시 파스타를 먹기 시작했다.

"쩝! 쩝! 써니야, 그나저나 이거 맛있다. 식당 차려도 되겠다. 아니지. 지금도 식당 주인인가?"

두영이 식사를 다시 시작하자 음식을 칭찬했다. 그러다가 써니가 아지트를 만들 때 주로 식당으로 위장한다는 것을 알고 있는 그는 이내 고개를 젓더니 파스타 먹는 것에 집중했다.

"놈들에 대해서는 걱정하지 않아도 되겠지?"

써니는 그래도 칼마가 못 미더워 확인을 했다.

"쩝! 밥 먹는데 말시키기는! 후후후, 걱정 마라. 보스에게 말씀드렸다시피 놈들이 일을 벌이려고 하는 순간 전 세계가 알게 될 테니까."

"좋아, 그럼 밥 먹고 오빠에게 가봐. 통제는 그곳에서 하고 있으니 상황을 조종하기가 쉬울 거다."

"그렇지 않아도 그럴 생각이다. 그런데 보스, 사령사의 인물을 잡았다고요? 그 자식들, 옛날에는 꽤난 골치 아픈 족속이었다고 들었는데 괜찮아요?"

사령사의 인물에 대해서는 통신을 통해 써니에게 들었기에 칼마가 어찌 된 연유인지 물었다.

"문제될 것은 없다, 일단 조치는 완벽하게 취했으니까. 그리고 스티브에게 가는 길에 그자를 태우고 가라."

"예?"

사령사의 인물을 태우고 가라는 소리에 칼마가 놀라 되물었다. 아무리 포로로 잡았다지만 사령사의 인물들은 한시도 방심할 수 없는 자들이었기 때문이다.

"가는 도중에 아무 곳에나 내려주면 된다. 그리고 널 해치지 않을 테니 염려하지 말고."

"아, 알았습니다."

'사령사의 인물을 세뇌라도 했나? 그러기는 힘들 텐데…….. 하지만 완벽하게 제압해 세뇌를 했다면 써니의 말대로 진짜 놈들과의 전쟁에서 승산이 있을지도 모른다.'

사령사의 인물은 설사 포로로 잡힌다고 하더라도 세뇌는 절대 불가능하며, 어떤 수를 쓰든 간에 반드시 자살을 하는 터라 믿을 수가 없었지만 써니의 표정을 보니 당연한 듯한 모습이었다.

'보스는 마치 양파 같은 사람이로군. 계속 새로운 모습만 보여주니…….'

포크로 파스타를 찍으며 칼마는 두영의 능력에 새삼 감탄할 수밖에 없었다. 사령사의 인물들은 시체는 남길지언정 포로가 된 적이 없는 것으로 유명했다.

그런데 그런 인물을 자신의 수족으로 만든 것 같으니 놀라지 않을 수 없었던 것이다.

　　　　　　＊　　　　＊　　　　＊

　암살 시도는 예상보다 빨리 진행됐다.

　칼마가 홀로그램을 설치한 바로 그 다음날 암살 시도가 이루어진 것이다. 블랙캣의 실패로 인해 블랙워크에서 급해진 것 같았다.

　처음 암살 시도는 예상대로 루이스 교수부터 시작되었다.

　출근을 위해 자전거를 타고 학교로 향하던 루이스 교수를 향해 청소 차량이 돌진해 그대로 깔아버린 것이다.

　주변에 사람들이 많았지만 학교 근처라 대부분 걷거나 자전거를 이용하기에 돌진하는 청소차를 막을 만한 것은 없었다.

　루이스 교수의 죽음은 무척이나 참혹한 광경을 연출했다. 5톤이나 되는 청소 차량이 올라탄 탓에 가슴 부분이 으깨져버렸고, 주변은 피로 범벅이 되었다.

　루이스 교수의 죽음이 있고 난 후, 다음 암살은 오후에 이루어졌다.

　강의를 마치고 돌아가는 헨리 창 교수의 차량이 도로를 이탈해 강으로 뛰어든 것이다.

　두 교수의 어이없는 죽음이 남긴 상처가 채 가시기도 전에 학생들은 또다시 비보를 들어야 했다. 블랙워크는 다음날도 암살을 시도했던 것이다.

　타고 가던 차량이 전복 사고를 일으키고, 길을 걸어가다 공

사장에서 떨어진 벽돌이 머리를 강타해 두영의 면접에 참여했
던 나머지 두 교수도 죽음을 면치 못했던 것이다.

이틀 사이에 학교의 유명 교수 네 명이 비참하게 죽자 MIT
에서는 난리가 났다. 애도의 물결이 이어지고, 학교의 분위기
는 우울함을 더해갔다.

그러나 진짜 큰일이 벌어진 것은 암살이 끝난 이틀 후였다.

죽은 교수들이 사고사가 아니라 암살이라는 것이 확실해 보
이는 증거를 담은 동영상이 인터넷에 올라왔던 것이다.

동영상은 시리즈로 올라왔다. 살인현장 근처에 대기하고 있
다가 루이스 교수가 나오자 갑자기 돌진하기 시작한 청소차의
동영상이 올라왔을 때는 모두가 반신반의했다.

그렇지만 그 뒤에 헨리 창 교수의 차가 강으로 뛰어들기 전
누군가 차에서 내리고 난 뒤 앞좌석 문을 열고 뭔가 조작하는
모습이 올라왔을 때는 이번 일들이 살인일지도 모른다는 의심
을 갖게 했다.

그리고 전복 사고 시 차량을 들이받고 난 후, 유유히 사라지
는 사나이의 모습이 청소차를 운전하던 자와 동일 인물임을
확인하는 동영상이 캡처된 화면과 공사장에서 누군가 벽돌을
날리는 장면들이 낱낱이 공개되자 사람들은 조직적인 살인이
일어났다는 것을 알 수 있었다.

MIT의 교수들이 누군지는 모르지만 어떤 세력의 조직적인
작전에 의해 암살되고 있는 사실이 알려진 것이다. MIT에서
재직하고 있는 사회적으로 저명한 교수들이 누군가에 의해 차

레로 암살되었다는 사실을 확인할 수 있는 동영상들은 사회적으로 엄청난 파장을 불러일으켰다.

당연히 FBI에서 본격적인 수사가 이루어지고, 여론에서도 암살에 대한 추측성 보도 기사를 연일 확대 생산해 내며 암살 조직에 대해 주목하기 시작했다.

이로 인해 블랙워크에서는 비상사태가 벌어졌다.

완벽하게 암살에 성공했다고 생각했는데 자신들이 보낸 암살자들의 얼굴이 만천하에 공개되어 버린 탓이다.

블랙캣을 제외한 블랙워크의 특급 암살자들의 공개는 자칫 존립의 근간마저 흔들릴 위험이 있었기에 앞으로 어떻게 수습해야 할지 갈피를 잡지 못해 우왕좌왕하고 있었다.

*   *   *

"블랙캣은 행방불명이고, 우리 요원들의 얼굴이 만천하에 공개되었다. 어떻게 하면 이 사태를 수습할 수 있을지 각자 의견을 말해봐라."

블랙워크를 이끄는 십인위원회를 소집한 워커는 애써 화를 가라앉히며 침중한 어조로 탁자를 메운 위원들에게 물었다.

분노하기보다는 사태를 수습하는 것이 먼저라 위원들의 의견을 듣고자 했던 것이다.

"아마도 이번 일에 누군가 조직적으로 개입한 것 같습니다."

　십인위원회의 위원 중 하나인 브리스가 의견을 개진했다. 캐논슈터라고 알려진 그는 블랙워크를 이끄는 열 명의 위원 중 가장 과격한 성향을 가진 인물이었다.

　"그것을 누가 모르나! 어떤 놈들인지, 그리고 어떻게 해결해야 할지 의견을 말하라는 말이다!"

　뻔히 알고 있는 내용을 말하는 브리스를 바라보며 화를 참고 있던 워커는 자신도 모르게 화를 벌컥 내버렸다.

　브리스는 서슬이 퍼런 워커의 기세에 계면쩍은 얼굴로 급히 입을 다물었다.

　"진정하시고 제 말씀을 들어보십시오."

　화를 참지 못하고 있는 워커를 향해 마이런이 말했다.

　어둠의 신사라는 별명을 가진 마이런은 블랙워크의 두뇌라고 할 수 있는 자였기에 워커도 그의 의견은 새겨듣는 편이라, 이어지는 그의 말을 경청했다.

　"공개되기는 했지만 우리가 개입한 것이 알려지려면 상당한 시간이 걸려야 할 겁니다. 꼬리를 잘라내면 알지 못할 가능성도 있고 말입니다. 하지만 우선 그보다는 다른 것부터 확인해야 합니다."

　"다른 것을 확인하다니, 무슨 말이냐?"

　"누군가 조직적으로 공개했다면 우리에게서 뭔가 노리고 있다는 것은 틀림없는 사실이니, 어째서 우리를 노리는 것인지 그것부터 먼저 파악해야 사태를 수습할 수 있다고 봅니다."

　"놈들이 노리는 것이 뭐라고 생각하나?"

마이런의 말에 냉정을 되찾은 워커가 소리를 낮추며 물었다.

"이번 건은 의뢰받은 지 얼마 되지 않은 사안입니다. 그럼에도 이토록 철저하게 공개되었다면 사전에 준비하지 않으면 불가능한 일입니다. 그러니 우리는 한 군데를 의심하지 않을 수 없습니다."

마이런의 말에 워크는 고개를 끄덕였다. 마이런의 생각에도 일리가 있었던 것이다.

'네오클래스에서 이번 일을 주도했다는 말인가? 하지만 그들이 그럴 리는 없다. 같이 죽자는 이야기가 아닌 한……'

마이런의 말에 의뢰자들에 대해 잠시 생각해 본 워크는 그럴 리가 없다고 생각했다.

마이런의 의견이 타당해 보이기는 하지만 자신들에게 의뢰한 자들은 공생 관계에 있는 자들이었다.

만약 이번 일이 그들이 한 것이라는 사실이 알려지는 날에는 자신이 이끌고 있는 블랙워크와 공멸할 수도 있다는 것을 알고 있을 것이기에 마이런에게 묻지 않을 수 없었다.

"증거는 있나?"

"없습니다."

"그런가?"

"그렇습니다. 개인적인 생각이기는 하지만 네오클래스에서 그렇게 하지는 않았을 것입니다. 하지만 그들을 일순위로 용의선상에 올려놓아야 할 것입니다."

"어째서인가?"

네오클래스가 아닐 것이라고 하면서도 강경한 어조로 용의 선상에 올려놓아야 한다는 마이런의 말에 워커가 물었다.

"네오클래스와 우리가 서로의 약점을 쥐고 공생하는 관계에 있다고는 하지만 언제까지 서로 그런 관계로 머물 수도 없다는 것을 잘 아시지 않습니까? 이번 일을 계기로 우리도 미래를 대비해 준비를 해야 할 것입니다."

"일리있는 말이다. 그들이 이번 일에 관여하지 않았다 하더라도 생각해 봐야 할 일이다."

마이런이 하는 말은 워커 자신도 오래전부터 생각해 온 것이기에 이번 일을 기회로 준비 작업에 착수하는 것이 좋겠다는 판단을 내렸다.

"마이런의 의견에 대해 다른 의견은 없나?"

워커가 다른 위원들의 의견을 물었다. 자신이 수장으로 있기는 하지만 이런 결정은 십인위원회에서 만장일치로 결정을 내려야 된다는 율법 때문에 동의를 구한 것이다.

워커의 말에 나머지 위원들도 다들 그렇게 생각하는지 아무도 반대 의견을 내놓지 않았다.

"좋아! 앞으로 네오클래스에 대한 대비를 본격화하기로 한다. 책임은 마이런이 맡고 다른 이들은 예비 인력을 차출하여 지원해라."

"율법에 따라 시행할 것입니다."

이로써 네오클래스에 대한 결정이 십인위원회를 통해 내려졌다.

미 군부를 암중으로 지배하고 있는 존재에 대해 대비하기 위해서는 많은 전력이 필요하겠지만 워커는 블랙워크를 지배하고 있는 십인위원회의 힘을 믿었다.

특히나 전략 전술에 있어 천재라 할 수 있는 마이런이라면 네오클래스와 전면전을 벌일지라도 어느 정도 승산이 있다고 생각하고 있었다.

"마이런, 앞으로 잘 부탁한다. 블랙워크의 앞날은 오로지 네 어깨에 달려 있다."

워커가 마이런의 어깨를 두들기며 자신이 그를 믿고 있음을 표시했다.

십인위원회에 속해 있는 사람들도 마이런을 향해 신뢰 어린 눈빛을 보냈다. 그동안 암중에서 작전을 짜오던 마이런이 전면에 나선 이상 자신들의 일도 한결 편해질 것이라고 생각한 것이다.

"오늘 회의는 이것으로 끝을 내겠다. 모두들 들었듯이 이번 사건은 블랙워크가 생기고 난 뒤 최대의 위기라고 할 수 있다. 각자 맡은 바 책임에 최선을 다해주기 바란다. 마이런만 남고 다들 돌아가도록."

워커가 회의를 끝내자 마이런을 제외한 다른 자들이 일제히 사무실을 떠났다.

각자 역할에 맞는 대책을 세우기 위해서였다.

그렇게 십인위원회의 회의를 마친 워커 또한 마이런을 대동하고 자신의 사무실로 향했다. 십인위원회에서 나누지 못했던 이야기를 마무리하기 위해서였다.

네오클래스를 담당하게 된 마이런은 워커의 사무실로 온 후 또다시 의견을 내놓았다.

바로 이번에 교수들의 암살을 의뢰했던 타이너에 대한 일이었다.

"타이너가 의심스럽습니다. 이번 안건을 의뢰한 자일뿐더러, 암암리에 블랙워크를 노리고 있으니 가장 먼저 살펴봐야 할 자입니다."

"하긴, 그자라면 그러고도 남을 수 있지. 그렇게 하게."

"하지만 타이너를 이번 사건의 용의자로 보고 조사하자면 여러 가지 문제가 발생할 소지가 있습니다."

"문제?"

"그가 네오클래스의 지시를 받은 것일 수도 있지만, 자신의 목적에 따라 우리를 곤란하게 하려 했을 수도 있다는 사실을 염두에 두어야 할 겁니다."

그럴 수도 있겠다는 생각이 들었다.

네오클래스의 지시를 받고 이번 음모를 꾸민 것일 수도 있겠지만, 개인적으로 블랙워크를 탐내고 있던 타이너가 네오클래스와는 전혀 상관없이 일을 벌였을 가능성이 있었던 것이다.

만약 그가 네오클래스 모르게 독자적으로 꾸민 짓이라면, 멋모르고 네오클래스를 상대하려다가 오히려 큰 문제를 야기할 수 있었던 것이다.

"그렇다면 결국 네오클래스와 타이너에 대한 조사를 병행해야 한다는 이야기인데……."

"그렇습니다. 그리고 다른 자들도 염두에 두어야 할 것 같습니다. 경쟁 관계에 있는 다른 조직들이 개입했을 수도 있으니 말입니다."

"다른 조직이?"

"그렇습니다. 타이너가 독자적으로 계획을 실행 중이라면 반드시 그렇게 했을 겁니다. 저라도 그렇게 했을 테니 말입니다."

"으음, 그럴 수도 있을 것 같군. 타이너란 놈은 자신의 목적을 위해서는 수단과 방법을 가리지 않는 녀석이니 말이다."

워커가 생각하기에도 블랙워크의 해체 수순을 밟자면 그것이 최선이었다.

전쟁 대행업에 뛰어든 경쟁 업체들도 무시할 수 없었다.

그들이라면 독주하고 있는 블랙워크를 충분히 견제할 수 있는 일이다. 블랙워크의 실체에 대해 일부러 까발려 행동을 제약하려는 목적일 수도 있는 일이었다.

'블랙워크의 실체가 세상에 노출되면 우리와 경쟁 관계에 있는 놈들은 시체를 먹기 위해 몰려드는 하이에나처럼 달려들 것이 분명하니까.'

다른 조직이 관여할 수도 있다는 판단에 생각을 정리하던 워커의 귀에 마이런의 목소리가 다시 들려왔다.

"보스께서 일단 타이너를 한번 만나보십시오. 이미 그자가 우리의 숨겨진 힘을 노리고 있다는 것을 아는 이상, 그자를 만나면 정확히는 아니겠지만 어느 정도 정황을 파악할 수 있을 겁니다. 그가 관련되어 있는지 아닌지 말입니다. 복잡한 것일수록 아주 단순한 곳에서 해답을 찾을 수도 있으니 한번 만나보십시오. 정확한 판단을 위해서 저도 동행하도록 하겠습니다."

적을 명확히 하는 것도 중요하지만 복잡해질 수 있는 상황을 정리하기 위해서라도 타이너를 만나볼 필요가 있다고 마이런이 주장했다.

블랙워크를 이끄는 두뇌답게 냉철하게 판단하는 마이런이었다.

"네 말대로 일단 그를 만나보기로 하지. 타이너에 대한 것은 이것으로 정리하도록 하고, 이번 일도 블랙캣이 사라진 것과 관계가 있을지도 모르는데 블랙캣의 행방을 수소문해 봤나?"

타이너를 만나봐야 한다는 마이런의 조언을 받아들인 워커는 블랙캣에 대해 물었다.

블랙캣은 블랙워크를 대표하는 사람이기도 하지만 자신의 연인이기도 했기에 걱정이 되지 않을 수 없었던 것이다.

"지금도 찾고 있는 중입니다. 여러 채널을 가동 중이니 머지 않아 블랙캣의 행방을 알 수 있을 겁니다."

마이런은 블랙캣에 대해서도 신경을 쓰고 있는 중이었는지 곧바로 대답했다.

"최대한 전력을 기울여 빨리 찾도록!"

걱정도 걱정이지만 블랙캣이 있어야 숨겨진 힘의 완성이 빨라질 것이기에 워커는 마이런에게 지시를 내렸다.

"알겠습니다.

"참, 그리고 어디라고 했지?"

"타이너가 있는 곳 말입니까?"

"그래!"

"마담Q가 운영하고 있는 펜트하우스에 머물고 있습니다."

"그곳에? 후후후, 팔자가 늘어졌군."

혼자 깨끗한 척은 다 하는 타이너가 집창촌이나 다름없는 곳에 머물고 있다는 사실은 워커로서도 의외였다.

"정관계 로비스트 중에 가장 성공확률이 높다는 마담Q이니만큼, 아무래도 그녀와 타이너가 깊은 관계를 맺고 있는 것이 분명합니다."

"그럴 수도 있겠지. 합법적인 탈을 쓴 무기 상인이 바로 타이너란 작자니까. 그런데 애들은?"

"일부러 배치하지 않았습니다. 아직 확실한 것도 아닌데 일부러 척을 질 필요는 없으니까 말입니다."

"그래, 아직은 분명한 것이 아니니까 말이야."

자신에게 전폭적인 지원을 약속한 타이너였다. 그리고 블랙워크가 아직 크지도 않았는데 잡아먹으려 할 자는 아니었다.

특히나 자신이 키우고 있는 자들이 완성되려면 시간이 많이 걸리는 일이었다.

'역시 타이너는 아니라고 봐야 하는 것인가?'

생각을 정리하다 모든 것이 불분명하자 워커는 머리가 복잡해졌다.

자신의 야망을 위해서는 아직 시간이 필요했다. 타이너와 척을 진다는 것은 그만큼 야망을 실현할 시간이 늘어나는 일이었다. 불리한 것은 자신이었기에 이번 일을 어떻게 해결해야 할지 고민이 들지 않을 수 없었다.

'어차피 자세히 확인해 볼 필요도 있으니 놈이 다른 일을 시작하기 전에 만나봐야 할 것 같군.'

빠를수록 좋다는 생각에 워커는 타이너를 만나기로 했다.

"좋아! 내친김에 오늘 만나봐야겠으니 준비하도록."

"알겠습니다. 제가 모시겠습니다."

워커의 지시에 마이런은 곧바로 떠날 준비를 했다. 워커가 빌딩을 떠난 것은 한 시간이 조금 지난 후였다.

타이너를 만나는 것도 중요하지만 워커의 신변 보호도 중요하기에 경호대를 준비하기 위한 시간이 필요했던 것이다.

부우웅!

블랙워크의 본부가 있는 빌딩을 떠난 후 마이런이 모는 차는 어느새 마담Q가 운영하고 있는 펜트하우스 앞에 도착했다.

크고 웅장한 건물이 워커의 시야에 들어왔다.

"이곳인가?"

"그렇습니다. 오기 전에 연락을 해놓았으니 타이너가 기다리고 있을 겁니다."

"올라가도록 하지."

빌딩으로 들어선 두 사람은 엘리베이터를 탔다.

별도의 인식 절차를 밟아야 하기에 두 사람은 펜트하우스가 있는 바로 밑에 층에서 내렸다.

검은색 양복을 입은 보디가드들이 엘리베이터 앞에서 두 사람을 기다리고 있었다.

맨 꼭대기 층에 위치한 펜트하우스로 가는 길은 상당히 복잡한 확인 절차를 거쳐야 했다.

무기 소지 여부를 탐색하기 위한 금속탐지서부터 손으로 하는 신체검사와 CCTV를 통해 방문을 허락한 사람의 확인까지 10여 분이 넘는 시간이 흘렀다.

펜트하우스까지는 계단으로 올라갔다. 구석구석에 위치한 보디가드들이 안내를 받아 펜트하우스를 올라가는 두 사람을 철저히 감시하고 있었다.

맨 꼭대기 층에 있는 펜트하우스는 모두 두 채로 별도의 구획으로 나뉘어져 있었는데 두 사람이 올라간 곳은 왼편에 위치한 곳이었다.

두 사람은 펜트하우스로 들어서기 전 또 한 번의 검문을 받아야 했다.

두 사람의 검문을 맡은 자는 짙은 선글라스를 쓴 자였는데, 보통의 검문과는 달리 손으로 이마를 한번 짚어보는 것이 다였다.

'능력자들을 감별하는 자까지 고용하고 있다니, 마담Q에 대해서 다시 한 번 생각을 해봐야 겠군.'

일반인뿐만 아니라 이능력자에 대해서도 경계를 하고 있다면 마담Q는 이면 세계의 사람일 확률이 99퍼센트였다.

또한 이곳 펜트하우스가 이면 세계의 일에 사용된다는 것을 증명하는 것이기도 했다.

그동안 몰랐던 사실을 알게 된 워커는 무거운 마음으로 펜트하우스 안으로 들어섰다.

펜트하우스 안은 아담하면서 무척이나 세련된 분위기를 풍기는 장식들로 가득했다.

'호화판이군. 이런 데서 즐기려면 도대체 얼마나 많은 돈이 있어야 할까.'

펜트하우스를 통째로 빌려 휴가를 즐기려면 많은 돈이 필요하다는 것을 알기에 워커의 인상이 찌푸려졌다.

안으로 둘러보고 있던 워커의 상념을 깨운 것은 마이런이었다. 누군가 나타났던 것이다.

두 사람 앞에 모습을 드러낸 이는 미국 정가에 가장 막강한 영향력을 행사한다는 로비스트 마담Q였다.

"음!"

워커의 입에서 굵직한 신음이 흘러나왔다.

'어떻게 저 아이가!'

워커의 눈에는 놀람이 빛이 가득했다.

자신 앞에 모습을 드러낸 마담Q는 잊으려고 해야 잊을 수
없는 사람이었기 때문이다.

마담Q의 등장에 할 말을 잃고 멍하니 바라보고 있는 이는
워커뿐만이 아니었다.

마이런은 또 다른 이유로 마담Q를 멍하니 바라보고 있었
다.

'들리는 소문대로 상당한 미인이군.'

가느다란 금발이 웨이브를 이루며 어깨까지 내려온 마담Q
의 모습은 무척이나 고혹적이었다.

블랙 계통의 원피스에 화려하지는 않지만 기품있어 보이는
장신구로 포인트를 준 패션에는 적지 않은 기품이 서려 있었다.

거기다가 그녀의 모습에서 풋풋한 어린 소녀에서 중년의 풍
만함까지 고혹적인 느낌을 느낄 수 있었던 마이런은 마담Q가
보통 여자가 아니라는 것을 한눈에 알 수 있었다.

'저 여자도 주목을 해야 할 것이다. 오래전부터 정가에서 활
동해 왔으니 어쩌면 네오클래스나 타이너와 관련이 있을지도
모르니까.'

마담Q에 대해서 관심을 가지게 된 마이런은 그녀에게 감시
를 붙여야겠다는 생각을 했다.

블랙워크가 앞으로 나가야 할 길에 어쩌면 마담Q가 강력한
걸림돌이 될 가능성이 높다는 것은 본능적으로 알아차렸던 것
이다.

‘보스가 마담Q를 알고 있었던가? 그럴 리가 없는데…….’

마이런이 알기로 워커는 마담Q와는 초면이었다. 하지만 지금 당혹스러움으로 물들어 있는 워커의 눈을 보면 그런 것 같지도 않았다.

“오랜만이군.”

마이런의 예상대로 오랫동안 알아왔던 사람을 대하듯 워커가 먼저 인사를 했다.

“오랜만이군요. 그런데 무슨 일이죠? 전장을 누비기에도 바쁘신 분이 여기까지 다 찾아오고.”

별로 상대하고 싶지 않다는 듯 마담Q의 목소리가 차가웠다.

‘특별한 사이인가?’

자신들 앞에 나타난 마담Q를 살피던 마이런은 그녀가 보이는 의외의 반응에 워커와 마담Q의 관계가 심상치 않다는 것을 알 수 있었다.

“이곳에 있는 손님을 만나야 할 일이 있어서 왔다.”

“여기서 당신이 만나야 할 사람은 없어요.”

마담Q가 단호하게 말했다.

“이!”

워커의 인상이 구겨졌다. 금방이라도 폭발할 것 분노가 가득한 얼굴이다. 하지만 워커는 분노를 삼키며 자신이 온 목적을 밝혔다.

"그에게 의뢰받은 일을 수행 중이니 타이너에게 내가 왔다고 연락이나 해라."

"타이너 씨의 의뢰를 받았다면 여전히 백정 노릇을 하고 있겠군요."

"그건 네가 상관할 바가 아니다. 어서 연락하기나 해라."

"알았어요. 연락하도록 하지요. 하지만 앞으로 여기 찾아오는 일은 없었으면 좋겠군요."

"알았다. 네가 이곳에 있을 줄은 몰랐다. 앞으로는 찾아오지 않도록 하지."

"흥!"

마담Q가 믿을 수 없다는 듯 콧방귀를 뀌며 타이너에게 연락을 하기 위해 안으로 들어갔다.

"아는 사이입니까?"

"몰라도 된다. 마담Q에 대해서는 관심을 끄도록. 감시 또한 붙이지 마라."

마이런이 마담Q에 대해 어떻게 생각하는지 알아차린 듯 워커가 말했다.

"알겠습니다. 그렇게 하도록 하지요."

두 사람이 대화를 나누는 사이 누군가 로비에 나타났다. 만남이 허락된 듯 마담Q 대신 두 사람을 타이너에게 안내하기 위해 안내인이 나왔던 것이다.

*　　*　　*

"어쩐 일이지?"

타이너가 두 사람을 불편한 표정으로 맞이했다.

자신의 여가를 방해받은 것에 기분이 좋지 않은 탓인지 타이너의 눈빛이 싸늘했다.

"아직 소식을 듣지 못한 모양이로군."

"당분간 내게 들어오는 모든 정보를 차단하고 있는 중이었다."

'개새끼, 어떤 일이 벌어진 줄도 모르고 이곳에서 노닥거리고 있다니!'

방 안을 살피던 워커는 약간 문이 열린 침실 안쪽에 벌거벗은 여자 두 명이 침대에 누워 있는 것을 볼 수 있었다.

무척이나 기분이 나빠지는 워커였다.

"일이 생겼소. 누군가 이번 암살을 암중에서 지켜보고 있었던 모양이오."

"정확히 무슨 일인 것이지?"

의뢰한 암살에 문제가 생겼다는 소리에 타이너가 앉으라는 말도 없이 소파에 앉으며 물었다.

워커와 마이런은 타이너의 앞에 마주 앉았는데 마이런이 대답했다.

"암살은 성공했습니다. 그런데 우리 요원들이 암살하는 장면들이 인터넷 상에서 떠돌고 있습니다."

"으음, 골치 아프군. 블랙워크가 흔적을 남기다니 말이야."

타이너가 인상을 찡그렸다.

교수들에 대한 암살은 세상에 드러나면 안 되는 일이었다.

이제 세상에 드러난 이상, 점차 입지를 갖추어가는 네오클래스에서의 자신이 가진 입지도 위축될 수밖에 없었다.

"흔적은 곧 지울 예정입니다. 문제는 언론과 FBI를 조용히 입 다물게 하는 것인데, 저희가 가진 힘으로는 조금 어려운 점이 있습니다."

"나더러 나서달라는 이야기인가?"

"그렇습니다."

"좋아, 그 일은 내가 해결해 주지. 그런데 흔적을 어떻게 제거한다는 것이지?"

"그것은 염려하지 마십시오. 관여된 자들은 이미 지우고 있습니다. 그리고 FBI를 조용히 입 다물게 하기 위해서 이번에 투입된 자도 내놓겠습니다."

"후후후! 꽤 유능한 자 같던데 손해가 크겠군."

타이너의 말대로 이번에 블랙캣 대신 투입된 자는 블랙워크 내에서도 특급에 속하는 자였다. 아깝기는 하지만 블랙워크와는 비교할 수 없는 대상이었다.

"할 수 없는 일입니다. 블랙워크가 타깃이 되면 곤란하니까요. 그리고 한 가지 부탁드릴 것이 있습니다."

"부탁?"

"누가 우리를 노리고 있는지 알아봐 주십시오. 유튜브에 나타난 동영상을 보면, 조직적으로 개입한 것 같으니 말입니다."

"그러도록 하지. 하지만 그전에 한 가지 짚고 넘어가지. 우리 측에서 이번 건에 대한 일은 오직 나밖에는 아는 사람이 없다는 사실이다."

"으음!"

워커는 타이너가 무엇을 말하려고 하는지 어느 정도 짐작할 수 있었다.

"블랙워크 내에 있을 수도 있다는 말입니까?"

"이야기가 통하는군."

마이런이 자신이 말하려는 뜻을 알아차린 것을 확인한 타이너는 워커를 바라보았다.

"워커, 이번 일로 인해 나도 상당히 곤란해질 것이다. 이런 식으로 일을 처리하면 앞으로의 계약도 문제가 될 수 있으니 처리를 잘하도록!"

마이런과 대화를 나누던 타이너가 워커를 바라보며 싸늘한 어조로 말했다.

"알았다. 이번 문제는 우리가 처리하도록 하지."

타이너의 음모가 있었는지 알아보려 왔다가 질책을 받은 워커는 심기가 불편한지 무뚝뚝한 표정으로 대답을 했다.

'타이너는 아니다. 어쩌면……'

마이런은 타이너가 이번 일에 개입되어 있지 않음을 확인할 수 있었다.

이번 사건으로 인해 피해를 입을지도 모른다는 생각 때문인지 타이너의 어조에는 경고의 의미가 강했다.

어쩌면 타이너의 말대로 블랙워크 내에 배신자가 있을 수도 있는 일이었다.

워커의 심기가 불편함을 인지한 마이런이 재빨리 나섰다.

"말씀하신 뜻은 알겠습니다. 나름대로 조사를 해보도록 하지요. 그럼 이만 가보겠습니다. 휴가를 방해한 것 같아 죄송합니다. 보스, 가시죠."

"알았다."

마이런이 자리에서 일어나자 워커도 일어났다.

워커는 아무런 대화도 나누지 않았지만 마이런이 타이너를 용의선상에서 제외했다는 것을 알 수 있었다.

펜트하우스를 나선 두 사람은 주차장으로 내려와 차에 올라탔다.

"일단 주차장을 벗어나라."

"알겠습니다, 보스!"

차량이 주차장을 빠르게 벗어났다. 마이런은 상당히 불안했다. 블랙워크의 수장으로 활동하는 동안에는 가려져 있었지만, 자존심에 타격을 입는 것을 극도로 싫어하는 워커였기 때문이다.

오랜 세월 연인이었던 블랙캣의 행방불명과 블랙워크를 노리고 있는 타이너에게 무시에 가까운 대접을 받은 터라 워커의 마음이 어디로 튈지 몰랐던 것이다.

주차장을 벗어나고 나서 조금 지나자 마이런은 도청 감지 장치를 꺼내 틀었다.

"도청은 없습니다."

"타이너는 아닌 것 같은데, 어떻게 생각하나?"

워커의 목소리가 착 가라앉아 있었다.

'다행이다. 마음을 안정시킨 것 같으니.'

현역으로 활동했던 지난날과는 다른 모습을 보이는 워커를 보며 안도한 마이런이 조심스럽게 대답했다.

"그자는 아닌 것 같습니다. 그 또한 이번 일의 여파로 상당히 곤혹스러워하고 있는 것 같으니 말입니다."

"그런 것 같아 보이기는 하더군. 하지만 한 번은 손을 봐줄 녀석이다."

"잘 참으셨습니다, 보스. 아직은 타이너 그자를 건드릴 때가 아닙니다."

"알고 있으니 걱정 마라. 블랙워크에 위해가 되는 일은 하지 않을 테니까. 그렇지만 녀석에게 특급 요원을 붙여라. 네오클래스에도 침투시키도록 하고, 놈이 무엇을 위해서 그 교수들을 암살하려고 했는지 알아야겠다."

"말씀하신 뜻은 알겠습니다. 하지만 타이너라면 모를까, 네오클래스는 접근하기 힘든 조직입니다. 어쩌면 블랙워크가 와해될 위험을 감수해야 할지도 모릅니다."

"상관없다. 예감이지만 네오클래스에서 추진하고 있는 일이 어쩌면 우리의 운명을 좌우할지도 모른다는 생각이 자꾸 드니 반드시 알아내도록 해라."

"요원이 부족합니다. 이번 일을 맡았던 다크는 제거 리스트에 올려놓은 상태라서……."

"굳이 다크를 제거할 필요는 없다. 세상에 다크 대신 내놓을 놈을 찾으면 되니까. 그리고 다크를 네오클래스에 침투시키도록. 시간이 조금 걸리기는 하겠지만 다크라면 네오클래스에서 무엇을 하고 있는지 알 수 있을 것이다."

"그렇지만……."

네오클래스를 상대한다는 것은 자칫 섶을 지고 불로 뛰어드는 일이 될 수도 있었다. 너무도 위험한 일이었기에 마이런은 망설였다.

"이번에도 나를 믿어라. 오랜 세월 전장에서 살아남은 내 예감을 믿으면 된다, 마이런."

마이런의 불안에 워커가 기세를 발산했다. 전쟁을 지배했던 자답게 그에게서 뿜어져 나오는 기세가 상당했다.

"알겠습니다, 보스!"

오랜만에 보는 워커의 모습에 자신있게 대답했다. 마이런 또한 워커를 신뢰하고 있기 때문이었다.

블랙워크를 이끌어가는 총수의 독단을 견제하는 역할을 하고 있는 십인위원회의 일원이지만, 피로 맺어진 의형의 예감은 한 번도 틀린 적이 없다는 것을 기억하는 마이런이었다.

네오클래스에서 학문에만 매달리는 교수들을 암살할 이유가 없는데 자신들을 이용한 것을 보면 뭔가 큰일이 일어나고 있다는 것을 뜻했다.

그리고 다크의 재능이 아까운 측면이 있었기에 워커의 말처

럼 타이너에게 투입하는 것도 좋은 방법이라고 마이런은 생각
했다.

　조심에 조심을 기하는 성격이지만 한번 결정된 일에는 강력
한 추진력으로 일을 성사시키는 사람이 마이런이었다.

　블랙워크가 있는 사무실로 돌아온 마이런은 워커의 지시대
로 일을 꾸미기 시작했다. 타이너와 네오클래스를 속이고, 이
번에 흙탕을 일으킨 자들에 대한 일들을 한꺼번에 처리하느라
눈코 뜰 새 없이 바빠졌다.

CHAPTER 04
생체기갑병기와 육체의 비밀

TIME
SLICE 타임 슬라이스

　두영을 중심으로 심상치 않은 일이 벌어지고 있을 무렵, 삼묘의 성지를 지키고 있는 오렌은 조급증이 나고 있었다.
　연락을 주기를 바라며 매우를 보냈건만 두영으로부터 아무런 연락이 없었기 때문이다.
　"상황으로 봐서는 단서를 찾은 것 같은데……."
　오렌이 조급증에 사로잡힌 것에는 이유가 있었다. 그동안 파유족을 통해 세상과 소통할 통로를 만들어온 탓에 어느 정도 정보가 모이고 있었기 때문이다. 그가 알아낸 정보로는 지금 세계는 매우 불안정한 상태였다. 정체는 모르지만 많은 세력이 암중으로 움직이고 있다는 것을 파악할 수 있었다.
　암중의 세력이 준동하는 것에 대해 그냥 지나칠 수도 있었지만 오렌은 그럴 수 없었다.

오랜 세월 동안 찾고자 했던 자들의 흔적을 느낄 수 있었기 때문이다.

자신의 염원을 이룰 수 있을지도 모른다는 생각에 수천 년을 기다려 온 그로서는 연락해 오지 않는 두영 때문에 조급하지 않을 수 없었던 것이다.

메우의 연락을 받은 오렌은 두영이 단서를 잡았음을 확신하고 있었다.

"피의 겁화는 분명 놈들이 관련되어 있다. 상황으로 봐서는 그 녀석이 단서를 잡은 것이 분명하다. 그 일만 아니었다면 두영이에게 자신의 꿈만 꾸게 해도 될 텐데, 미안하구나."

오렌으로서는 마음이 조급했지만 자신으로 인해 어려운 숙제를 해결해야 했기 때문이다.

3천 년의 숙원이 자신에게서 두영에게로 넘어갔기 때문이다.

3천여 년 전, 피의 겁화가 일어났다.

대륙의 패권을 두고 일어난 삼대부족의 쟁패에 혐오감을 느끼고 세상과 단절한 채 자신들의 고향으로 돌아간 삼묘족의 수뇌부들이 몰살당한 사건이 바로 피의 겁화다.

당시 피의 겁화로 인해 삼묘의 영혈을 이은 자들 중 살아남은 이는 하나도 없었다.

삼묘를 따르는 세 부족조차 그들의 시체만 발견했을 뿐이다.

　파유족을 비롯한 세 부족의 족장들이 삼묘의 본거지를 찾았을 때 삼묘의 영혈을 이은 자들은 모두 전신에 피를 흠뻑 뒤집어쓴 채 죽어 있었다.

　그것은 기이한 죽음이었다.

　피를 뒤집어썼지만 그들에게서는 어떤 상처도 찾아볼 수가 없었다. 피를 닦아내니 상처없이 마치 잠을 자듯 죽어 있었던 것이다.

　철저하게 조사를 했지만 어째서 죽었는지, 그리고 흉수가 누구인지 아무것도 알아낼 수가 없었다.

　어떤 존재가 그들을 그런 죽음으로 몰아넣었는지 모르지만 세 부족은 삼묘의 영혈을 이은 자들의 죽음에서 알 수 없는 공포와 불안감을 느끼지 않을 수 없었다.

　비록 숫자가 얼마 되지 않지만 삼묘의 영혈을 이은 자들의 능력은 가히 무소불위였다.

　대한과 화하와의 전쟁으로 전사들이 대부분 죽었다고는 하지만 남아 있는 자들의 능력은 그것을 만회하고도 남을 것이었기 때문이다.

　삼묘의 영혼이라 일컬어지는 제사장이 없는 상태라고는 하지만 아무런 반항의 흔적도 없이 그들은 너무도 무기력하게 당했던 것이다.

　세 부족의 족장들은 위험을 느끼고 각자의 부족을 이끌고 세상 속으로 숨어들었다.

　자신들을 이끌 존재들이 사라졌기도 했지만 미지의 존재에 대한 알 수 없는 불안감으로 인해 모습을 감추어 버린 것이다.

그렇게 삼묘족에 대한 모든 것은 세상에서 잊혀가기 시작했다.

그렇게 세월이 어느 정도 지난 어느 날이었다.

영혼의 전사들의 집합체라고 할 수 있는 파유족의 족장은 기이한 부름을 들을 수 있었다.

불멸의 영혼이라는 삼묘족 최고의 전설과 마주할 수 있게 된 것이다.

바로 오래전 사라져 버린 대제사장의 목소리를 들었던 것이다.

파유족장에게 영혼의 목소리로 연락을 취한 것은 타임 슬라이스로 시간을 거슬러 온 오렌이었다.

겁화가 일어나기 오래전, 오렌은 삼묘의 모든 법을 연마하고 불멸의 영혼으로 거듭나기 위해 성지에 들어갔었다.

오렌은 피의 겁화가 일어났을 때 불안정한 영혼을 고착시키는 상태였기에 삼묘족에게 무슨 일이 일어났는지 몰랐다.

그러다가 완전한 불멸의 영혼으로 거듭나고 나서 삼묘족의 수뇌부와 연락을 취하려 해도 아무런 반응이 없자 삼묘의 영혼 중 일부를 이은 파유족의 족장을 부른 것이었다.

오렌은 삼묘족의 방계라고 할 수 있는 세 부족 중 파유족의 영혼전사들과의 대화를 통해 자신이 삼묘족을 떠난 후 일어난 일들에 대해 전해 들을 수 있었다.

자신이 떠난 후 삼묘족이 대륙 쟁패에 나섰고, 다시 고향으로 돌아와 정착을 했다는 것에서부터 그들이 의문의 몰살을 당했다는 것까지 모든 이야기를 들을 수 있었다.

영혈을 이어받은 자들이 그렇게 모두 몰살을 당했다는 것이 오렌으로서도 의문이었다.

대륙 쟁패에서 뒤처져 전사들이 대부분 전사했다고 하더라도 남아 있는 자들의 힘은 만만치 않았다.

비록 신체적인 무력에서는 전사들에 비해 뒤지지만 그들이 가지고 있는 능력 자체가 보통의 인간들로는 넘볼 수 없을 정도로 아주 강했던 것이다.

아무리 강력한 존재들이 침략을 해와도 삼묘족을 이어가는 데 아무런 문제가 없을 것이라 생각하고 성지를 찾아들어 갔었다.

그런데 삼묘족의 영혈을 이은 자들이 모두 죽어버렸으니 오렌은 분노하지 않을 수 없었다.

그렇지만 오렌은 분노를 풀 수 없었다. 영혼전사들도 삼묘족이 멸망한 원인을 알고 있지 못했던 것이다.

자신이 직접 조사하고 싶었지만 삼묘의 성지를 벗어날 수 없는 상태라 삼묘족의 몰살에 대해 자세히 알아볼 수가 없었던 오렌은 파유족을 통해 조사를 했다.

피유족장의 영혼을 통해 삼묘족들이 몰살한 장소를 살펴본 것이다.

몰살의 원인은 명확히 밝혀내지는 못했다. 오렌이 삼묘족의 환란을 알게 된 것이 피의 접화가 일어난 시점에서 2백 년도 더 지난 후였기에 단서가 될 만한 것은 아무것도 남아 있지 않았던 것이다.

아무런 흔적도 찾을 수 없자 그는 다른 것을 알아보도록 시켰다. 삼묘족을 위협할 만한 세력에 대한 조사였다.

세상으로 퍼져 나간 삼죠족들로 인해 오렌은 몇 가지 실마리를 찾을 수 있었다.

자신이 성지를 찾아 떠난 후에 세상은 일곱 개의 세력이 암중으로 지배를 했었고, 삼묘족의 멸망에는 그들이 관련되어 있을 것이라는 심증을 얻을 수 있었던 것이다.

파유족이 조사한 바로는 삼묘족을 멸망으로 이끌 수 있는 힘을 가진 자들은 그들 일곱 세력뿐이었다.

오렌은 파유족의 조사를 중단시켰다.

자신이 직접 나설 수 없는 상태일뿐더러, 조사한 바로는 일곱 세력의 전력은 각자가 전성기의 삼묘족과 비슷한 힘을 지니고 있었기 때문이다.

남아 있는 세 부족을 이용한다고 하더라도 일곱 세력을 감당할 수 없다는 결론을 얻었던 것이다.

조사를 중단시킨 이유는 그것 때문만은 아니었다. 가공할 힘을 지녔으면서도 어떻게 된 일인지 일곱 세력이 세상에서 자취를 감추어 버린 상태였다.

멸망한 것은 아니었다. 감쪽같이 사라진 것을 보면 스스로 모습을 감춘 것이 분명했다.

파유족를 비롯해 세 부족이 전력을 기울여 조사한다고 해도 스스로 모습을 감춘 이상 제대로 된 조사를 할 수 없다는 결론을 내린 오렌은 복수를 훗날로 미루기로 했던 것이다.

오렌은 삼묘의 영혈을 부활시켜 그들로 하여금 피의 대가를 받아내기로 했다. 피를 통해 힘을 계승하는 삼묘족이니만큼 삼묘의 영혈을 이은 자가 나타날 것이고, 그를 통해 복수를 시작하게 할 것이다.

그렇지만 오렌의 계획은 아주 오랜 시간이 걸리는 장대한 계획이었다.

그중 제일 큰 문제가 삼묘의 피를 이은 자들 중에서 영혈의 힘과 전사의 자질을 지닌 후예를 찾아내는 것이었다.

영혈을 이은 자들이 모두 죽은 이상, 그가 계획한 것은 거의 불가능한 것이나 마찬가지였다.

그러나 그는 믿어 의심치 않았다. 삼묘의 피를 일부나마 이은 자들이 생존해 있다는 것을 확인한 때문이다.

영혈의 기운이 아주 미약해 자신과 소통할 수 없지만, 시간이 지나 격세유전을 통해 삼묘의 영혈을 간직한 자가 나타날 것이라고 확신하고 있었던 것이다.

그동안 그는 삼묘의 힘을 온전히 보존하기로 했다.

대제사장이자 삼묘의 힘을 최고조로 이끈 불멸의 영혼인 자신이 사라진 지 천 년이나 지나 대부분의 유진이 사라진 상태였기에 복구시키는 작업을 하기로 한 것이다.

그렇게 오랜 세월 복수를 별러오던 오렌은 드디어 두영을 만날 수 있었다.

두영을 만난 것은 그로서도 뜻밖의 일이었다. 너무도 오랜 세월 기다려 온 터라 그도 삼묘족의 복수를 포기하려는 시점이었기 때문이다.

오랜 염원이 이루어졌다는 사실에 무척 기쁘기도 했지만 오렌은 무척이나 놀랐다.

자신과 같이 타임 슬라이스로 인해 시간의 원류를 찾아온 두영은, 모습은 달랐지만 그도 잘 아는 사람이었기 때문이다.

어찌 되었든 두영의 자질은 그가 기대했던 것보다 훨씬 훌륭했다. 전사의 자질과 함께 삼묘의 영혈을 온전히 이어받았을 뿐만 아니라 미래의 지식까지 가지고 있었던 것이다.

한 가지 문제라면 신체가 불안정하다는 것이었다.

그렇지만 그것은 시간이 지나면 고쳐질 일이었기에 그리 큰 문제가 아니었다.

운명이라 여긴 오렌은 두영에게 자신이 가진 힘을 전수하는 데 온 정성을 기울였다. 오랜 세월 갈고 다듬은 비전들을 아낌없이 전수한 것이다.

그러나 그가 두영에게 전수한 것은 오직 삼묘의 힘뿐이었다. 그는 자신이 가지고 있는 미래 지식은 두영에게 거의 전수하지 않았던 것이다.

자신이 가지고 있는 미래의 지식을 두영에게 알려준다면 두영이 삼묘의 힘을 키우기보다는 염원하던 것을 끝까지 포기하지 않을 것이라는 것을 알았기 때문이다.

그렇게 삼묘의 힘을 전수하고 두영이 성지를 떠난 지도 꽤 시간이 지났다.

아직은 시간이 좀 더 걸릴 일이지만, 오렌은 두영이 삼묘족의 복수를 이루리라 믿어 의심치 않고 있었다.

세상과의 소통을 위해 파유족을 통해 성지를 삼묘의 유산들과 연결을 시켰지만 아직은 요원한 상태라 오렌은 지금 무척이나 답답했다.

얼마 전 자신의 소식을 듣고 메우가 세상에 나갔는데 연락을 받았을 것이 틀림없음에도 제자라는 놈이 소식도 없는 까닭이었다.

자신의 운명을 대신 걸머지어 미안한 감정이 많았지만 오랜 기다림으로 인해 점차 짜증이 나기 시작했다.

"고얀 놈, 모두 알려주지 않았다고 반항하는 건가?"

지금 시간이면 충분히 만나고도 남았다. 그리고 연락을 취하는 것은 그리 어려운 일이 아니었다.

그런데 연락조차 하지 않다니 생각할수록 괘씸했다.

삼묘의 후예를 무려 3천여 년이나 기다려 온 그였지만 두영을 가르치며 자식과 같은 정이 쌓인 탓에 불과 몇 년 되지 않은 기간도, 그리고 두영이 소식을 전하지 않은 이 짧은 기간도 기다리기 힘들었다.

"만약 놈들에 대한 단서를 잡았다면 보상으로 일부나마 가르쳐 주려고 했는데, 괘씸한 놈!"

생체기갑병기와 일체화되는 일에 모든 것을 투자할 것이기에 일부러 지식을 전수하지 않았지만 삼묘족의 혈겁과 관련된 단서를 찾는다면 상으로 어느 정도 전수를 할 생각이었던 오렌이다. 정에 굶주린 오렌은 두영이 연락하지 않는 것에 점차 삐쳐 가고 있는 중이었다.

*　　　*　　　*

써니와 칼마의 도움으로 교수들이 암살된 것으로 속이는 일은 깨끗하게 끝낼 수 있었다.

써니가 사전에 비슷한 신체 조건을 가진 사체들을 구해놓았었다. 그리고 사체에 대한 부검과 조사에 대해서는 칼마가 뒤처리한 탓에 완벽하게 마무리되었다.

암살을 막아낸 다음 한 일은 교수들에 대한 설득이었다.

신문과 방송, 그리고 동영상으로 유포된 자료로 설득한 결과 교수들은 당분간 신분을 감추고 숨어 있기로 했다.

자신들에게 벌어진 일로 인해 무척이나 겁을 먹고 있는 교수들이었기에 일에 대한 이야기는 나중에 하기로 했다.

자신이 주게 될 자료를 조금만 접해도 스스로 알아서 뛰어들 것이라는 계산이 있었기에 당분간 교수들을 안정시키는 데 주력하기로 했다.

교수들의 설득과 보호는 써니와 스티브가 전면에 나섰다.

스티브가 교수들과 안면이 있어 의외로 쉽게 설득된 측면이 있었기에 당분간 스티브의 공장 겸 연구실에서 기거하기로 한 것이다.

그렇게 일을 마무리한 후 난 학교 연구실에서 살다시피 하며 학업과 연구를 병행했다.

그러는 동안 교수들의 죽음은 점차 잊혀져 갔다. 범인이 얼마 지나지 않아 잡혔던 것이다.

범인은 다른 교수를 노리다가 잠복한 FBI에게 발각당했고, 총을 쏘아대며 반항을 하다가 사로잡혔다.

횡설수설하는 것도 그렇고, 그의 집에서 살해당한 교수들의 인적 사항과 증오로 가득한 범행 계획이 적힌 노트가 발견되어 암살이 아닌 사회에 불만을 품은 자의 정신병적인 행위로 결론지어졌다.

그는 교수들이 자주 드나들던 클럽에서 무작위로 범행 대상을 정했는데, 사회를 정화하기 위해 무작위로 부유층을 노려 살해하려 한다고 하는 동영상이 그의 집에서 발견되었던 것이다.

범인에 대한 보도가 이어지는 것을 보며 블랙워크가 정신 조작을 통해 누군가를 범인으로 내세웠다는 것을 짐작할 수 있었다.

무고한 사람이 당할 수도 있기에 조사를 해보려 했지만, 범인이 정신 감정 결과 극도의 정신분열증을 앓고 있는 사람으로 밝혀져 수감이나 형을 받는 대신 정신병원에서의 보호감호

및 치료가 결정되어 그냥 놔두기로 했다.

괜히 잘못 나서다가 내 정체를 들킬 수도 있는 일이기 때문이기도 했다.

어느새 완벽하게 범인을 만들어내는 능력에 감탄할 수밖에 없었다.

"이제 상황이 어느 정도 정리되었으니 스승님께 연락을 해야겠구나. 지금쯤 꽤나 많이 서운해하실 테니 걱정이로군."

알고 보면 스승님은 꽤나 꽁한 성격이다. 성지에 갇혀 몇천 년을 홀로 보낸 탓이었다.

상황이 어느 정도 마무리되어 이제는 연락을 해야 할 것 같다. 더 이상 삐치면 나로서도 곤란한 일이 한두 가지가 아니기 때문이다.

연구실을 나와 이모 집으로 향했다. 오늘은 성준이가 연구실에서 밤을 새울 예정이라고 하니 이모 집에 가서 스승님께 연락을 하려는 것이다.

거의 연구실에 틀어박혀 사는지라 기숙사를 나와 이모 집에 머물 곳을 마련했다.

성준이와 며칠에 한 번씩 들르는지라 이모에게 큰 부담이 되지 않았기 때문이다.

집에 들어간 후 이모가 해주는 밥을 먹고 나서 방 안에 들어가 문을 닫았다.

스승님과 연락을 하는 동안 방해를 받으면 곤란하기에 미리 이모에게도 말을 해두었다.

방 안 중심에 가부좌를 틀고 앉았다. 막대한 심력을 소모하는 술법을 펼쳐야 하는 탓에 벌써부터 긴장되기 시작했다.

삼묘의 성지를 나선 후, 스승님과는 처음으로 하는 연락하는 것 때문이기도 했다.

가부좌를 튼 후, 상중하 삼단전을 열고 정수리의 백회혈도 열었다. 그리고 술법을 펼치기 위한 수인을 맺었다.

"통(通)! 영백(靈魄)!"

영으로 연결된 사람을 부르는 영백은 아무리 멀리 떨어진 곳이라 해도 상대방과 의식으로 연결시켜 주는 술법이다.

삼천기를 소모하는 것은 물론이고, 막대한 정신력을 소모하는 것이라 그리 오래 펼칠 수 있는 것이 아니었다.

수인을 맺은 후 온몸에서 혈기가 뿜어져 나왔다.

영백이 펼쳐지기 시작한 것이다. 정수리를 통해 의지의 일부가 빠져나갔다. 의지가 허락하는 한 수만 리를 단번에 날아갈 수 있는 영혼의 일부였다.

내 영혼의 한 자락이 허공으로 솟아올라 삼묘의 성지를 향해 날기 시작했다.

바다가 나오고, 산이 나오고, 공간의 결을 지나 삼묘의 성지에 영혼의 한 자락이 도착한 것은 그야말로 찰나의 순간이었다.

성지 주변을 스승님이 서성거리고 있었다.

뭔가 중얼거리고 계셨는데 자세히 들어보니 나에 대한 욕이

대부분이었다. 나오는 것이 육두문자였지만 스승의 마음을 엿볼 수 있어 그다지 기분이 나쁘지는 않았다.

마치 집을 나간 아이를 기다리는 부모처럼 욕과 함께 대부분은 나에 대한 걱정이었던 것이다.

스승의 진한 정이 가슴에 울렸다. 더 이상 지켜보다가는 삐치실 것 같아 스승을 불렀다.

"스승님!"

"괘씸한 놈! 메우 녀석이 간 지가 언제인데 지금 연락을 하는 것이냐?"

영혼의 자락을 볼 수 있는 스승은 보자마자 야단을 쳤다.

하지만 나를 바라보는 눈에는 안도와 기쁨의 빛이 넘치고 있었다.

"일이 많으니 그런 것 아닙니까. 이 빈약한 몸으로 지금까지 얼마나 고생을 했는데……."

"네놈이 빈약해? 그 무슨 헛소리를! 지금 가진 능력만으로도 웬만한 이능력자는 찜을 쩌먹을 놈이!"

"이제 찬황기가 거의 바닥입니다. 잘못하면 몸이 붕괴될 수도 있는 상태라고요."

"어! 그게 정말이냐?"

스승님의 얼굴에 놀란 빛이 역력하다.

찬황기를 거의 바닥날 정도로 소모했다니 그동안 만만치 않은 일이 내게 있었다는 것을 짐작하신 것 같다.

"아휴! 이렇게 연락하는 것도 정말 무리한 거란 말이에요."

"으흠! 미안하다. 난 그런 줄도 모르고. 그런데 어째서 찬황기를 소모한 것이냐? 간신히 네 신체를 정상으로 유지시켜 주는 것인데 말이다."

묻고 있는 스승의 눈빛에는 어느새 걱정이 가득하다. 찬황기의 부재로 인해 위태해진 나 때문이다.

"그동안 많은 일이 있었습니다. 일단 엘프들을 만났습니다. 그리고 혈겁과 관련이 있을지도 모르는 몇 가지 단서를 얻기도 했습니다."

"설마 했는데 진짜 단서를 얻었더란 말이냐?"

"그렇습니다. 그러니까 세상에는 일곱 개의……."

난 스승님께서 궁금하신 것이 없도록 지금까지 겪은 일들을 자세히 설명했다.

안젤라와 스피릿 아머에 대한 것에서부터 사령사의 인물이 가지고 있는 죽음의 기운까지 전부 말씀드렸다.

"으음, 그 이야기들이 사실이라면 반드시 확인해야 한다. 혈겁의 와중에 나타났던 죽음의 기운을 사용하는 자들이라면 분명 혈겁과 깊은 관련이 있을 테니까 말이다."

스승님은 죽음의 기운에 대해 의문을 느끼신 것인지 확인해야 함을 강조했다.

"연구에 매달려야 하는 처지라서 사실을 확인하는 것이 지금은 조금 곤란한 상태입니다."

"안다. 쉽게 드러나지 않겠지. 지금 네가 하고 있는 연구도 놈들과 관련이 있다니 천천히, 그리고 놈들이 알지 못하

도록 은밀히 조사하도록 해라. 그동안은 그놈들에 대한 전체
적인 상황은 메우와 파유족에게 조사를 맡겨놓을 테니 말이
다."

"알겠습니다, 스승님!"

"그나저나 그동안 고생했다. 아직 몸이 온전치 못한데도 무
리를 한 것 같아 미안하구나. 그래서 한 가지 네게 선물을 주
려고 하는데 받겠느냐?"

스승님이 미안한 듯 내게 보답을 하려는 것 같다.

"정말이죠?"

나에게 스승이 줄 선물이라는 것은 얼마 되지 않는다. 이런
상태라면 분명 미래의 지식에 대한 것이 틀림없을 것이 분명
했기에 진짜 줄 것인지 묻지 않을 수 없었다.

"이 녀석이 속고만 살았나? 오늘은 유전자의 초기 형태가
어떻게 의지에 따라 개체로 자라나는지 알려주도록 하겠다.
이것은 과학이자 최고의 철학이 만들어낸 것이니 똑똑히 새겨
듣도록 해라."

오렌의 설명이 길게 이어졌다.

그의 설명은 물질이 생명체로 진화되는 과정에 대한 것이었
다. 기갑생체병기의 창조자답게 그의 설명은 간결하면서도 매
우 심도가 깊은 이야기였다.

'내가 원하는 것도 충분히 가능하다. 이건 정말!'

두영은 오렌의 설명을 들으며 지금의 기술 수준으로도 자신

이 염원하던 것도 충분히 만들어낼 수 있다는 것을 알 수 있었다.

'머리가 어지럽군. 이제 시간이 얼마 남지 않았다.'

오렌의 설명을 빠짐없이 머릿속에 기억하다가 점차 머리가 어지러워 옴을 느꼈다. 정신력을 거의 소모한 탓이었다.

하지만 오렌의 설명을 끝까지 들을 수는 있었다.

"이제 시간이 거의 다 된 모양이로구나. 마지막으로 당부하겠다. 파유족을 통해 알아본 바로는 일부분이기는 하지만 드러난 세력만 해도 감당하기 힘든 수준이라고 한다. 그것으로 볼 때 아직 세상에 나오지 않았지만 숨어 있는 자들의 힘은 지금 최고조라고 할 수 있다. 네 몸이 불완전하니 위험할 수도 있어 생체기갑병기의 제조 비법에 대해 알려준 것이니 완성되기 전까지는 몸을 철저히 사려야 할 것이다. 특히나 이능을 가진 자들을 상대할 때는 조심하도록 해라. 자칫하면 삼천기가 흐트러져 위험할 수도 있으니 말이다."

"명심하겠습니다, 스승님!"

"오냐, 똑똑하니까 잘하리라 믿는다. 언제 다시 연락을 하게 될지는 모르지만 오늘은 이만 하도록 하자."

"다음에 또 뵙겠습니다, 스승님!"

삼묘의 성지에 찾아들었던 두영의 영혼이 점차 사라지기 시작했다. 이제 원래의 자리로 돌아가고 있는 것이다.

"자칫 백선기와 흑요기가 몸을 망칠 수도 있어 하루빨리 찬황기를 채울 수 있는 몸을 만들어야 할 텐데 걱정이구나. 그저 가두어만 두고 있으니……."

두영의 영혼이 사라지고 난 후 오렌의 표정이 굳어졌다. 오늘 두영과 오랜만에 나눈 영혼의 대화를 통해 여러 가지 걱정거리가 생겨난 것이다.

일곱 세력이 생체기갑병기인 스피릿아머를 가지고 있다는 사실도 그렇지만 모종의 세력이 미국 군부와 합동으로 생체기갑병기를 만들고 있다는 소식이 그를 불안하게 만들었다.

그리고 대화를 나누는 동안 두영의 상태가 무척이나 불안정하다는 것을 느꼈기에 걱정스러운 마음이 들지 않을 수 없었다. 보통의 능력을 사용하는 자들이라면 충분히 상대할 수 있겠지만, 이능력을 가진 자들을 상대할 때 자칫 원기가 흔들리기라도 한다면 걷잡을 수 없이 문제가 커질 수도 있었다.

스승님과의 대화를 간신히 끝낼 수 있었다.

이제 얼마 남지 않은 찬황기를 다 써버려 심신이 피곤했다.

"한숨 자고 나면 조금 괜찮아지겠지. 당분간 스승님의 말씀대로 몸을 사리고 연구에만 매달려야겠다."

중심을 잡아주어야 할 찬황기가 사라진 상태라 백선기와 흑요기의 균형을 이루는 것이 힘들지도 모르는 일이었다. 찬황기를 이용해야만 하는 이능력자의 싸움만 아니라면 그다지 위험하지 않지만 사람의 일이란 모르는 것이었다.

이제 당분간 철저히 몸을 사려야 할 때였다. 일촉즉발의 긴장된 상황이 벌어지지 않는 것이 다행이었다.

블랙워크도 지금은 조용하고, 제니언을 통해 우리를 감시하고 있을 타이너란 자도 조용한 상태다.

그리고 마스터와 제레미도 이번 연구에 사활을 건 듯 회사에만 매달려 있는 상태였다.

내게 남겨진 시간은 이제 3년이었다.

써니와 그녀를 따르는 제로나인의 멤버들이 나를 지켜줄 것이기에 상황으로 봐서는 그 안에 큰일은 벌어지지 않을 것 같다.

그렇지만 그것은 그저 시간을 번 것밖에는 아무것도 아니었다. 앞으로 벌어질 일들에 대비에 나 자신을 완전하게 할 방법을 찾는 것이 지금으로써는 무엇보다 중요했다.

사령사의 가와키를 통해 알아본 바로 내가 찾아야 하는 자들의 힘이 얼마나 될지 짐작조차 할 수 없기 때문이다.

그들을 상대하기 위해서는 어찌 되었든 이곳으로 오기 전 정도의 힘을 갖추어 놔야만 하는 것이다.

스승님께 상황도 말씀드렸고, 교수들의 암살에 대한 일이 어느 정도 일단락되고 난 후였기에 난 학업과 연구에만 전적으로 매달렸다.

스승으로부터 생체기갑병기에 대한 전체적인 윤곽과 생체물질의 제조에 대해 들었기에 깊이 연구에 파고들었다.

그렇게 연구실에서 연구를 진행하는 동안 제니언 교수는 거의 연구실에서 살다시피 했다.

우리의 연구를 감시하고, 결과를 타이너란 자에게 전하는 것이 그의 임무인 것 같았다.

미리 성준이에게 제니언 교수를 조심하라고 일러주었다. 제니언 교수의 행동이 이상하다는 것을 느끼고 있었는지 성준이는 나처럼 연구 실적을 가급적 숨겼다.

실리콘밸리에 있는 이모부와 교수들이 연구한 것과 우리가 연구한 것을 교환할 때도 일부러 연구 실적을 숨겼다.

이번에 벌어진 일련의 사건이 내가 학교에 입학하기 위해서 보냈던 논문으로 인한 것이 분명했기에 조치를 취한 것이다.

그렇게 연구 실적을 숨기기는 했지만 다른 이들에게 들킬 염려는 없었다. 이모부 쪽의 진행 상황에 맞추어 실적을 내놨기 때문이다.

그렇게 시간이 점차 흘러갔다.

하지만 난 좀처럼 내가 원하는 것을 만들어낼 수는 없었다. 제일 기초 단계이자 가장 성공하기 어려운 무기물에서 생명체로의 진화가 그리 쉽지만은 않았던 것이다.

그렇지만 생체기갑병기에 대한 연구는 많이 진행되었다. 듀크의 도움과 성준이가 개발하고 있는 새로운 신경 체계로 인해 착착 완료가 되었다.

하지만 가장 중요한 것이 지지부진한 터라 연구하는 것도 점차 질려가고 있었다.

*　　　*　　　*

“제니언 교수가 우리 연구를 원하는 이유가 넌 뭐라고 생각하냐?”

연구가 시작된 지 일 년 육 개월이 지난 시점부터 노골적으로 실적을 요구하는 제니언 교수의 압박 때문에 스트레스를 받고 있는 성준이 두영에게 물었다.

“제니언 교수는 국방부 말고 누군가와 모종의 관계를 맺고 있는 것이 틀림없는 것 같다.”

“그래?”

국방부 이외에 누군가와 관계가 있다면 문제가 커질 수도 있기에 성준이 궁금증을 드러냈다.

‘이 녀석……’

이렇게 이야기할 정도면 두영이 무엇인가 알고 있다고 성준은 생각할 수밖에 없었다.

“미국의 국가기관과는 전혀 다른 자들과 관계가 있는 것이 틀림없다. 그렇지 않으면 제니언 교수가 이토록 우리를 압박하지는 않을 테니까.”

“그래도 그렇지, 약속했던 것을 깰 수도 있다니. 이거 너무 노골적인 것 아니냐?”

얼마 전, 제니언 교수는 좀 더 나은 실적을 내놓지 않을 경우, 학위를 받을 수 없을지도 모른다는 이야기를 자신에게 했었다.

정말이지 치사한 협박이었지만 성준으로서는 사정상 학위

를 받아야만 했기에 적절한 협박이었다.

"후후후, 그러기는 쉽지 않을 거다. 우리가 내놓은 결과물도 상당히 쓸모가 있는 것들이고, 이미 교수들과 학생들 사이에 널리 알려진 일이니까 말이다. 제니언 교수가 너에게 그렇게 협박하기는 했지만 우리는 학위를 받을 수 있을 거다."

세상이 알려진 일이라 학위는 줄 것이라는 두영의 말에 성준도 고개를 끄덕였다.

"그러겠지. 그건 그렇고, 이제 실험을 진행해야 할 텐데 어떻게 할 거냐?"

연구는 어느 정도 전체적인 가닥이 잡힌 상태였다.

이제부터는 실제 실험을 통해 자신들이 연구한 것이 맞는지 확인해 볼 차례였다.

하지만 제니언 교수가 거의 감시에 가깝게 들락거리는 통에 제대로 된 실험을 할 수 없기에 어떻게 하면 좋을지 성준이 물었다.

"일단 준비만 해둬라. 조만간 제니언 교수가 바빠질 것 같으니까."

"제니언 교수가?"

"그래. 아마도 한 일주일쯤은 시간이 날 거다. 그 정도 시간이면 어떠냐?"

"일주일이면 충분할 거다."

"다행이다. 너무 짧은 시간이라 걱정했는데."

"그건 그렇고, 일단 언제든지 실험을 시작하려면 네 피가 필요하니 오늘 헌혈 좀 해라."

"뭐? 또 뽑는 거냐?"

적은 양이기는 하지만 일주일에 한 차례씩 헌혈을 하는 두영이었다. 두영의 혈액이 이번 실험에 재료로 쓰이고 있는 것이다.

이미 적지 않은 혈액 샘플을 채취했는데 다시 채취하겠다는 말에 두영이 질색을 하며 물었다.

"이건 네가 원했던 일이지 않냐? 그러니 투덜거리지 말고 피 좀 뽑자, 응! 두영아!"

성준이 달려들어 두영의 팔짱을 끼었다. 도망가면 가만 안 두겠다는 모습이 역력했다.

"아휴! 내가 내 무덤 판 거지, 뭐. 그래, 뽑자, 뽑아!"

두영은 말릴 수 없다는 듯 고개를 흔들며 성준을 따라나섰다.

피를 뽑는 작업은 간단했다. 짧은 시간 동안이었지만 성준은 충분한 양의 피를 확보할 수 있었다.

성준이 피를 뽑고 난 후 만족한 듯 배양실로 향하고 나자 두영은 실험실 한쪽에 있는 휴식 공간으로 들어간 후 문을 잠갔다.

*　　　*　　　*

피를 뽑았던 팔꿈치 안쪽이 저릿하다.

아주 지독한 녀석이다. 아마 흡혈귀보다 더할 것 같다. 친구 피를 뽑지 못해서 안달하는 녀석이라니 말이다.

그나저나 이제부터 본격적인 실험이 시작될 텐데 걱정이다.

제니언 교수가 자리를 비운다고 해도 만만치 않은 일들이 계속될 것이 틀림없었다.

성준이 녀석은 모르지만 지금 우리가 하려고 하는 실험은 동력원을 확보하는 것이 가장 큰 문제로 대두되고 있는 중이다. 유기물을 생명을 가진 존재로 만들기 위해서는 막대한 에너지가 소비되기 때문이다.

일단 듀크를 불러 동력에 대한 문제가 얼마만큼 진행되고 있는지 알아보기로 했다.

'듀크, 동력원은 어떻게 됐어?

—지금 전력선을 연결하는 중입니다.

가까운 곳에 있어서인지 듀크가 즉각 대답을 해왔다.

우리가 잠시 휴식을 취하는 공간은 방음 장치가 완벽히 되어 있는 곳이다.

하지만 곳곳에 도청 장치가 되어 있어 중요한 이야기는 이렇게 텔레파시를 이용해 한다.

'얼마만큼 진척이 된 거지?

—약 90퍼센트 진행이 완료된 상태입니다. 앞으로 이틀 후면 모두 완료될 것 같습니다.

'그럼 다음 주부터는 언제든지 실험을 진행시킬 수 있겠군.

좋아, 그렇다면 마무리를 철저히 해줘.'

—염려 마십시오. 혹시나 동력이 부족해 비상사태가 발생하면 제 동력원까지 사용할 수 있도록 준비하고 있으니 말입니다.

'그렇다면 안심이군. 그런데 써니 일행은 어때?'

—그들은 본격적인 수련에 돌입 중입니다.

'쉽지는 않을 텐데 걱정이로군.'

—기존 제가 가지고 있던 프로그램 중 대행성 전투요원의 훈련 프로그램에 따라 훈련을 진행 중이니 염려하지 마십시오.

'행성 전투요원 프로그램이라면 문제가 되지 않을까?'

듀크가 써니의 부하들을 훈련시키는 프로그램은 특별한 것이다. 내가 살던 시대의 온갖 기술과 지구의 인류가 우주를 개척하며 찾아낸 각종 특수한 능력을 개인에 맞게 훈련시키는 프로그램이다.

지금 시대에 그런 기술이 유출된다면 문제가 심각할 수도 있기에 걱정이 되지 않을 수 없었다.

—지금하고 있는 프로그램은 전사 양성 프로그램의 일종입니다만, 독특한 기술보다는 그들의 잠재력을 개발하는 차원에서 훈련 중이니 주군께서 염려하시는 일은 없을 겁니다.

'음! 그렇다고는 해도 문제가 될 여지가 많으니까 철저히 지켜보고 있어줘, 듀크!'

—네, 주군!

듀크와의 연락을 끊었다.

철저히 준비를 하고 있으니 이번 실험에 문제는 없을 것 같았다.

"그럼 슬슬 시작해 볼까?"

이제부터 얼마 동안 수련을 해야 할 시간이다. 이번 실험을 위해서 나도 준비를 해야 하는 것이다.

수련하는 장소로 휴게실을 택한 것은 이곳이 그나마 안전한 곳이기 때문이다.

도청 장치는 되어 있지만 영상 녹취를 하지 않는 유일한 공간이 바로 이곳 휴게실인 것이다. 개인의 프라이버시를 최대한 존중해 주는 나라라는 것이 고마울 지경이다.

수련은 명상이 대부분이기 때문에 도청하는 자들은 내가 잠이 든 것으로 여길 것이기에 문이 잠긴 것을 다시 한 번 확인한 후 수련을 시작했다.

삼묘족의 삼천기 중 내가 제일 신경 써야 할 것은 찬황기다. 백선기와 흑요기하고 달리 유일하게 내가 스스로 수련해 쌓아야 하는 기운이기 때문이다.

백선기는 자연의 따뜻하고 부드러운 기운을, 흑요기는 차갑고 어두운 기운을 흡수해 쌓는 것이다.

하지만 찬황기는 순순한 정신의 의지를 키우는 것으로, 수련자가 노력하지 않고는 거의 진도가 없는 것이기에 노력하지 않을 수가 없는 것이다.

아리안에 들어 세계수의 열매를 통해 얻은 찬황기는 진정한 찬황기가 아니다. 그동안 내가 수련한 찬황기를 증폭시켜 주는 역할을 했다.

내 진정한 찬황기는 써니와 그녀의 수하들을 위해 쓴 후 많이 줄어 있었다. 마스터의 수하들로부터 블랙노바를 얻을 때도 그렇고 스승님과 연락을 취할 때 역시 많이 써버린 탓에 여러 가지 문제가 생겨 버렸다.

수련을 계속하며 썼다면 그다지 문제가 없었겠지만, 지속적인 수련 없이 너무 과도한 양을 쓴 것이 문제였다. 다시 채워지는 속도보다 더 많은 양을 써버린 것이다.

그로 인해 백선기와 흑요기가 흔들려 불안정한 상태였다.

그동안은 찬황기를 쌓느라 많은 노력을 기울여야 했다. 이모 집에서, 그리고 이곳 휴게실에서 시간이 날 때마다 수련을 멈추지 않았다. 이제는 찬황기도 많이 회복되어 백선기와 흑요기를 완전히 안정시켰다.

기운의 크기야 비할 데 없이 백선기와 흑요기가 크지만 찬황기가 두 기운을 조율하며 균형을 유지하는 데는 그다지 큰 힘이 필요하지 않기에 가능한 일이었다.

호흡을 가다듬고 정신을 일깨웠다. 명상을 통해 내가 들여다보는 곳은 바로 나 자신이다.

잠재의식이라는 심연 속에 감추어진 의지를 의식하에서도 바라볼 수 있도록 수련하는 것이다.

장막 속에 가려진 의식의 실체들이 보인다. 뇌 속에 감추어진 인간의 본능과 육체의 한계를 정하는 여러 가지 의식의 한계들도 보인다.

　육체의 한계를 극복하기 위해 수련한 것이 호령무라면 정신의 한계를 넘기 위해 수련하는 것이 바로 찬황기다.

　호령무의 수련은 이제 완벽하게 끝을 낸 상태다. 영혼의 전사를 통해 그들이 가진 육체의 기술을 모두 이어받은 것이다.

　일단 잠재의식을 가로막고 있는 장막을 치웠다. 삼묘의 성지에서 10년간 줄기차게 한 것이 바로 이것이다.

　백선기와 흑요기를 쌓고 잠재의식의 장막을 걷어낸 후 영혼의 본질에 다가가는 것이 바로 내가 하던 수련이다.

　삼묘의 성지는 영혼의 안식처라 불리는 곳으로 현실 세계와는 달리 의식으로 만들어진 곳이다. 표출의식과 잠재의식의 경계가 가장 얇아지는 탓에 단기간 내에 스스로의 의지로 장막을 거둬낼 수 있었던 것이다.

　만약 표출된 의식과 잠재의식 사이를 가로막는 장막을 돌파하지 못했다면 난 아직도 삼묘의 성지에서 계속 수련을 하고 있어야만 했을 것이다.

　영혼의 존재를 믿고 완전한 하나라는 의식을 깊이 간직한 채 잠재의식을 바라보았다.

　잠재의식 속에 가려진 의식의 본질을 처음 봤을 때 난 그 거대함에 기가 질리지 않을 수 없었다. 잠재의식은 영혼이었고 영혼의 본질은 내가 알던 그 모든 것을 초월할 만큼 컸기 때문이다.

우리가 인식할 수 있는 가장 거대한 크기는 우주지만, 의식의 본질인 영혼은 그것마저도 초월할 정도로 컸던 것이다.

찬황기를 수련하는 것은 이 거대함 속에 정수를 찾아 표출된 의식 속으로 꺼내는 것이다.

영혼이 가진 절대적인 힘!

백선기와 흑요기로 대변되는 상반된 두 기운을 다스릴 수 있는 그것이 바로 찬황기다.

수련의 첫 번째 단계는 전체를 관조하는 것이다.

거대한 의식의 본질인 영혼을 관조한다는 것은 쉽지만은 않은 일이다.

삼묘의 성지에서 10여 년 동안의 수련 기간 중 거의 반 이상을 관조하는 것을 깨우치는 데 보냈을 정도로 힘든 일이다.

만약 스승님의 희생이 없었다면, 그리고 이전 시대에 얻었던 깨달음이 아니라면 관조는커녕 거대한 우주의 바다에 떠도는 소행성처럼 나 자신을 잃고 말았을 터였다.

관조를 통해 본질의 정수를 찾고, 정수 속에서 내가 가진 영혼의 힘을 얻어야만 하는 과정은 그야말로 끊임없는 인내를 요구하는 작업인 것이다.

겨자씨에 우주의 모든 것이 담겨 있다는 불가의 격언처럼 관조가 거듭될수록 내가 보고 있는 의식의 본질이 점차 작아져 가기 시작했다.

거대한 우주는 하나의 은하로, 은하는 다시 작은 행성계로 변화하는 것처럼 거대한 영혼의 본질은 서서히 작아져 여러 개의 구로 형상화됐다.

형상을 이루고 있는 것은 모두 열세 개!

바로 내 힘의 본질이자 정수를 담고 있는 영혼의 힘들이다.

중심에 있는 것들을 제외하고 내가 알고 있는 것은 맨 외곽에 있는 것뿐이다. 그것도 극히 일부에 국한된 힘만을 알고 있을 뿐이다.

영혼의 본질 중 가장 중요한 것은 맨 외곽에 있는 첫 번째와 여섯 번째, 그리고 열두 번째와 열세 번째다.

인식의 단계를 뛰어넘는 거대한 깨달음이 없는 한 얻을 수 없는 힘들이 바로 그 안에 담겨 있는 것이다.

그동안 백선기와 흑요기를 제어하는 힘을 얻기에만 바빴지, 본질에 대한 접근은 자제하고 있었다. 불완전한 육체가 붕괴할지도 모른다는 강박관념이 깨달음을 가로막는 벽으로 작용한 때문이다.

하지만 오늘은 한번 시도해 보기로 했다. 이제는 더 이상 미룰 수 있는 시기가 아니었기 때문이다.

이번 실험을 통해 난 육체 변화의 끝을 맞을 것이다. 보통의 인간과는 다른 육체를 소유한 나로서는 변화의 과정을 견디기 위해서 반드시 첫 번째 단계를 넘어서야 한다.

찬황기의 진정한 수련은 이제 시작이라고 할 수 있는 것이다.

마지막 외곽에 있는 영혼의 본질 중 한 자락을 끄집어내어 표출된 본신의 의지에 덧붙이는 과정을 시작했다.

계란에 구멍을 뚫어 흰자를 천천히 꺼내듯 정수의 핵심을 건드리지 않고 외곽을 둘러싸고 있는 것들을 조금씩 빼내어 내 의지 속으로 흘러들게 만드는 것이다.

모든 것의 시작인 혼돈의 힘이 간직된 외곽의 정수가 천천히 표출된 의지 속으로 흘러들자, 지금까지 잘 감지하지 못했던 미시세계가 천천히 눈에 들어오기 시작했다.

처음 접해보는 것은 아니지만, 경이롭지 않을 수 없었다. 전보다 선명하고 명확하게 극도로 미세한 세계를 느낄 수 있었기 때문이다.

미시세계로 접근한 후, 제일 먼저 내 육체에 대해 분석하기 시작했다.

육체를 관조하기 시작하자 새로운 객체로서 내 자신을 관조하고 있음에도 머리가 빠개질 듯 아파왔다.

그것은 엄청난 고통이었다. 표출된 의식세계와 잠재의식의 경계인 장막을 통과할 때도 겪어보지 못한 고통이었다.

극심한 고통과 함께 본질인 영혼의 세계가 흔들렸다. 영혼의 정수까지 접근했던 의식이 점차 흐려지기 시작했다.

제기랄!

이렇게까지 힘들다니…….

이대로 흩어지기 시작한다면 소멸되고 말 것이라는 위기의식이 찾아왔다.

관조하던 의식이 흐려지고 드넓은 우주와 같은 영혼의 본질

속으로 나 또한 사라져 갈 것이다.

확산에 확산을 거듭하다 시냇물이 바다에 들어가 존재의 흔적이 흐려지듯 끝내 사라져 버리는 것이다.

그렇게 의식이 흐려지는 과정에 뭔가가 나를 일깨웠다. 그것은 암흑으로 이루어진 의식의 공동이었다.

지금까지 영혼의 본질 속에서 그저 빈 공간이라고 생각하던 것들에 실상은 무엇인가 가득 차 있었고, 그것들이 내 의식을 일깨운 것이다.

흐려지던 의식이 돌아오고 난 뒤, 난 내 의식이 수련을 위해 처음 잠재의식 속으로 들어온 상태와 같아졌다는 것을 알 수 있었다.

어떻게 소멸하지 않고 살아남은 것인지는 금방 알 수 있었다. 지금까지와는 달리 잠재의식 속에 있는 거대한 공간 안에 무엇인가 가득 들어차 있었던 것이다.

친숙한 느낌이 들었다. 오래전부터 알아오다 얼마간 잊어버렸다. 누군가의 향기가 거대한 빈 공간 안에서 흘러나왔다.

'이, 이럴 수가!'

영혼의 정수를 찾아 관조하는 것이 아니라 공간에 대한 탐색부터 해야겠다는 생각이 들어 의식을 집중했다.

그리고 그렇게 의식을 집중하는 동안 난 놀라운 사실을 알아낼 수 있었다.

대를 이어온 아카식레코드!

　새로운 융합체로 진화하고자 했던 할아버지와 아버지, 그리고 내 심혈이 고스란히 담겨 있는 데이터들이 빈 공간을 가득 메우고 있었다.

　분명 내 세포 속으로 녹아들었다고 생각했는데 영혼의 본질 속에 머물고 있었다니 정말로 놀라운 일이었다.

　'그러면 내 세포 속에 녹아들어 불완전한 육체가 되게 만든 것은 무엇이지?'

　의문이 들었다. 지금까지 세포 속에 녹아들어 육체를 불완전하게 만든 것이 아카식레코드라고 생각했는데 전혀 다른 것이었던 것 같다.

　'아직까지 작동하고 있다면 분명 써먹을 수 있을 것이다.'

　빈 공간을 가득 채운 아카식레코드를 읽을 수만 있다면 내가 이렇게 된 원인도 밝혀낼 수 있다는 생각에 곧바로 의식의 끈을 이었다.

　육체의 붕괴와 소멸이라는 위험 때문에 지금까지 일부러 관조하는 자세만 취했는데 이제는 직접적인 접촉이 필요한 것이다.

　다행스럽게 아카식레코드에 접근이 가능했다.

　지난 시간 동안 내가 어떤 일을 겪었는지 아카식레코드에 접근한 후 많은 사실을 알아낼 수 있었다.

　머리가 아픈 이유와 내 불완전한 육체의 원인에 대해 알 수 있었던 것이다.

　어째서 내가 이런 불완전한 신체를 가지게 됐는지 그 이유는 너무도 간단했다.

시간을 거슬러 오는 동안 무한대에 가까운 압력과 고밀도의 에너지로 인해 내 육체가 변형을 일으켰기 때문이다.

인간의 육체와 의식이 섞여 버린 특이한 형태의 새로운 육체로 변형되어 버린 것이다.

영혼의 본질이 변형을 일으킬 정도로 엄청난 압력과 고밀도의 에너지 안이었다.

지구상에 존재하는 천연 물질이나 합성 물질도 그런 힘을 견뎌낸다는 것은 절대 불가능한 일이다.

어떻게 소멸하지 않고 살아남아 이 시간대로 넘어왔다는 것이 의문이 아닐 수 없지만 결론적으로 지금의 내 육체는 영혼의 일부가 섞여들어 완전한 육체도, 완전한 영혼도 아닌, 매우 불안정한 균형을 이루고 있다는 것이었다.

몸의 상태를 정확히 알았다는 것은 나에게 무엇보다 중요했다. 앞으로 있을 실험은 물론, 내 육체를 완벽하게 하는 과정에서 생길 수 있는 위험을 감소시킬 수 있기 때문이다.

그리고 세포 하나하나에 깃든 의지가 어떻게 해서 그렇게 된 것인지 낱낱이 밝혀진 것도 다행이었다. 불완전한 육체와 영혼을 완전하게 만들 수 있는 단서를 알 수 있었던 것이다.

'이제 그만 끝내야겠다. 아쉽기는 하지만 이 정도 선에서 끝내야 다음 기회라도 엿볼 수 있다.'

아카식레코드에 접근할 수 있는 방법을 알아내고 수련을 멈추었다. 첫 번째 정수를 전부 파악하지 못한 것이 아쉽기는 하지만 더 이상 의지와 정신이 버틴다는 것이 무리였기 때문이다.

모든 것이 과부화가 걸린 상태라 더 지속했다가는 모든 것이 붕괴되어 버릴 것이 틀림없었던 것이다.

"크으! 냄새 한번 지독하군. 성준이 녀석이 알았다가는 경을 칠라!"

수련을 멈추고 난 후 제일 먼저 느낀 것은 더할 나위 없는 악취였다.

간이침대가 새카맣게 물든 것이 수련 중에 내 몸에서 불순물들이 흘러나온 것이 틀림없었다.

성준이 녀석이 뭐라고 할 것이 분명하기에 일단은 간이침대의 홑이불을 치우고 휴게실을 환기시켰다.

새 옷을 꺼내 들고 샤워실로 갔다. 뜨거운 물로 샤워를 하며 앞으로의 계획을 점검했다.

수련을 통해 쌓은 찬황기가 생각한 수준보다는 못하지만 충분히 실험을 진행할 수 있을 것 같았다. 내 육체가 지금까지와는 전혀 다르다는 것을 확실히 느낄 수 있었기 때문이다.

일단 전보다 근육의 탄력도나 힘이 넘쳤다. 영혼의 전사들의 도움이 아니더라도 충분히 내 육체를 활용할 수 있을 만큼 강해진 것 같았다.

호령무를 제대로만 사용할 수 있다면 웬만한 능력자들은 충분히 상대할 수 있기에 자신감도 생겼다.

그동안 많은 부분을 숨기고 위축되게 살아왔지만 내 본성을 슬슬 꺼내도 상관없을 것 같았다.

　샤워를 끝마친 후 여기저기 얼룩진 간이침대의 커버와 옷도 보기 흉해 모두 세탁기 속으로 직행시켜 세탁했다.

　어느 정도 흔적이 사라진 것 같아 실험실로 들어갔다. 성준이에게 이야기하고 갈 곳이 있기 때문이다.

CHAPTER 05
사령사와 블랙캣

TIME
SLICE
타임 슬라이스

똑! 똑!

차가운 소리가 계속해서 들려왔다.

지반을 타고 흐른 지하수가 공동을 울리는 소리는 무척이나 차가웠다.

공동의 중앙!

파편처럼 박혀 있는 돌무더기 위에 누군가 무릎을 꿇고 있었다. 검은색의 긴 생머리를 쪽을 지듯 올린 채 붉디붉은 입술을 파르르 떨고 있는 이는 바로 블랙캣이었다.

그런 블랙캣을 어둠의 저편에서 바라보고 있는 이가 있었다. 그녀를 이곳으로 부른 장본인이었다.

"사령사의 움직임이 심상치 않습니다. 그들의 거점은 뉴욕을 중심으로 지금……."

블랙캣은 자신을 부른 자에게 보고를 했다. 100여 년 만에 활동을 시작한 사령사에 대해 그녀가 수집한 여러 가지 정보였다. 이미 여러 차례 암호로 된 통신을 통해 전말을 보고한 바 있었지만 직접 마주한 것은 처음이라 직접 보고를 한 것이다.

"사령사라……?"

블랙캣의 보고를 받는 어둠 속의 인영은 처음 듣는다는 듯 의문을 표시했다.

"절 쫓는 자들이 있습니다. 아무래도 제가 가지고 있는 호조를 노리는 것이 분명한 것 같습니다. 지금쯤 제가 뉴욕으로 잠입한 것을 알고 전력을 집중시키고 있을 겁니다."

그동안 추적을 뿌리치며 자신이 맡은 여러 가지 일들을 해오며 간간이 자신을 쫓고 있는 사령사의 인물들에 대해서도 보고를 했었다.

하지만 사령사에서 자신을 쫓고 있다는 것을 알면서도 상부에서는 아무런 조치도 취하지 않았다. 그저 충돌하지 말고 피하라는 연락뿐이었다.

그러다가 갑작스럽게 연락이 왔다. 돌아와 사령사에 대해 보고를 하라는 명령이었다.

사령사에 대해 다시 한 번 상황을 보고한 블랙캣은 뭔가 조치를 지시하지 않을까 하는 생각에 어둠 속에 자리한 자신의 상관을 응시했다.

“하긴, 사령사에서도 신성시하는 물건이었으니까 그럴 만
도 하겠지.”

무관심한 듯 태평스럽게 대답하는 상관을 보며 블랙캣이 인
상을 찡그렸다.

‘보고를 받고도 아무런 지시도 내리지 않은 것도 사령사에
대해 무관심하기 때문인 것인가? 이렇게 나를 불러 보고를 받
는 것을 보면 그런 것도 아닌 것 같은데……’

상관의 반응이 자신의 예상과는 달랐기에 블랙캣은 의아스
러울 수밖에 없었다.

사령사와는 오래전부터 조직의 존속을 걸고 다투어왔던 터
다. 100여 년 전부터 활동을 하지 않았다고 하지만 무관심으로
일관할 사안이 아니었다. 오히려 적극적으로 나서서 대응해야
마땅한 일이었다.

그런데도 마치 남의 집 불구경하듯 아무렇지 않게 말하는
자신의 상관이 이상할 뿐이었다.

“그런데 어째서 절 이곳으로 부르신 겁니까? 자칫 놈들에게
우리의 정체를 노출시킬 수도 있는데 말입니다.”

호출 명령이 떨어져 오기는 했지만 상관의 반응이 이상했기
에 참지 못한 블랙캣이 물었다.

“네가 맡아야 할 일이 있어서 부른 것이다.”

“예?”

임무가 있다는 말에 블랙캣이 반문했다. 그녀가 생각하기에
지금 사령사보다 더 중요한 문제는 없었다. 자신이 사령사에

쫓기고 있음을 잘 알고 있을 텐데도 임무를 주겠다는 말이 못
미더웠다.

"보스턴에서 일이 있다. 블랙워크의 중심지이니 활동하기
편할 것이다."

"그렇기는 합니다만 그곳은 이미 사령사에게 노출된 곳입
니다."

"후후후, 염려 마라. 중요한 일이라 상부에서는 너에게 걸려
있던 금제를 해제하기로 했다. 그 정도면 사령사라 하더라도
네 일을 방해할 수 없을 것이다."

"정말입니까?"

블랙캣으로서는 믿을 수 없는 일이었다.

금제를 해제한다는 것은 자신이 몸담고 있는 조직이 본격적
으로 활동을 개시한다는 이야기였다.

언제나 암중에서 활동하던 조직이 드디어 움직이기로 했다
는 것은 중대한 변화가 일어났다는 소리였기에 블랙캣의 눈이
자신의 상관을 향했다.

"뉴욕에 있는 사령사의 일이 끝나는 대로 움직일 터이니 준
비하고 있어라. 본격적으로 시작하게 되면 자세한 설명이 있
을 것이다."

"사령사에 대해서는 별도로 조치를 하신 겁니까?"

"그렇다. 너로서는 상부에서 무관심한 것 같아 보이기는 하
겠지만 그동안 미국에 들어온 사령사에 대한 조사는 완벽하게
이루어진 상태다. 이제 조사가 끝났으니 처리를 해야겠지. 어

차피 너도 보스턴에서의 임무를 맡기까지 시간이 있을 테니 사령사를 상대하는 데 나서도록 해라. 네가 그들을 불러들인 것이나 마찬가지이니 마무리도 네가 해야 하지 않겠나?"

어둠 속의 인영이 블랙캣에게 물었다.

"알겠습니다."

사령사를 상대하는 일에 자신이 나서게 됐다는 사실에 블랙캣이 반색을 했다.

그동안 힘이 있음에도 감추고 피해 다녔던 것을 생각하면 이가 갈릴 지경이었다. 이제는 그에 대한 대가를 치러줄 수 있다고 생각하니 투지가 솟았다.

"임무에 앞서 사령사에 대해서만 집중을 해야 할 것이다. 놈들도 만만치 않은 전력을 보내온 것 같으니 말이다. 실수가 없기를 바란다."

"염려 마십시오. 금제가 해제된다면 충분히 해결할 수 있을 겁니다."

"금제의 해제도 이루어지겠지만 지원조도 붙을 것이다. 백 년 만에 세상에 나온 놈들과 치르는 첫 번째 전투이니까. 놈들의 전력도 만만치 않을 것이다. 금제가 해제됐다고 자만하지 말고 전력을 다해 놈들을 일망타진하도록 해라."

"씨를 말려놓겠습니다."

"알았다. 그럼 이제 그만 가보겠다."

뉴욕의 어느 한 주택가가 밀집한 지역의 한 건물 지하에 있는 공동에서의 대화는 그렇게 끝이 났다.

　사나이의 기척이 사라진 것을 느낀 블랙캣은 자리에서 일어났다.

　'그동안 묵혀놓았던 것을 모두 풀어놓을 것이다.'

　뉴욕을 기점으로 활동하고 있는 사령사에게 본때를 보여줄 기회가 다가왔기에 그녀는 모처럼만에 흥분하고 있었다. 그동안 사령사와의 충돌을 피하며 스트레스를 받았던 블랙캣이다. 힘이 없어 피한 것이 아니었음을 보여줄 차례였다.

＊　　＊　　＊

　여객기 한 대가 보스턴을 떠나 뉴욕을 향해 출발했다. 여객기 안에는 두영이 타고 있었다.

　두영은 지금 보스턴을 떠나 뉴욕으로 향하는 중이었다. 깨달음을 얻고 난 후에 듀크로부터 온 갑작스러운 연락이 그를 뉴욕으로 향하게 만들었다.

　어린 나이라 비행기를 타는 데 여러 가지 문제점이 있었지만 두영은 주법을 이용해 공항 관계자들의 의식을 조작한 후 비행기에 오를 수 있었다.

　'듀크! 그 자식들이 어디 있다고?'

　여객기가 창공을 날아오르자 두영은 듀크를 호출했다.

　―뉴욕입니다.

　'가와키의 연락으로 볼 때 사령사와 블랙캣이란 여자가 한 판 붙을 것 같다는 말이지?'

─그렇습니다. 재미있는 일이 벌어질 것 같습니다. 미국에 흩어져 있던 사령사의 인물들이 거의 다 모였고, 일본에서도 다수의 인물이 합류한 상태입니다.

'그래?'

미국에 흩어져 있는 자들이라면 가와키 휘하에 있는 암군이 분명했다.

그리고 일본에서 미국으로 건너온 자들이라면 사령사의 전위라고 할 수 있는 사무라이들과 인자들이 틀림없어 보였다.

─그렇습니다. 짐작대로 일본에서도 가와키의 움직임을 알아낸 것이 분명합니다.

'그럼 블랙캣은?'

─뉴욕으로 들어왔다는 것은 거의 확실하지만, 아직 그녀의 행방은 알 수가 없습니다.

'뉴욕이라……. 좋아, 이제부터 사령사의 움직임을 철저히 감시해 줘. 블랙캣의 행방도 주시하도록 하고. 곧 도착할 테니까 말이야.'

─준비하고 있겠습니다.

'그건 그렇고, 가와키가 물러날지도 모른다고 했었나?'

─연락이 온 바로는 그렇습니다. 자세한 사정은 이야기하지 않았지만, 사령사로부터 징계를 받아 이번 사안에서 물러나게 될지도 모른다고 합니다.

'사령사 내부의 권력 투쟁이 예상보다 심각한 모양이로군. 지금은 힘드니 나중에 한번 알아봐야 겠군.'

가와키가 블랙캣을 잡는 일에서 한발 물러나게 됐다는 것이 의아하기는 했지만, 지금으로서는 이번 사안에 집중해야 했기에 나중에 자세히 알아보는 것이 나을 것 같았다.

─그러시는 것이 좋겠습니다. 가와키도 그렇지만 그의 수하들인 암군들도 훌륭한 재원들이니 말입니다.

'가와키가 거느린 자들을 모두 내 쪽으로 끌어들이려면 어느 정도 시간이 필요하니, 뒤로 물러나 있는 것이 어쩌면 나로서는 잘된 일이 될 수도 있겠군. 그런데 그들이 도움이 될 수 있을까?'

─충분히 도움이 될 겁니다.

'좋아, 듀크가 알아서 그들을 내 쪽으로 합류시킬 준비를 해 줘. 그들을 설득시키는 것은 내가 할 테니까.'

─알겠습니다, 주군.

'아! 그리고 호텔도 하나만 잡아줘. 사령사의 인물들이 있는 근처로 말이야.'

─이미 준비를 해놓았습니다, 주군.

'그럼 이만 쉴 테니까 도착하면 깨워줘.'

두영은 듀크에게 부탁을 하고는 그대로 눈을 감았다. 얼마 전 깨우친 것들을 다시 한 번 복기하기 위해서였다.

사령사와 비밀을 간직하는 것으로 보이는 블랙캣이 싸우게 된다면 자신도 어쩔 수 없이 무력을 써야 할지도 모른다는 생각에서였다.

비행기가 뉴욕에 도착하고 난 후, 공항을 빠져나와 택시를 잡아 탄 두영은 번화가를 지나 사령사가 아지트로 삼고 있는 곳으로 향했다.

사령사의 아지트가 있는 근처에는 듀크가 이미 예약해 놓은 호텔이 있었다. 조금 허름하기는 하지만 나름대로 관리를 잘한 듯한 호텔에 도착한 두영은 택시비를 지불하고 안으로 들어섰다.

'나이 어린 것이 불편하군. 어쩔 수 없이 주법을 써야 하나?'

호텔 프런트로 가면서 이번에는 어떻게 할까 생각하던 두영은 다시금 주법을 사용했다.

지금의 나이로는 혼자서 호텔에 묵기가 어려워 인식을 비틀어 호텔 직원을 속이기로 한 것이다.

간단한 주법으로 호텔 직원의 의식을 바꿔 버린 두영은 사령사가 머물고 있는 건물이 잘 보이는 호텔 방으로 올라갔다.

"꽤 많은 인원이군. 일개 중대는 되겠어."

기감을 펼쳐 건물을 바라보던 두영은 상당수의 능력자들이 있다는 것을 느낄 수 있었다.

이 정도의 능력자라면 일개 사단은 10분이면 전멸시킬 수 있는 가공할 전력이었다.

"듀크! 블랙캣의 행방은?"

혼자만 있기에 두영은 블랙캣의 행방을 육성으로 물었다.

─아직 찾을 수가 없습니다.

"그럼 뉴욕 전체에 감시망을 펼칠 수 있겠어?"

─가능합니다.

"좋아, 감시망을 펼치고 이상이 생기면 말해. 저들도 움직이고 있을 테니까 감시하는 것도 잊지 말고."

─알겠습니다.

두영은 듀크에게 다시 한 번 부탁하고는 명상에 들었다. 타고 온 시간이 상당히 짧았던 터라 비행기 안에서 못다 했던 호령무를 심상을 통해 처음부터 수련하기 위해서였다.

생각보다 괜찮은 성과를 얻으며 심상 수련에 몰두하고 있을 무렵, 사령사의 아지트 상당수 인원이 다시 왔다는 것을 확인한 두영이 눈을 뜨고는 창가로 다가갔다.

'일본에서 온 자들인가? 대단한 자들이로군. 하나하나가 만만치가 않구나.'

새로 합류한 전력은 가와키가 불러들인 암군을 능가하는 전력이었다. 미래 시대에 두영이 활약할 무렵, 지구연방을 수호하는 전사 급과 비슷한 전력을 가지고 있는 자들이었다.

하나같이 능력자들이라는 것은 둘째 치고라도, 모두들 가벼이 볼 수 없는 특이한 기운을 가진 무기들을 지닌 것으로 보였다.

'가와키가 거느린 암군이 본신의 실력을 꺼내면 비슷하겠지만, 금제를 가한 탓에 지금으로서는 전력이 약세로군. 블랙캣 때문이기는 하겠지만, 듀크에게 무엇 때문에 이곳으로 왔는지 정확하게 알아보라고 해야겠군.'

가와키가 감추고 있는 것을 알지 못하는 것 같아 안심이 되는 두영이었다. 가와키를 이용할 경우 여차하면 자신의 힘이 될 자들이었기 때문이다.

새로 합류한 전력과 그들이 어떻게 행동할지 알아보기 위해 두영은 듀크를 부르기로 했다.

"듀크!"

―말씀하십시오.

"도청은 할 수 있나?"

―이미 준비를 끝냈습니다. 지휘부로 보이는 자들이 8층에 머물고 있습니다.

"좋아, 한번 들어보자고. 그리고 놈들의 전력을 상세히 분석해 봐. 실력도 실력이지만 놈들이 가지고 온 것들이 심상치 않아 보이니까 말이야."

―알겠습니다. 나노 로봇을 더 심어야겠군요. 그럼 주군께 직접 연결을 하겠습니다.

듀크의 말대로 도청 장치가 직접 연결되었는지 두영의 귓가로 말소리가 흘러들어 오기 시작했다. 일본어였지만 이미 주요 나라의 언어를 습득하고 있는 두영이 알아듣기에는 불편하지 않았다.

*   *   *

"어서 오시오."

"오랜만에 뵙습니다."

반갑지 않은 가와키의 인사에 가네다 또한 데면데면 인사를 받고는 소파에 앉았다.

무척이나 예의없는 행동이었지만 가와키는 가네다를 탓하지 않았다.

자신은 죄인의 몸으로 유배나 다름없는 미국 생활을 하고 있지만, 가네다는 조직의 사자로서 전권을 위임받고 미국으로 왔기 때문이었다.

"후후후, 혈작검의 행방을 추적하고 계셨다고 들었습니다만?"

블랙캣을 추적하고 있다는 것을 들켰다는 것을 감지한 후, 가와키는 블랙캣과 혈작검에 대한 사항을 일본에 있는 사령사의 본부에 곧바로 보고했다.

이미 알게 된 이상 계속 숨긴다면 자신의 자리가 위험할 수도 있었기 때문에 어쩔 수 없는 조치였다.

가네다 또한 그것을 짐작하고 있는 듯 알 수 없는 미소를 흘리며 단도직입적으로 물었다.

"아직 확실한 것은 판명이 나지 않았소. 조직의 입장에서는 혈작검이 무엇보다 중요한 것이라 보고했을 뿐, 아직은 더 확인을 해야 할 것이오. 수좌께서도 그런 점을 염려하여 가네다 상을 보냈다고 생각하는데, 다른 것이 있는 것이오?"

끓릴 이유가 없기에 가와키가 되받아쳤다. 자신을 실각시키려는 자들의 사주를 받고 온 가네다가 물어뜯는 대로 놔둘 수만은 없었던 것이다.

"그렇기는 합니다만, 가와키 상께서 너무 욕심을 내 보고를 지연시킨 것이 아닌가 하는 말들이 있어서 말입니다."

"그것은 가네다 상이 확인해 보면 될 것이고, 전권을 위임받고 왔으니 난 지금까지 파악한 정보만 제공하면 될 테니 혈작검에 대한 일에서는 손을 떼겠소."

"물론 그래야 할 겁니다. 가와키 상께서 거느린 암군은 방해만 될 뿐이니까 말입니다."

"으음!"

자신이 세력을 키우고 있다는 것을 알고 있음이 분명히 한 가네다의 태도에 가와키가 신음을 삼켰다.

'후후후, 정곡을 찔려 당황스러운가 보군.'

신음을 흘리는 가와키를 바라보며 가네다가 미소를 짓고 있었다. 자신들의 손에 의해 내쳐진 가와키가 다시 재기하지 못하도록 하는 것이 가네다로서는 그저 즐거울 뿐이었다.

하지만 가네다의 예상과는 달리 가와키의 속마음은 그것이 아니었다. 가외키는 암군이 반대 세력에 들켰다는 것보다는 다른 이유로 걱정하고 있었다.

'일단 배신자를 찾아내야겠다. 그분께 해가 될 자가 있다면 거느릴 필요가 없겠지.'

노골적으로 무시하는 것이야 상관없었다. 진실한 실력을 내보이지 않도록 조치를 취했으니 비장의 패가 될 수도 있을 터였으니 말이다.

하지만 이미 암군에 대해서 알고 있다면 누군가 정보를 흘렸을 가능성이 크다는 것이 문제였다. 모든 것을 감추었다고 생각했는데 배신자가 있었던 것이다.

이제 자신의 모든 것이 된 두영에게 배신자가 있는 조직을 보여줄 수는 없는 노릇이었다. 자칫 두영의 존재가 자신을 반대하는 세력에 노출된다면 그보다 큰일은 없을 것이기 때문이다.

"암군이야 어차피 내 신변 보호를 위해 만든 조직이니 도움이 되지는 않을 것이오. 그동안 블랙캣이라는 계집에 대해 모아놓은 정보를 드릴 테니 건투를 빌 뿐이오."

가와키는 주머니에서 USB를 꺼내 가네다에게 건넸다. 블랙캣을 추적하며 알아낸 것들을 일목요연하게 정리한 자료였다.

"그럼 이곳을 떠나시는 것입니까?"

"그래야 하지 않겠소? 수좌께서 모든 것에서 손을 떼고 근신하라고 했으니 말이오."

"앞으로는 조심하시기 바랍니다. 자칫하다가는 파문까지 갈지도 모르니 말입니다."

"알았소. 주의하도록 하겠소. 그럼 이만."

모든 것을 인계했기에 가와키는 아무런 미련 없이 자리를 떴다. 전부를 빼앗길 줄 알았는데 암군을 남겨준 것이 그나마 다행이었다.

자신의 반발을 우려한 조치겠지만 암군이 어떤 가치를 지니고 있는지 모르는 이상, 자신에게는 기회였기에 가와키는 속으로 웃음을 삼켰다.

＊　　　＊　　　＊

'가와키!'

차에 올라타는 것을 보고 가와키를 불렀다. 텔레파시에 반응한 듯 가와키가 대답을 했다.

'주군이시군요.'

'섭섭하지 않나?'

'하하하, 이제는 홀가분합니다.'

영혼으로 연결된 터라 나에게 거짓을 말할 리는 없었다. 사령사의 중심부로부터 완전히 밀려난 것에 대해서는 아쉬움이 없는 모양이었다.

'좋아, 이제부터 보스턴으로 가라. 머물 곳은 마련되어 있을 것이다.'

'말씀대로 따르기는 하겠지만 암군이나 수하 중에 배신자가 있는 것 같습니다.'

'사령사에서 암군의 존재를 알고 있는 것 때문이냐?'

'이미 짐작하고 계시는군요.'

'후후후, 염려 마라. 어차피 예상하고 있던 일이니까.'

'알겠습니다. 준비하고 계신 것 같으니 마음이 놓이는군요. 하지만 저희가 보스턴으로 향하면 주군께서 노출될 수도 있는데 괜찮겠습니까?'

'너희를 모두 감출 생각이니까 그런 점은 염려하지 않아도 된다. 그런데 암군들에게 금제를 가한 것 같은데 바로 풀 수 있는 것인가?'

'몇 가지 조건만 갖추어지면 지금 당장에라도 가능합니다. 하지만 수련을 위해서 금제를 가한 것이라 아직은 그냥 놔두는 것이 좋을 것 같습니다.'

'그렇다면 놔두는 것이 좋겠군. 보스턴으로 향하면 지시를 내릴 테니 수하들을 단속한 후 곧바로 떠나도록 해라. 모든 것은 나에게 맡겨두도록 하고.'

'그럼, 부탁드리겠습니다, 주군.'

가와키와의 연락을 끊었다. 제법 괜찮은 수하를 얻은 것 같다. 예전 같으면 믿지 못하겠지만 혈법을 이용해 영혼을 잡아 놓은 터라 배신의 염려가 없어 더욱 좋았다.

이제부터는 블랙캣이 가지고 있는 혈작검을 얻어야 할 차례였다. 지금까지 모습을 감추고 있다가 다시 나타난 것을 보면 꿍꿍이속이 있겠지만 가네다라는 놈과 신경전을 벌이는 와중이라면 어부지리도 기대해 볼 만할 것 같다.

*   *   *

가와키가 암군과 함께 아지트를 떠나고 난 뒤 가네다는 자신의 참모들을 모두 불러들였다.

자신에게 들어온 정보를 바탕으로 블랙캣이 가지고 있을 것으로 보이는 혈작검을 회수하기 위한 작전을 짜야 했기 때문이다.

건네진 USB를 통해 블랙캣에 대해서는 충분히 파악할 수 있었다. 정체불명의 조직이 배후에 있다는 것과 개인으로도 만만치 않은 전력을 보유하고 있는 것이 분명했다.

이번에 행방이 알려진 것도 자연스러웠다고는 하지만 감추어진 속내가 있다는 것도 감을 잡을 수 있었다.

"어떻게들 생각하나?"

정보를 분석하고 어느 정도 의견을 교환한 터라 가네다는 참모진의 생각을 물었다.

"일부러 흔적을 드러낸 것이 분명합니다. 접근하는 것을 차단하겠다는 계획이 분명합니다."

"흔적을 드러내고 역으로 치겠다는 생각이란 것인가?"

게이치의 의견에 가네다가 덧붙였다.

"그럴 확률이 높습니다. 그동안 잘 숨어왔는데 갑자기 드러날 일은 없으니까요."

"우리의 전력과 블랙캣의 배후 세력을 비교하면 어떤가?"

"충분히 커버할 수 있을 겁니다. 블랙캣이 모종의 준비를 했다고 해도 우리의 진정한 전력을 알지는 못할 테니까 말입니다."

"그렇기는 하겠지. 예전에도 감추어졌던 무구들이 지급됐으니 말이야. 그럼 전략을 어떻게 짜는 것이 좋겠나?"

"타초경사!"

"튀어나오게 하자는 말인가?"

"그렇습니다. 어차피 반격을 노리고 계획을 짠 것이 분명한 이상, 일부러 건드려 줄 필요가 있습니다. 블랙캣의 흔적이 있는 곳을 중심으로 건드리다 보면 반드시 반응이 올 것입니다. 그때 전격적으로 치면 될 것입니다."

"괜찮은 작전이로군. 배후 세력이 어떤 전력을 가졌는지 모르지만 이만한 전력이면 다른 암중의 조직들과 전면으로 붙어도 될 정도니 말이야."

"그렇습니다. 다른 조직들이 알아차리기 전에 처리하고 빠지는 것이 좋습니다."

"좋아, 게이치의 계획대로 밀고 나간다. 다들 준비하고 미끼는 인자들이 맡는다. 그럼 세부 계획을 짠 후 개시하도록!"

"하이!"

수하들의 복명 소리가 가네다는 만족스러웠다. 그동안 사령사에서 외부로 파견된 전력 중 최강의 전력을 가지게 된 자신이다. 계획대로 혈작검을 얻게 되면 탄탄대로를 걸을 것이기에 수하들을 지켜보는 그의 입가에는 미소가 떠나지 않았다.

*　　　*　　　*

사령사와 블랙캣이 속한 조직과의 충돌에는 그리 오랜 시간이 걸리지 않았다.

월가를 중심으로 활약하는 블랙캣의 조직 일부가 드러난 상태였기에 게이치가 데리고 온 인자들을 이용, 곧바로 선제공격을 가한 것이다.

인자들의 활약이 눈부셨다. 블랙캣의 수족으로 추정되는 자들이 사무실에서, 길가에서, 그리고 자신들의 집에서 모두 죽임을 당했다. 완벽하게 자연사로 위장되었기에 경찰의 접근도 원천적으로 막아버린 완벽한 공격이었다.

블랙캣 측의 반응도 즉각 나타났다. 공격을 마치고 아지트로 귀환하는 인자들에 대한 공격이 이루어진 것이다. 은신과 잠입에 특화된 인자들이었지만 블랙캣이 거느린 자들의 공격을 막는 것은 불가능했다.

그들은 인자들보다 더 뛰어난 능력을 보유하고 있었을 뿐만 아니라, 특이한 이능력까지 보유하고 있어 공격에 가담한 인자 전부가 죽임을 당하는 사태가 벌어졌다.

미끼로 내놓기는 했지만 인자 하나하나가 상당한 능력자였기에 가네다로서는 뜻밖의 일이었다. 반격을 당하리라고 예상은 했지만 그가 예상한 피해는 일 할 정도였던 것이다.

블랙캣이 보유하고 있는 예상외의 전력에 참모진과 가네다는 자신들이 데리고 온 전력 중 핵심이라고 할 수 있는 자들을 조기에 투입했다.

블랙캣의 세력을 유인해야 할 인자들이 모두 당한 이상 직접 나서야 했던 것이다.

"모두들 들었을 것이다. 놈들의 전력이 예상외로 만만치가 않다. 인자들이 모두 당한 것을 보면 이면 세계의 능력을 지닌 자들이 틀림없으니 그에 맞추어 준비를 해야 할 것이다.”

가네다는 참모진과의 의논한 결과, 아지트가 블랙캣에게 알려졌다고 판단했다.

이렇게 전격적으로 나온다면 아지트를 직접 공격할 가능성이 컸기에 가네다는 수하들을 불러 모아놓고 준비할 것을 지시했다.

“게이치, 주변에 인식 장애 결계를 펼쳐라. 놈들이 이면 세계의 힘을 사용한 이상, 하나라도 일반인들에게 알려지면 좋을 것이 없으니까.”

인자들을 전멸시킨 것을 보면 방어 결계를 치는 것도 소용이 없을 것이기에 가네다는 인식 장애를 유도하는 결계를 펼치도록 했다. 블랙캣도 블랙캣이지만 자신들이 가진 전력이 세상에 알려지는 것도 곤란하기 때문이다.

“하이!”

가네다 측이 부산스럽게 준비를 하는 사이 블랙캣과 그녀의 수하들은 이미 아지트를 포위한 채 공격을 준비하고 있었다.

블랙캣은 두영이 머물고 있는 호텔 옥상에서 가네다가 머물고 있는 아지트를 조용히 바라보고 있는 중이었다.

그녀의 옆에는 희미한 붉은 안개 같은 것이 흐르고 있었다.

“호호호, 인식 장애 결계를 펼치는 모양이로군. 어차피 우리가 해야 할 것인데 수고를 덜어주니 고맙다고 인사나 해줄까?”

“방어 결계를 치지 않는 것을 보니 자신들이 가진 전력에 자신이 있나 보군."

스스스!

굵은 목소리가 들려오는 것과 동시에 붉은 안개가 모아지며 사람의 모습으로 변해갔다. 블랙캣의 옆에는 어느새 강렬한 인상을 가진 사나이가 서 있었다.

붉은색의 너풀거리는 옷을 입고 있는 사나이의 기세는 한눈에 보기에도 심상치가 않았다.

혈전사(血戰師) 유좌영!

핏빛 전쟁의 스승이라는 별명을 지닌 그는 블랙캣도 함부로 할 수 없는 사람이었다.

그는 조직으로부터 지원받은 혈전단의 수장으로 엄청난 무력을 소유하고 있었다.

자신이 가진 이능을 모두 동원하더라도 승부를 장담할 수 없는 사람이라는 것을 알기에 블랙캣은 이번 작전을 지휘하는 입장임에도 유좌영을 대하는 태도가 조심스러웠다.

"좌영님은 어떻게 하실 생각인가요?"

"놈들이 전면전을 선택했다면 그대로 해줘야겠지. 나름대로 무사도를 가진 자들이니까 말이야."

"하지만 알아낸 정보로는 저들이 가진 것들이 심상치 않던데 괜찮겠습니까?"

"후후후, 사령이 깃든 무구를 사용한다고 해도 놈들이 전멸한다는 것에는 달라진 것이 없다."

"호호호! 하긴, 핏빛 전사들 자체가 죽음의 사자들이니 걱정

할 것은 없겠네요."

"잠시 후, 인식 장애 결계가 완성되고 나면 공격할 예정이니 이곳에 있는 것이 나을 것이다. 네가 다치기라도 하면 골치 아파지니까."

"알았어요. 전 이곳에서 지원하도록 하지요."

블랙캣도 마다하지 않았다. 전황이 불리하다면 모를까, 조직이 가진 최고의 무력이 바로 혈전사였다.

아무리 사령기(死靈器)를 가진 자들이라고는 하나 죽음의 강을 건너온 혈전사들에게는 상대가 되지 않을 것이라는 블랙캣의 판단이었다.

"이제 완성이 된 것 같군."

파팟!

유좌영이 옥상을 가로질러 사령사의 인물들이 머물고 있는 목상으로 떨어져 내렸다. 그의 움직임과 동시에 붉은 옷을 입은 자들이 곳곳에서 튀어나와 그의 뒤를 따랐다.

"호호호, 이제 곧 피의 향연이 벌어지겠구나. 그렇다면 나도 준비를 해야겠지."

사령사에 대해 지시받은 사항은 말살이었다. 혈전사를 피해 도주하는 자가 있어서는 안 되는 일이었다. 블랙캣은 자신이 가진 능력을 발휘하기 시작했다.

인식 장애 결계가 펼쳐진 지역 전체를 아우르는 환상의 결계가 그녀의 손에서 펼쳐졌다.

이런!

전에도 한 번 부딪쳤던 기운이다.

안젤라에게 수족으로 붙여준 자들의 인식이 끊겼을 때 느낀 기운과 같은 종류다.

두 세력이 부딪친 후에 움직이려 했는데 어쩔 수 없이 확인을 해야 할 것 같다.

잘못하면 놓칠 수도 있는 일이라 서둘러 옥상으로 향했다.

옥상으로 올라오니 블랙캣이 뭔가를 하고 있다. 그녀의 손을 따라 움직이는 붉은 불빛을 볼 수 있었다. 스피릿아머의 하나이자 칠대신검인 혈작검이 검광을 뿌리는 모습이다.

혈작검으로 사령사의 아지트를 중심으로 결계를 치고 있는 것 같다. 서릿발 같은 검기가 촘촘하게 에워싸고 있어 안에 있는 자들이 쉽게 빠져나오기는 어려울 것 같다.

블랙캣이 펼치는 것은 삼묘족의 주법 중 하나인 검인곤(劍引困)이다. 다수의 적을 상대할 때 검기의 인으로 적을 에워싸거나 방어에 주로 쓰이는 주법이다.

검인곤은 삼묘족의 직계가 아닌 이상 절대로 펼칠 수 없는 것이다. 어째서 블랙캣이 검인곤을 펼치는지 몰라도 일단 제압을 해야 할 것 같다.

"주(呪)! 화망결(化網結)!"

블랙캣이 주변은 물론 옥상과 건물 전체에 기운의 그물을

쳤다. 강력한 결계이자 포획하고자 하는 대상을 사로잡을 때
쓰는 화망결은 신수마저도 잡을 수 있는 비전의 결계다.

＊　　　＊　　　＊

타타탁!
연신 검기를 날리던 블랙캣은 갑자기 자신이 쏘아낸 검기가
막혀 버리자 당혹감을 금할 수 없었다.
호조에서 나온 검기는 지금까지 아무런 방해 없이 제 힘을
다했다. 그런데 뻗어 나오던 힘이 갑자기 막혀 버렸다. 그렇지
만 주변에 자신을 방해하는 존재는 아무도 없었다. 혹시나 자
신이 잘못 시전한 것이 아닌가 하는 생각마저 들 정도였지만
블랙캣은 그리 호락호락한 사람이 아니었다.
"누구냐?"
절대 있을 수 없는 일이기에 보이지 않는 방해자가 있음을
깨달은 블랙캣은 주변을 돌아보며 외쳤다.
스스스!
은신결로 모습을 감추고 있던 두영이 모습을 드러냈다.
'저자는?'
블랙캣은 두영을 알아볼 수 있었다. 목표물이 되었던 교수
들과 연관이 깊기에 그녀가 조사한 자료에는 두영도 들어 있
었던 것이다.
"그것은 어디서 배운 것이냐?"

뼈가 시릴 듯한 싸늘한 목소리였다. 블랙캣은 두영이 단순히 공부를 잘하는 천재가 아니라는 것을 직감할 수 있었다.

목소리만으로 자신을 주눅이 들게 할 정도라면 이면 세계의 능력을 지닌 존재가 분명했다.

"호호호, 네놈도 그런 존재였나?"

"대답해라. 그것은 어디서 배운 것이냐?"

블랙캣의 말에 돌아온 것은 두영이 내뿜는 무서운 기세였다. 대답하지 않으면 단번에 베겠다는 의지가 가득했다.

"대단하군. 하지만 나를 만만하게 보면 큰코다치지! 차앗!"

두영의 기세를 아랑곳하지 않고 블랙캣은 빠르게 두영에게 쇄도했다. 붉은 빛이 넘실거리는 열 개의 칼날이 난도질하듯 두영을 덮쳐왔다.

스스스!

두영의 신형이 미끄러지듯 뒤로 물러났다. 바람에 이는 낙엽처럼 블랙캣의 기세에 몸을 실었기에 두영에게는 아무런 타격이 없었다.

슈우우욱!

두영이 움직임이 심상치 않다는 것을 직각한 블랙캣은 호조 중 하나를 날렸다. 마치 쏘아진 화살처럼 검인이 날았다. 두영의 움직임이 어떤 방식으로 진행되는 알아차린 블랙캣이 공기를 뒤로 끌어당기며 검인을 날렸기에 두영의 신형이 앞으로 끌려왔다.

챙!

검인이 몸을 꿰뚫으려는 찰나 두영은 검인을 쳐냈다. 두영의 손에는 어느 틈에 꺼낸 든 것인지 제혼이 들려 있었다.

'보통 검이 아니다.'

두영의 검을 바라보는 블랙캣의 눈이 흔들렸다.

보통의 검과는 다른 형태인데다가 섬뜩해 보이는 기운까지 범상치 않은 것이 없었다.

그리고 무엇보다도 자신의 호조를 견뎌냈다는 것이 문제였다.

이면 세계의 그 어떤 검도 자신의 호조를 견뎌낸 검은 없었다. 그동안 그녀의 호조는 검과 함께 검의 주인까지 한꺼번에 베어왔었다.

그런데 오늘 처음으로 검에 의해 호조의 진로가 막혀 버린 것이다.

그뿐만이 아니었다. 자신이 가지고 있는 호조는 특별한 주술이 걸려 있는 귀품이었다.

사인(四寅)과 사진(四辰)의 기운을 담아 영험이 극에 이른 검인들로 설령 특별한 강도를 가지고 있는 것이라 할지라도 영기로 베어버리는 검이다.

그것은 두영이 들고 있는 제혼 또한 그에 상응하는 기운이 담겨 있다는 것을 뜻했기에 긴장하지 않을 수 없었다.

'저 자식, 사령사의 비밀 병기인가?

사령사의 아지트를 공격하자마자 나타난 것하며 자신의 주술에 대해서 알고 있는 것을 보면 사령사의 비밀 병기가 틀림없다고 생각했다. 호조의 비밀을 알기에 막을 수 있다고 판단한 것이다.

'사령사에서 특별한 놈을 파견한 모양이지만 호조를 막을 것은 그 어떤 것도 없다.'

자신의 주술과 병행하면 무한한 힘을 낼 수 있다는 것을 알고 있기에 블랙캣은 호조를 믿었다.

그동안 자신의 조직에도 비밀을 지켜왔지만 지금은 지켜보고 있는 이가 없는 이상 진짜 힘을 발휘할 때였다.

지이잉!

블랙캣은 잠들어 있는 힘을 일깨웠다. 자신의 의지에 반응하듯 호조가 검명을 흘리자 그녀는 혀로 입술을 적시며 두영을 노려보았다.

피잉!

피피피핑!

블랙캣의 손가락에서 떠난 호조의 검인들이 날기 시작했다. 점과 점을 잇는 최단 거리를 날아가는 검인들은 무척이나 위력적이었다.

샤약! 샤아아악!

두영의 손에 들린 제혼이 허공에 십자 문양을 수놓기 시작했다.

티티티티팅!

제혼이 그리는 검로에 막힌 다섯 개의 검인이 사방으로 비산했다. 그러나 그것도 잠시, 튕겨져 나가던 검인들이 다시 두영에게로 향했다.

슈아아앙!

콰쾅!

콰지지직!

대기를 찢는 파열음이 두영의 주변에 일었다. 소리의 벽을 넘어선 속도로 인해 소닉붐이 일어났다. 충격파가 옥상을 휩쓸고 바닥에 금이 가기 시작했다.

"차앗!

두영이 제혼을 바닥에 꽂았다. 흔들리는 결계 사이로 빠져 나간 검의 기운으로 인해 건물이 붕괴되는 것을 막기 위해서였다.

"주(呪) 합전(合纏)!"

금이 간 건물이 두영의 주법으로 인해 봉합이 되었다. 간신히 건물의 붕괴를 막은 두영은 블랙캣을 찾았다. 자신이 건물을 봉합하는 사이 어디론가 사라진 것이었다.

"숨어도 소용이 없다. 내가 원하는 것은 단 하나! 네가 어떻게 검인곤의 술법을 아느냐 하는 것이다."

소리를 질러 반응을 본 후에 위치를 찾으려 했지만 소용이 없었다. 결계로 인해 벗어나지 못하건만 순식간에 자리를 비운 것이다.

어디론가 도주한 것이 틀림없지만 범위는 옥상을 벗어날 수 없었다. 두영은 하는 수 없이 혈법을 시전하기로 했다. 삼묘족이 남긴 잔재를 어째서 가지고 있는지 확인해야 했다.

"혈주(血呪)! 광명안(光明眼)!

두영은 오른손에 제혼이 들려 있기에 왼손을 들어 올려 약지를 깨물며 혈법을 펼쳤다.

빛의 입자까지도 살펴볼 수 있는 광명안이 발동하며 혈작검이 그려내는 궤도가 눈에 들어왔다. 인식의 한계를 벗어난 움직임이었지만 두영은 똑똑히 볼 수 있었다.

혈작검의 궤도는 일반 검법의 검로와는 확연히 달랐다. 두영도 잘 알고 있는 삼묘족의 정화가 숨어 있었다.

진리를 꿰뚫는 여든여덟 가지의 궤를 따라 움직이는 혈작검은 찬황의 힘을 뿜어내고 있었다.

'블랙캣이 사용하고 있는 혈작검의 힘이 예상외로구나. 스스로 알아서 궤를 그리다니……'

검로를 밟는 것은 블랙캣이 아니었다. 그저 검의 힘에 이끌려 따라가고 있을 뿐이었다.

'설마?'

스플렌더와 문라이트와는 확연히 다른 위력이었다. 의지가 섞이지 않았음에도 혈작검이 뿜어내는 힘의 정도로 봐서는 봉인이 된 것 같지 않았다.

'설사 봉인이 되어 있지 않더라도 호령무와 함께라면 제압할 수 있을 것 같다.'

스피릿아머로의 변화는 없었지만 검 자체의 힘만은 이미 본신의 힘을 되찾은 상태였다.

그렇지만 이제는 호령무를 주법과 함께 시전할 수 있는 까

닭에 아무리 봉인이 안 된 혈작검이지만 충분히 제압할 수 있
다는 판단이 들었다.

두영은 주법으로 금강신을 이루며 자신을 압박하는 혈작검
의 힘을 뚫고 앞으로 전진했다.

파파팟!

타타타타앙!

무쇠도 단숨에 잘려 나가는 혈작검의 날카로운 검기가 두들
겼으나 두영의 신형은 멀쩡했다.

블랙캣은 당혹스러웠다. 검기가 가격할 때마다 날카로운 기
세를 아무렇지 않게 흘리고 있었다.

그동안 무수한 암살을 수행했지만 이면 세계의 능력자들이
가지고 있는 힘도 호조가 발하는 검기에는 소용이 없었다. 염
동력으로 발하는 배리어는 물론이고, 검막과 같은 기예도 막
아낼 수 없는 힘을 지닌 호조였다.

그런데 맨몸으로 막고 있었다. 검기의 기세를 뚫고 자신에
게 한발 한발 다가오고 있었다. 치가 떨리도록 두려운 상황이
아닐 수 없었다.

'저, 저게 무엇이지?

거대한 그물처럼 자신을 향해 푸른 기운이 번지고 있었다.
두영이 펼쳐 놓은 화망결이 블랙캣을 제압하기 위해 본격적으
로 움직이기 시작한 것이다.

호조를 휘두르는 손이 점점 무거워지고 있었다. 수렁에 빠
진 것처럼 양손을 얽어매는 기운에 블랙캣은 자신이 원하는

검로를 그려낼 수가 없었다.

'도, 도와줘요.'

블랙캣은 화급히 텔레파시를 보냈다. 이대로는 두영에게 당할 것 같다는 생각에 사령사의 아지트로 들어간 유좌영을 부른 것이다.

＊　　　＊　　　＊

서격!

죽음의 기운이 담긴 묵색의 창과 함께 사령사의 사무라이 중 하나를 갈랐다.

"차앗!"

유좌영은 얼굴에 흩뿌려진 피를 닦을 사이도 없이 달려나갔다. 혈전사를 몰아붙이는 가네다를 상대하기 위해서였다.

빠르게 앞으로 달려나가며 유좌영은 주변을 살폈다.

'잠자고 있던 놈들이라 그런가? 후후후, 문제는 없겠군.'

그동안 활동을 하지 않아 실전 경험이 별로 없는 듯 사령사의 인물들을 제거하는 것은 그다지 어렵지 않았다.

자신의 수하들도 죽음의 무구들을 가진 사무라이를 상대로 일방적으로 압도하고 있었다. 가네다와 그의 참모진들이 분전하고 있었지만 조만간 정리가 될 것이 분명했다.

쾅!

"큭!"

쇄도하며 내지른 유좌영의 검을 가네다가 막아냈다. 잔뜩 경력이 실려 있는데다가 기습을 당한 탓에 가네다의 신형이 튕기듯 뒤로 밀려 나갔다.

"이제 끝이다."

내상을 입었음을 확신한 유좌영은 다시 한 번 가네다를 향해 앞으로 쇄도했다.

'도, 도와줘요.'

'응?'

막 가네다를 향해 마지막 일검을 가하려던 유좌영은 자신의 뇌리로 들려오는 블랙캣의 목소리를 들을 수 있었다.

"두, 두고 보자!"

파팟!

블랙캣의 텔레파시에 유좌영이 잠시 멈칫하는 사이 가네다가 신형을 박차며 도주하기 시작했다. 그를 따르는 참모들도 신형을 빼내며 도주를 시작했다.

"놈들을 쫓아라! 어서!"

유좌영이 고함을 치며 수하들에게 지시했다.

자신이 먼저 앞장을 서야 했지만 유좌영은 그럴 수가 없었다. 블랙캣의 목소리에는 다급함이 서려 있었던 것이다.

유좌영은 빠르게 블랙캣이 있는 곳으로 신형을 돌렸다. 층간 높이 때문에 상당히 높았지만 유좌영은 이미 박살난 창틀을 박차고 호텔 옥상으로 신형을 날렸다.

허공으로 치솟아 오른 유좌영은 정신없이 호조를 휘두르고

있는 블랙캣과 검기를 맞으며 그녀에게 다가가는 두영을 볼
수 있었다.

"차앗!"

기합과 함께 유좌영은 검기를 날렸다. 옥상 쪽으로 뛰어오
르며 이미 준비를 한 탓에 그의 검에서는 붉은색의 기운이 빠
져나와 두영을 덮쳤다.

쾅!

순순한 검력으로 이루어진 유좌영의 검기는 블랙캣이 시전
한 것과는 달리 강력한 검력으로 두영을 밀어냈다.

탁!

"네놈은 누구냐? 사령사의 인물인가?"

옥상으로 내려선 유좌영은 자신의 검으로 두영을 가리키며
물었다.

밀려나기는 했지만 상처 하나 입지 않은 두영의 모습을 바
라보는 유좌영의 눈은 호승심에 불타오르고 있었다.

"대단하군. 날 밀어내다니!"

두영은 유좌영이 보여준 검력에 감탄했다.

검기의 엄밀함은 블랙캣이 시전한 것보다 떨어지지만 순순
한 검력으로만 따져 봤을 때 혈작검의 힘을 능가하고 있었던
것이다.

"누구냐고 물었다."

"그러는 너희들은 누구냐?"

두영의 반문에 유좌영은 대답을 할 수가 없었다.

사령사를 비롯한 이면 세계의 보직들에게 아직은 알려져서
는 안 되기 때문이었다.

"말이 필요없겠군."

물어도 대답을 해줄 리 없다고 판단한 유좌영은 검을 고쳐
들며 두영을 바라보았다.

조금 전과는 달리 검에서 뿜어져 나오는 기세가 달라졌다.
좀 더 정밀해졌으며 기운의 농도 또한 비교할 수 없을 만큼 진
해졌다.

'순간적으로 그런 검력이 실린 검기를 발휘했다면 만만치
않은 상대다.'

유좌영의 검에서 붉은 기운이 불꽃처럼 넘실거리고 있었다.
방금 전의 검기와는 비교할 수 없는 힘이었다.

블랙캣에게 다가드는 자신을 물러나게 한 검기는 그저 다급
한 상태에서 발휘한 것으로, 어려운 싸움이 될 것임을 짐작할
수 있었다.

'내가 막을 수 있는 시간이 얼마 없다. 지금 곧 도주해라.'

유좌영은 진신의 기운을 이끌어내며 블랙캣에게 텔레파시
를 보냈다. 두영에게서 느껴지는 힘을 감당할 자신이 없어서
였다.

'힘들어요. 우리가 있는 이 옥상에도 알 수 없는 결계가 펼
쳐져 있어요.'

'힘으로도 뚫을 수 없다는 것이냐?'

'어려워요. 이곳을 빠져나가려면 저자를 제거해야 할 것 같

아요.'

 '음, 어렵군. 그럼 최선을 다해서 저놈을 제압해야겠군.'

 물러날 곳이 없음을 확인한 유좌영은 좀 더 기운을 모았다. 두영이 뿜어내고 있는 기운으로 봤을 때 단기간에 승부를 내야 한다고 판단했던 것이다.

 쾅!

 콰콰쾅!

 유좌영의 검이 사선으로 뿌려지며 발한 검기를 두영이 제혼으로 쳐냈다.

 끼이익!

 강렬한 폭발음과 함께 어느새 다가선 두 사람이 검을 맞대고 있었다.

 "어린 나이인 것 같은데 대단하군."

 오랜만에 제대로 된 상대를 만났다는 사실에 유좌영의 눈빛은 기쁨으로 번들거리고 있었다.

 "그쪽이야말로."

 미래 시대에 자신과 검격을 나눌 만한 자가 없었던 두영은 유좌영의 무예에 순순히게 감탄하고 있었다.

 검기를 응축시키고 폭발하듯 뿌려지는 유좌영의 검예는 언뜻 화려해 보이지만 무서운 암수를 감추고 있었다.

 화려한 검기 사이로 기세를 감춘 검강이 요혈을 노리는 살검이었다. 무수한 전투를 치르며 전장에서 다져진 자신만의 검을 가진 유좌영을 보며 오랜만에 흥분을 감출 수 없었다.

“차앗!”
“타앗!”
콰콰쾅!
쾅쾅!
기합과 함께 거리를 벌린 두 사람이 검격을 나눴다. 기와 기
의 충돌로 인해 폭발음이 연신 울려 퍼졌다.

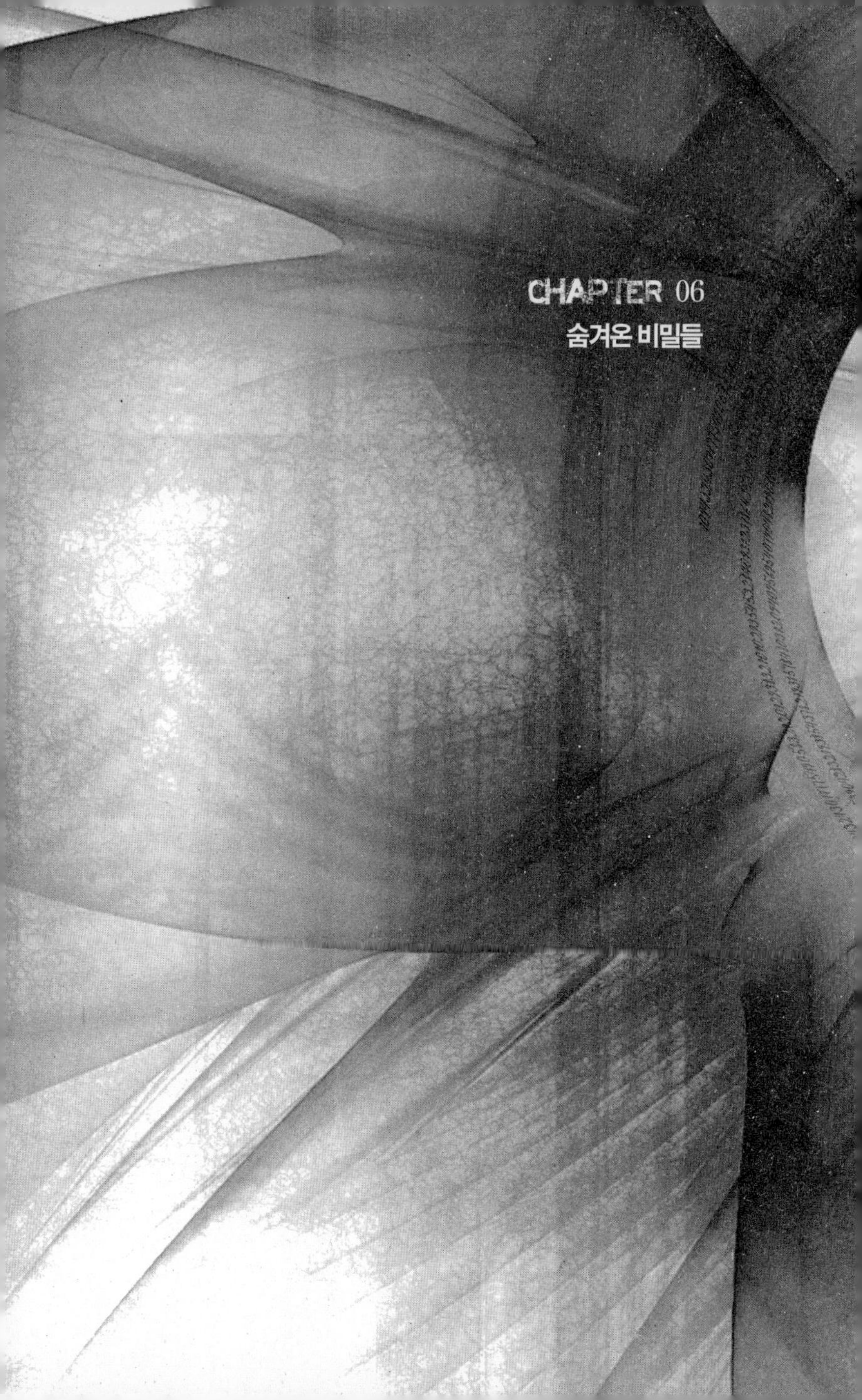
CHAPTER 06
숨겨온 비밀들

TIME
SLICE 타임 슬라이스

찌저적!

주법으로 봉합해 놓은 호텔 건물에 금이 가기 시작했다.

두영이 펼쳐 놓은 화망결이 아니었다면 벌써 무너지고도 남았을 정도로 두 사람이 내뿜는 힘의 여파는 대단했다.

"후우! 이대로는 안 될 것 같은데 그만 놓아주는 것이 어떻겠니?"

검격을 나누다 뒤로 물러선 유좌영이 제안했다.

이대로는 승부가 나기 힘들기도 했지만 결계가 깨진 탓인지 경찰들이 몰려들고 있었기 때문이다.

'어쩔 수 없는 것인가?'

블랙캣을 잡고 있는 화망결을 동시에 시전하느라 유좌영과의 대결을 마무리 짓지 못하는 것이 아쉬운 두영이었다.

화망결을 거둔다면 블랙캣이 도주할 것이고, 건물이 무너져 내려 호텔에 묵고 있는 애꿎은 일반 사람들만 죽어나갈 것이기에 유좌영의 제안을 따르기로 했다.

"이름이 뭐지?"

"혈전사!"

"이름에 걸맞은 실력이었다. 다음에 만나기를 기대하지."

두영은 유좌영을 주시하며 블랙캣을 잡고 있는 화망결을 건물로 돌렸다.

"나도 그러기를 바란다."

파파팟!

블랙캣이 풀려난 것을 느낀 유좌영은 그녀의 팔을 잡고는 옥상에서 뛰어내렸다.

"듀크!"

―이미 나노패밀리어를 투입했습니다.

"진정한 실력자인 것 같으니 원거리에서 추적하도록 해라. 자칫 놓치면 안 되니까."

―염려 마십시오.

"나도 그렇지만 혈전사라는 그차는 진정한 실력을 내보이지 않았다. 조금 더 실력을 키워야지 안 되겠군."

―아직 시간은 많습니다. 주군께서는 완성된 상태가 아니니 말입니다.

"그렇기는 하지만……."

투숙객들이 모두 피할 때까지는 화망결을 유지해야 했다. 듀크가 무너지지 않도록 여러 가지 조치를 취하고는 있지만 그것만으로는 부족했다. 자신이 아니면 무너질 것이 뻔하기에 유좌영의 뒤를 직접 쫓지 못하는 두영은 아쉬운 마음이 들었다.

화망결을 유지하는 시간은 그리 오래 걸리지 않았다.

건물에 금이 가기 시작한 후, 호텔 측에서 투숙객을 곧바로 대피시킨 탓에 두영은 금방 떠날 수 있었다.

은신결을 시전한 덕분에 경찰들의 눈을 피해 무사히 호텔을 빠져나올 수 있었다.

'그나저나 그냥 두면 난리가 나겠군.'

사령사의 아지트가 있는 곳을 지나치며 두영은 죽어간 자들을 처리해야 함을 느꼈다.

세간에 알려지는 것도 그렇지만 특유의 기운들이 그를 붙잡았던 것이다.

두영은 곧바로 사령사의 아지트로 들어갔다. 그는 쓰러져 있는 자들 사이를 지나치며 자신을 잡아끈 기운을 찾았다.

"저것들인가?"

죽음의 기운을 뿌리는 사령기를 본 두영은 천천히 다가가 반 토막이 난 검 하나를 집어 들었다.

이이이잉!

두영이 검을 잡자 요사스러운 검명이 검에서 흘러나왔다.

"적어도 천 명의 원혼이 깃들어 있는 요검이로군. 다른 무기도 마찬가지로 원혼이 깃들어 있다니……."

한결같이 죽은 인간들의 원혼이 깃들어 있는 무구들이었다. 안에 있는 무구들에 깃들어 있는 원혼만 해도 수만은 되어 보이는 듯했다.

스으윽!

탁!

두영이 다른 무구들을 살펴보며 걸었다. 반 토막이 난 검신을 지나치자 스스로 날아올라 두영이 들고 있는 검의 부러진 부분에 붙어버렸다.

이이이잉!

자신의 몸을 회복한 것이 기쁘다는 듯 요사스럽게 울어댔다.

스윽!

두영은 검결지로 검신을 문질러 요기를 잠재웠다. 주법을 사용하지 않고도 백선기만으로 요기를 제압할 수 있었다.

"피를 마시는 검이라……. 어쩐지 죽은 모습에 비해 혈향이 희미하다고 했더니."

죽은 자들은 한결같이 검에 베여 깊은 상처를 입고 있었다. 그럼에도 혈흔이 거의 없었다. 방금 전 검인이 있던 곳도 마찬가지였다. 옆에 있는 시체의 모습으로 봐서는 피가 흐른 것이 분명하건만 혈흔은 없었다. 요검이 모두 흡수해 버린 것이었다.

다른 것들도 마찬가지였다. 부러진 무구들이 스스로를 회복하려는 듯 죽은 사령사의 인물들이 흘리는 피를 빨아들인 탓인지 혈흔은 거의 찾아볼 수 없었다.

탁!

철컥!

우우웅!

끼요오오오―

어느 정도 피를 흡수한 검들은 스스로 움직여 원래의 상태로 회복하고 있었다. 부러진 무구들은 본신의 모습을 찾은 후 요란하게 울어댔다.

"시끄럽군. 주(呪)! 금명(禁鳴)!"

머리를 시끄럽게 하는 요란한 소리에 두영은 백선기를 이용한 주법으로 무구들의 소란을 잠재웠다.

"요기만 제압하면 그런대로 쓸 만한 무구들이 되겠다."

두영은 공간을 만들어 무구들을 거두어들이기로 했다.

"주(呪)! 공간결(空間結)! 흡(吸)!"

요란하게 울부짖다 침묵에 잠긴 무구들이 허공으로 떠올라 두영이 만들어낸 공간의 결계 속으로 빨려 들어갔다.

"죽어 있는 자들도 그냥 놔두면 안 되니 소멸시켜야겠군. 혈법(血法)! 주(呪)! 소신(燒身)!"

두영은 손가락을 깨물어 혈법을 펼쳤다. 인간의 시체는 혼과 백이 완전히 떠나지 않는 한 인과율에 얽혀 있기에 주법만으로 소멸시킬 수 없어 혈법을 펼친 것이다.

화르르르!

쓰러져 있는 자들의 몸에서 푸른 불길이 솟아올랐다. 열기가 하나도 느껴지지 않는 불길이지만 죽어 있는 자들의 육신이 점차 사라졌다. 완벽하게 소멸하는 것이다.

치열한 격전이 있었다는 흔적은 남았지만 죽은 자들과 무구들을 전부 회수한 두영은 곧바로 건물을 빠져나와 공항으로 향했다.

그렇게 공항에 도착한 두영은 듀크로부터 뜻밖의 소식을 들어야 했다.

'나노패밀리어와 통신이 끊겼다는 말이지?'

―그렇습니다, 주군. 붉은 섬광과 함께 소멸해 버렸습니다.

'원거리 추적을 알아차렸다는 것인가? 으음, 역시나 만만치 않은 자로군.'

듀크는 자신하고 있었지만 두영은 어느 정도 예상하고 있었던 일이다.

나노 크기의 로봇이지만 지금의 두영도 충분히 감지할 수 있었다. 자신과 비슷한 실력이라면 혈전사도 나노패밀리어를 발견할 확률이 컸던 것이다.

'어쩔 수 없군. 그럼 블랙캣을 찾는 수밖에.'

―블랙캣이요?

'혹시나 몰라 그녀에게 주법을 시전해 놨다. 완성되려면 시간이 조금 걸릴 테지만 놈들에 대해서는 확실히 알 수 있을 거다.'

─그러셨군요.

듀크도 두영이 조치를 취했다는 사실에 놀라는 듯했다. 전혀 알아차리지 못했던 것이다.

두영은 화망결을 시전하며 블랙캣이 가지고 있는 혈작검에 모종의 조치를 했다.

스피릿아머까지는 아니지만 검의 힘이 온전히 발휘되는 것을 발견하고는 일종의 봉인과 함께 주변의 상황을 파악할 수 있도록 주법을 펼친 것이다.

주법은 아직까지 완성되지 않았다. 혈작검이 갑작스럽게 변하면 알아차릴 가능성이 있었기에 순차적으로 완성되도록 해놓았다.

워낙 은밀한 것이라 혈전사라도 알아차리지 못할 것이 분명했다.

'목에 방울을 달아놨으니 기다리면 될 것이다. 그리고……'

야야기를 하던 두영이 말을 멈추었다. 인공지능과 함께 자아를 가진 듀크의 자존심을 상하게 할 수도 있는 이야기였기 때문이다.

─말씀하십시오.

'나노패밀리어를 발견할 수 있는 자가 나타났으니 다른 방법을 강구해야 될 것 같다.'

─그렇지 않아도 말씀드리려고 했습니다. 미국에서 쏘아 올린 위성들의 접근이 완료되었습니다. 앞으로 이용을 위해서는 주군의 승인이 필요합니다.

'빨리 끝났군. 좋아, 승인한다. 미국의 위성뿐만 아니라 가능한 위성 전부를 끌어들여라, 듀크. 기능이 떨어진다면 네가 가진 기술로 개조하는 것도 허락한다.'

─알겠습니다. 개조까지 된다면 앞으로 제 감시 능력이 훨씬 확장될 것입니다.

'그러라고 지시를 한 것이다. 앞으로 재미있어질 테니까 말이다. 그럼 난 이만 비행기를 타야 하니 통신을 끊자. 힘을 좀 많이 사용한 탓인지 피곤하다. 보스턴으로 돌아간 뒤 써니가 머무는 곳에 갈 것이니 그때 연락하도록 하자.'

─도착하시면 다시 연락드리겠습니다.

'수고해라, 듀크.'

두영은 듀크와의 통신을 끊었다.

몸이 변하고 나서 처음으로 과도하게 힘을 소모했다. 무리를 한 탓인지 무척이나 피곤했던 두영은 비행기를 타고 나서 도착할 때까지 깊은 잠에 빠져들었다.

*　　*　　*

써니는 비약적으로 상승된 수하들의 능력을 점검해 주는 것으로 하루 일과를 시작한다.

자신도 수련을 병행하며 그동안 모아놓았던 새로운 기술들을 수하들에게 수련시키는 일은 보기보다 쉽지 않은 일이다.

특히나 얼마 전 두영을 통해 얻은 컴퓨터에 저장된 훈련 프

로그램은 써니로서도 전력을 기울여야 겨우 따라갈 수 있었던
탓에 오늘도 바쁜 나날을 보내고 있는 중이다.

　써니와 그녀의 수하이자 동생들이 수련하는 곳은 칼마가 마
련해 준 홀로그램 공간이었다.

　거기다 두영이 공간 결계를 걸어둔 탓에 실전과 같은 훈련
을 할 수 있도록 만들어져 있어 성과를 톡톡히 보고 있었다.

　프로그램에 따라 훈련을 하면서 써니가 훗날 제로나인이 될
동생들에게 가르치는 것은 그녀의 가문에서 오랫동안 전승되
어 온 무투술이다.

　가문이 몰락하는 원인을 제공했던 것이지만 위력만큼은 자
신하기에 무투술을 동생들에게 전수시켜 원수를 갚고자 하는
염원이 그녀를 재촉하고 있었다.

　써니와 그녀의 오빠인 스티브, 그리고 칼마는 이면 세계의
사람들로 오래전 가문이 멸문의 화를 당할 당시 적들을 피해
미국으로 건너온 이민자들이다.

　그녀의 가문은 그리스 남쪽 지방에 오래전부터 정착해 마법
을 이용한 무투술로 이면 세계에서는 혁혁한 명성을 이어온
곳이었는데, 유럽을 지배했던 여러 왕가의 이면에서 그들을
수호하던 가문이었다.

　왕가의 적이 되는 존재들에 대항에 무수한 전쟁을 치러오면
서도 세를 유지하던 써니의 가문이 몰락하기 시작한 것은 써
니의 증조부 때로 영국에서 산업혁명이 시작되고 그 물결이

유럽으로 건너온 뒤부터였다.

뛰어난 무투술을 바탕으로 타고난 전사 가문으로서 명맥을 이어온 써니의 가문이지만, 산업혁명이 가져다준 바람은 그들의 핏속에 도도히 흐르고 있는 드워프의 본능을 깨어나게 만들어 버렸던 것이다.

과학을 접하게 된 써니의 가문 사람들은 그때부터 마법을 이용한 무투술을 수련하기보다는 기계와 기술에 대해 관심을 가지기 시작했다.

잊혀졌던 본능이 완벽하게 깨어난 탓인지 그중 써니의 증조할아버지인 오벨론은 기계에 관한 한 가히 천재적인 감각을 발휘했다.

그는 가문에서 내려오는 마법을 기계에 결합시키는 연구에 매진하게 됐고, 여러 가지 성과들이 나타나자 써니의 가문 사람들도 점차 마법 기계에 관심을 기울이게 됐다.

그렇게 개발된 마법 기계들은 써니의 가문이 싸워야 할 적들을 효과적으로 상대할 수 있도록 해주었다. 전쟁으로 인해 죽는 가문 사람들도 현저히 줄었을 뿐만 아니라, 적은 수로도 적들을 상대하는 것이 가능해졌던 것이다.

가문의 성세는 나날이 커져 갔지만 이로 인한 반대급부도 컸다. 마법 기계에 대한 관심이 깊어질수록 이전까지 가문을 수호하는 힘이었던 마법무투술이 서서히 쇠퇴하기 시작했던 것이다.

마법무구들이 만들어질수록 그 위력에 매료된 가문의 사람들이 마법무투술을 등한시하게 되고, 날이 갈수록 익히는 이가 가문 내에서 사라지기 시작했다.

그렇게 세월이 흘러 써니의 아버지 대에 이르러서는 가문에서 전해지는 무투술을 익힌 이가 극소수였다. 써니의 대에서는 가전의 무투술을 보존 차원에서 오직 써니만이 무투술을 익혔을 뿐이다.

하지만 무투술의 쇠퇴는 써니 가문에 심각한 위기를 불러오고야 말았다.

써니 가문의 적대 세력들은 시간이 지나는 동안 마법 기계들에 대항할 수 있는 힘을 갖추기 위해 철저한 준비를 해왔다.

그리고 마법 기계에 대한 대응 준비가 갖추어지자마자 써니 가문 사람들이 알기 전에 전격적으로 기습을 해왔다.

그동안 써니의 가문 사람들은 자신들의 힘을 너무 믿었다. 그동안 마법 기계로 연전연승해 온 탓에 방심했던 것이 화를 불렀다.

그동안 변변한 저항조차 하지 못했던 적들은 기습과 동시에 마법 기계들을 무력화시키고는 써니의 가문 사람들을 무참히 도륙해 버렸다.

써니 가문의 자랑이었던 무투술을 익힌 자들이 극소수였던 터라 마법 기계들이 무력화된 이후 적들을 막을 만한 존재는 가문 내에 전혀 없었다.

저항이 없는 써니 가문의 사람들을 죽이는 것은 무척이나 간단했다. 적들은 사람들을 하나하나 찾아다니며 잔인하게 죽였다. 그동안 당해온 것을 갚으려는 듯 그들의 손속은 무자비했다. 그것은 차라리 학살이었다.

이런 학살의 원인에는 방심도 한몫을 했지만, 그보다 더 큰 원인은 배신자가 있다는 사실이었다.

가문을 배신해 버린 배덕자로 인해 가문을 보호하고 있던 철옹성 같은 결계가 열려져 버렸다. 미처 대항도 해보기 전에 마법 기계들은 무용지물이 되어버렸고, 이로 인해 써니의 가문은 멸문에 이르는 화를 당했던 것이다.

그렇게 가문의 사람들이 무참히 도륙되는 것을 써니는 숨어서 지켜보아야만 했다.

자신에게 무투술을 가르친 고모가 아니었다면 써니는 물론 스티브와 칼마 또한 그날의 혈겁에서 아무도 살아남지 못했을 터이다. 습격이 있었던 날, 써니의 고모는 자신을 희생시키는 대가로 세 사람을 탈출시켰던 것이다.

그렇게 화를 피해 미국으로 건너온 세 사람은 가문을 대표하는 기예들을 나누어 익히기 시작했다. 써니의 오빠는 마법 기계에 매진했고, 칼마는 대대로 내려온 마법을 체계적으로 익혔다. 그리고 써니는 무력의 중심이었던 마법무투술을 익혔다.

그렇게 세 사람은 가족과 가문의 원수들을 향한 복수의 칼날을 갈았다.

하지만 그들의 처절한 노력에도 불구하고 성과는 거의 없었다. 미국으로 도주하면서 가문의 유산을 챙기지 못하고 거의 빈 몸으로 오다시피 했기에 한계가 있었던 것이다.

다행히 마법 기계 분야는 천재적인 스티브의 머리가 있어 가문의 비기들을 재현하는 것이 가능했지만, 칼마가 이은 마법과 써니가 수련해 온 마법무투술은 아니었다.

마법은 가문의 사람들이 마법 기계에 매달리면서부터 알게 모르게 많은 부분이 유실되었고, 써니 또한 고모로부터 마법무투술을 전부 전수받았던 것이 아니었기에 완성하는데 어려움이 있었다.

사실 마법의 힘이 온전해야 마법무투술 또한 완성도를 더해 갈 수 있었지만, 마법적인 힘을 상당 부분 상실한 후였기에 써니는 자신이 그나마 가지고 있는 비기들도 수련할 수 없었다.

그렇게 절망하는 과정에서 스티브와 칼마는 복수를 포기했고, 유일하게 써니만이 구인회를 구성하고 복수를 준비해 왔다.

하지만 써니도 점차 지쳐가고 있었다. 적에 대한 정보를 조금씩 알아갈수록 자신이 가진 힘으로는 복수는커녕 숨어살기에도 바쁘다는 것을 알아버린 것이다.

그러나 이제는 상황이 달라졌다. 두영으로 인해 모든 잠재 능력이 깨어나게 된 써니는 마법의 도움이 아니더라도 고모로부터 물려받은 마법무투술의 비기들을 수련할 수 있게 되었다.

써니는 자신의 실력을 키우기 위해서만 마법무투술을 수련하지 않았다. 많은 부분이 유실되기는 했지만 자신과 마찬가지로 초능력을 지닌 동생들에게도 자신이 수련하고 있는 마법 무투술의 비기들을 수련시켰다.

이미 자신이 유일한 전승자였기에 동생들이나 마찬가지인 수하들에게 자신의 모든 것을 전수한 것이다.

그들이 일정한 수준의 경지에 오른다면 가문의 복수가 불가능한 것이 아니라는 생각에 그녀는 오늘도 칼마가 만들어준 수련장에서 동생들을 다그치고 있었다.

써니의 눈에 비치는 사람들은 10대 후반에서 20대 초반의 청소년들이었다. 써니의 수하들이자 동생들인 자들로 훗날 제로나인의 전설을 만들어낸 사람들이었다.

"그래가지고 가슴의 한을 풀 수 있을 것 같으냐? 피하지도 못하고 멍청하게 공격을 허용하다니! 정신 차려라, 정신!"

감각을 혼란시키는 홀로그램을 돌파해 숨어 있는 표적을 찾아내야 하는 훈련을 하고 있는 이들을 향해 써니가 버럭 소리를 질렀다.

보통 사람의 눈으로는 파악할 수 없을 정도로 빠르게 움직이고 있는 그들이었지만 써니의 눈에는 아직도 성이 차지 않았기 때문이다.

완벽하게 감추어진 표적을 찾아내는 일은 정말이지 쉽지 않은 일이었다. 홀로그램으로 만들어진 지형을 실제로 인식하고 하는 훈련이라 상당히 고난이도의 정신 집중력을 발휘하는 상태를 끊임없이 요구했기 때문이다.

계속해서 정신을 집중하며 움직이는 것도 어렵지만 그보다 더 어려운 것은 간혹 나타나는 돌발 상황이었다.

실제라고 인식할 수밖에 없는 적들이 나타나 자신들을 공격해 왔던 것이다. 가공할 살기와 함께 몰아치는 그들의 공격은 죽음을 생각해야 할 정도로 위력적이었다.

초능력을 이용해 써니가 알려준 마법무투술의 비기를 구현해 간신히 막아내지만 결코 쉽지만은 않은 일이었다.

이번에도 돌발 상황에서 발생한 공격을 미처 피하지 못하고 피해를 입은 탓에 써니로부터 질책을 피할 수 없었다.

슈슈슈!

써니의 질책을 받은 이들이 더욱 빠르고 은밀하게 움직이기 시작했다.

자신이 가진 능력을 100퍼센트 끌어올린 그들의 모습은 흡사 유령을 방불케 했다.

"아직도 모습이 보인다. 너희들이 상대할 자들은 보통의 인간들이 아니다. 너희들의 능력에 스스로 한계를 두지 마라. 한계를 두는 순간, 대양보다 더 큰 간격을 느끼게 될 것이다. 믿어라! 스스로 가진 능력에 대해 확신을 가져라. 더욱 완벽하게 모습을 감추는 것은 물론이고, 보다 강력한 힘을 얻게 될 것이다. 강해져라. 끊임없이 강해져라. 난 너희들을 헛되어 잃고 싶지가 않다."

동생들을 독려하며 재촉하고 있는 써니였지만 그녀의 눈에는 안타까운 빛이 흘렀다.

동생들이 지금 하고 있는 수련이 얼마나 힘이 드는지 누구
보다도 잘 알고 있었던 탓이다.

실제 물리적인 모습을 갖추고 있지는 않지만 써니의 동생들
의 감각에는 모든 것이 실제적으로 느껴질 것이다. 그것도 모
든 상황이 극한의 한계로 다가오고 있을 것이 분명했다.

거기다가 자신의 힘을 이용해 방해까지 하고 있다. 그런 것
을 뚫고 표적을 찾는다는 것은 그녀로서도 쉽지 않은 일이었
던 것이다.

'애들아! 마스터의 원한을 풀려면 우리가 강해질 수밖에 없
다. 그들은 초인이라고밖에는 표현할 수 없는 자들이니까! 이
제부터 극한까지 모든 능력을 끌어올린다.'

혹독하게 독촉하는 써니를 원망하기는커녕 자신들의 실력
을 향상시키는 데 온 정신을 집중했다.

선두에 선 이의 텔레파시에 입에 단내가 나도록 훈련에 매
진하는 그들이지만 모두가 이를 악물고 자신이 가진 잠재능력
을 전부 끌어올렸다.

써니처럼 강력한 초능력을 가진 것이 아니었기에 노력으로
써 그 공백을 메워 써니에게 도움을 주고 싶었던 것이다.

써니가 수하보다는 동생처럼 여기는 이들은 세상으로부터
철저히 버려진 사람들이었다. 남들이 가지지 못한 기이한 능
력으로 인해 가족들로부터 버려졌고, 사회로부터는 괴물 취급
을 당했던 이들이다.

자괴감과 소외감으로 스스로를 잃어가고 있던 그들을 구해

준 것이 바로 써니였다.

어린 나이에 버려진 그들을 거둔 사람이 써니였고, 그들에게 자신들이 가지고 태어난 능력이 결코 악마의 능력이 아니며, 세상을 위해 쓸 수 있다는 확신을 심어준 사람 역시 써니였던 것이다.

상당한 시간을 함께하는 동안 그들도 써니가 어떻게 해서 가문의 화를 피해 살아남았는지 알게 되었다. 이면 세계의 일이지만 그들을 가족처럼 생각하고 있는 써니가 모든 것을 말해주었던 것이다.

누나이자 어머니 같은 써니의 한을 풀어주기 위해 그들은 써니의 일을 도왔다. 워마켓에서의 일도 분명한 선을 긋고 행해왔기에 그들은 전적으로 써니를 믿고 따랐다.

그동안은 써니의 복수가 불가능한 일이라고 생각했지만 지금은 아니었다. 두영으로 인해 감각을 일깨운 터라 복수는 물론이고, 가문을 다시 일으켜 세울 수 있을 것이라는 생각에 오늘도 처절하게 자신들의 능력을 키우고 위해 이를 악물었다.

"이제 그만!"

초능력을 가지고 있지만 사람에게는 한계가 있었다. 여전히 놀라운 속도였지만 보통 사람의 시야에도 잡힐 만큼 점차 동생들의 속도가 늦어지자 써니가 수련을 중단시켰다.

수련을 마치라는 목소리에 어린 그들은 피곤이 역력한 모습으로 써니 앞에 모였다.

핼쑥한 안색에 모두들 지친 표정이었지만 눈빛만은 날카롭게 서 있었다.

"오늘은 꽤 어려운 수련이었는데 다들 잘 따라주었다."

"아닙니다, 마스터!"

평상시에는 누나나 언니로 부르지만 공적인 일에는 언제나 조직의 수장으로 대하는 터라 일제히 써니를 마스터라 부르며 대답했다.

그런 그들을 보며 흐뭇한 마음이 들었지만, 아직은 수련이 끝나지 않았기에 써니는 냉정한 목소리로 말을 이었다.

"그동안 익힌 비기들이 어느 정도 경지에 올랐으니 다음에는 야전훈련을 실시하겠다. 그러니 훈련이 시작되기 전까지 명상을 통해 자신이 부족한 부분을 생각하고 어떻게 극복할 것인지 생각해라. 이상!"

두영을 대할 때와는 달리 그녀의 목소리에는 카리스마가 넘쳤다.

"알겠습니다, 마스터!"

수련할 때는 질책과 함께 혹독하게 자신들을 다루지만 언제나 정으로 대해왔던 써니임을 알기에 그녀의 동생들은 우렁찬 대답과 함께 해산한 후 각자의 수련 장소로 이동했다.

'다들 잘 따라와 주니 고맙다, 애들아!'

수련 장소로 향하는 동생들의 뒷모습을 보며 써니는 무척이나 고마워했다.

자신과 비슷한, 고아나 다름없는 이들에게 그저 편안한 잠자리와 가족 같은 마음만 내보였을 뿐인데 동생들은 자신에게 모든 것을 주고 있었기 때문이다.

"이제 끝난 거냐?"

동생들을 바라보고 있던 써니의 등 뒤에서 어느새 다가온 것인지 스티브가 말했다.

"다행히 잘 따라주고 있어."

"지켜보니 그런 것 같더구나. 어쩐지 나만 소외된 것 같아 기분이 좀 우울하기는 하지만 믿을 수 있는 아이들이니 잘 대해주거라."

가문 내의 배신자로 인해 다른 이들을 잘 믿지 않는 스티브였다.

하지만 써니와 써니가 거두어들인 아이들은 믿을 수 있는 존재들이라 여길 수 있었다.

자신이 질투가 날 만큼 써니와 아이들의 유대감이 견고하고 단단했던 것이다.

"그런데 어쩐 일이야?"

보통은 수련하는 이곳을 찾지 않는 오빠였기에 자신에게 할 말이 있다고 생각한 써니가 물었다.

"그에게서 연락이 왔다. 조금 있으면 도착한다고 하더구나."

"그래?"

스티브의 말에 써니가 반색을 했다.

'이 녀석이!'

선물을 기대하는 어린아이처럼 발그레해진 동생의 얼굴을

보는 스티브의 입맛이 썼다.

　'어쩔 수 없는 일인가?

　동생이 주군 이상의 감정으로 두영을 대하고 있다는 것을 알고 있는 스티브였지만 감히 말릴 수 없었다.

　자신의 동생이 이만큼 인간의 감정을 회복한 것이 다 두영의 덕분라고 생각하고 있었기 때문이다.

　"어서 가자. 조금 있으면 도착할 거다."

　"안 되겠어. 씻어야겠으니 먼저 가."

　땀으로 젖어 있던 써니는 급한 듯 먼저 자리를 떠났다. 땀냄새 나는 모습으로 두영을 맞을 수 없었던 것이다.

　"허, 저 녀석!"

　빠르게 사라지는 동생을 보며 스티브는 헛웃음을 삼켰다. 두영 앞에서는 아니지만, 이제는 좋아하는 감정을 숨기지 않는 모습을 보니 진정으로 동생이 두영을 좋아하고 있다는 것을 확실히 느낄 수 있었던 것이다.

　"허허, 나이 차이가 꽤 나는 것을 알면서도 그 녀석을 좋아하다니. 자신의 처지를 모르지는 않을 텐데. 냉정한 아이가 이런 모습을 보이다니 모를 일이로구나."

　아무리 살펴봐도 지금 동생의 마음은 온통 두영에게 가 있는 것이 분명했다. 두영 정도라면 꽤나 괜찮은 배필감이었다. 인연으로 엮어지는 것도 좋겠다는 생각이 들었지만 한 가지가 마음에 걸렸다. 두 사람의 나이가 꽤 차이가 난다는 것이었다. 점점 더 어려지는 것 같은 동생이지만 나이 차이는 극복하기 꽤나 어려운 것이었기에 마음이 무거웠다.

"칼마 녀석이 마법을 완성하면 뭔가 방도가 생길지도 모르겠구나. 하지만 그 녀석, 마법에는 도통 관심을 두지 않는 것 같으니 일간 한번 시간을 내야겠다."

동생의 마음을 확인한 스티브는 오래전부터 감추고 있던 비밀을 꺼내기로 했다.

자신이 가진 비밀이라면 나이 차이는 충분히 커버할 수 있을 것이라 생각한 것이다.

"어차피 가능성이 없다고 생각했던 일이지만 어쩌면 될지도 모르는 일이다. 칼마 그 녀석이 다른 곳에 관심을 가지는 이유도 그 때문이니 그동안 감추어놓았던 것을 꺼내도 괜찮을 것이다."

자신이 가지고 있는 비밀을 칼마에게 건넨다면 칼마는 오랜 방황을 멈출 것이다.

그리고 그 비밀로 인해 가지게 될 힘이라면 앞으로 써니에게 많은 도움을 줄 것이 분명했다.

가문을 일으켜 세우고 복수라는 것이 가능해 보이는 지금, 자신이 가진 비밀을 꺼내는 것이 모두를 위해서도 좋을 것이라는 판단을 내리는 스티브였다.

"저 녀석이 알면 난리를 칠 텐데… 휴우! 어쩔 수 없지. 모두를 위한 일이었으니까."

비밀을 알리게 된다면 써니나 칼마가 자신에게 화를 낼 것이 분명했다.

하지만 지금까지 비밀을 지킨 것은 어쩔 수 없는 일이었다. 만약 비밀의 봉인을 푼다면 동생과 칼마가 화를 당했을 것이 분명했기 때문이다.

기회가 오지 않는다면 무덤까지 가지고 갈 비밀이었다.

동생과 동생을 따르는 이들을 보면 이제는 기회가 생긴 것이 분명해 보였기에 스티브는 두 사람의 분노와 비난을 감수하기로 했다.

*   *   *

보스턴에 도착한 후 곧장 스티브가 비밀 거점으로 사용하는 공장으로 온 두영은 자신을 향해 있는 CCTV를 향해 손을 흔들었다.

지이잉!

신원을 확인했는지 굳게 닫혀 있던 문이 열렸다. 화면으로 두영을 확인한 칼마가 문을 열어준 것이다.

공장 안으로 들어서자 전과는 완전히 달라진 모습이 눈이 들어왔다.

여기저기 여러 가지 기계 장치들이 가득했고, 기계 장치들은 쉼없이 돌아가고 있었다. 돌아가는 기계들은 전자동인 듯 주변에는 사람이 보이지 않았다.

"중앙에 있는 흰색 기둥으로 오시면 됩니다, 보스!"

변해 버린 공장 안의 모습에 어리둥절해하는 두영을 향해 칼마는 스피커를 통해 말했다.

두영은 천천히 걸어 기계 장치들 사이로 나이 있는 조그마한 길을 따라 중앙에 세워진 흰색 기둥으로 갔다.

지름이 1미터도 넘을 듯한 기둥은 바닥에서 천장 끝까지 이어져 있었는데, 전에 써니와 같이 지하로 내려가는 엘리베이터가 있던 자리에 세워져 있었다.

"기둥을 자세히 보시면 자그맣게 돌출된 인식 패널이 있을 겁니다. 그곳에 손을 대시면 출입구가 열립니다."

스피커를 통해 다시 칼마의 목소리가 흘러나오자 두영은 패널 위에 손바닥을 올려놓았다.

'전에 손바닥 본을 떠가더니 출입키를 만들려고 그랬던 모양이로구나.'

얼마 전, 자신을 찾아온 써니가 물렁한 반죽에 손바닥의 본을 떠갔음을 상기한 두영은 그것이 출입구의 개폐 장치와 보안 검색을 위해서라는 것을 알 수 있었다.

강도와 굳기는 다르지만 손을 대고 있는 패널이 손바닥 본을 떴던 물질과 같은 종류라는 것을 알 수 있었던 것이다.

지이잉!

틈도 보이지 않는 기둥에서 문이 드러났다. 열리는 것이 아닌, 사람이 들어갈 만한 공간 자체가 순식간에 나타난 것이다.

안으로 들어서자 흔히 보아온 엘리베이터가 아닌 듯 전과 마찬가지로 내려가는 느낌이 들었지만 진동은 없었다.

정지하는 느낌과 함께 들어설 때와 마찬가지로 갑자기 눈앞에 문이 나타났다. 스티브가 아지트로 삼고 있는 공간이었는데 이곳도 전과는 달리 많이 변해 있었다.

'투자를 많이 했나 보구나. 이렇게 현대식으로 바뀌다니……'

듀크의 내부를 보는 것 같은 부위기가 풍기는 공간이었다. 유백색의 반투명한 벽이 사방을 둘러싸고 있어 전에 보았던 칙칙한 분위기는 말끔히 가시고 산뜻한 공간으로 변해 있었다.

그뿐만 아니었다. 공간 안을 메운 최첨단 장비들은 지금의 과학 수준으로는 거의 찾아볼 수 없는 것들이 대부분이었다.

'이런 장비를 갖추다니 스티브의 정체가 뭐지?'

두영은 의심스러운 마음이 들었다.

눈에 보이는 장비들이 대부분 마법적인 기운을 가지고 있는 것들이었기 때문이다.

마법에 대해 과학적인 규명이 이루어진 것은 두영이 살던 시대에도 근자의 일이었다.

과학 만능의 시대에서 에너지원의 고갈로 인해 새로운 에너지원이 필요했고, 그 동력원을 마법에 사용되는 힘인 마나에서 찾은 것은 두영이 살던 시대에서도 채 50년이 안 된 일이었다.

그런데 지금 두영이 보고 있는 장비들에서는 한눈에 보기에도 마법적인 기운이 물씬 풍겨나고 있었다.

지금 시대의 사람들이라면 몇몇 특수한 이능력을 가진 이들을 제외하고는 거의 느끼지 못하는 기운이었으나, 항상 사용하던 두영으로서는 충분히 느낄 수 있는 기운이었던 것이다.

'이 정도면 내가 살던 시대의 과학 수준에 거의 근접한 장비라고 할 수 있다. 써니가 내게 도움이 될 것이라는 이야기가 바로 이런 것들 때문이었군. 그나저나 다들 어디에 있는 거지?

이런 장비가 현재 시대에 운용된다면 써니가 말한 대로 커다란 도움이 될 것임을 자각한 두영은 스티브와 칼마, 그리고 써니가 있는 공간을 찾았다.

첨단 장비만 보일 뿐, 사람들이 머물고 있는 공간은 그 어디에도 보이지 않고 있었다.

'대단하군.'

자신의 감각으로도 찾을 수 없다는 것을 인식하며 두영은 새삼 놀라움을 금할 수 없었다.

"보스, 잠시만 기다리십시오. 공간 차폐를 해제하고 있으니 잠시 뒤 저희가 있는 곳의 문이 열리게 될 것입니다."

두영이 두리번거리고 있자 칼마는 서둘러 스피커를 통해 이야기를 해줬다.

지금 두영이 서 있는 공간은 스티브의 강요로 자신들이 있는 공간과 갈라놓은 곳이다.

그 옛날 써니의 가문을 보호하던 결계를 더욱 발전시킨 것으로 문을 열어주지 않는 한 자신들이 있는 곳으로는 들어오지 못하기에 칼마는 서둘러 문을 열었다.

주변에 가득했던 첨단 장비들이 흐릿하게 변해가기 시작한다. 칼마가 공간 결계의 문을 연 모양이다.

어쩐 일인지 모르지만 스티브나 써니, 그리고 칼마는 아지트로 들어오는 출입절차에 까다로운 조건을 붙여두고 있는 것 같다.

무엇을 두려워하는지 모르지만 이런 식의 보안 장치가 그다지 소용이 없다는 것을 아는지 모르겠다.

언제 시간이 허락하면 한번 진지하게 말을 나눠봐야 할 것 같다.

공간 결계가 갈라지고 새로운 경계로 접어드는 듯 첨단 장비들은 완전히 사라지고 새로운 공간이 보였다.

오아시스처럼 푸른 녹지에 가려진 대리석 건물이 눈에 들어왔다. 중세 고딕 양식을 본떠 만든 건물이었다. 무척이나 기품이 있어 보이는 것이 흔히 볼 수 있는 것은 아닌 것 같다.

"보스, 보이는 건물로 들어오시면 됩니다."

아지트의 거점이라 할 수 있는 공간에 들어온 탓인지 칼마의 목소리에 긴장감이 사라졌다.

"알았다."

칼마의 말을 따라 저택으로 향했다. 대리석으로 만들어진 건물답지 않게 포근하고 안온한 느낌이 들었다.

수련 시간이 끝난 모양이었다. 저택을 바라보며 들어가다 보니 나를 향해 다가오는 써니를 볼 수 있었다.

어떻게 저런 면이 있었나 싶게 다가오는 써니의 자태는 무척이나 신선해 보였다.

은은한 보라색이 감도는 재킷에 속에는 흰색의 블라우스를 착용하고, 치마는 무릎까지 올라오는 스커트를 입었는데 여성미가 물씬 풍겨 나왔다.

스커트는 허벅지 중간까지 옆이 갈라져 있었는데 언뜻언뜻 드러나는 각선미가 마음을 뒤숭숭하게 만들 정도였다.

'안젤라가 있는데 딴생각을 하다니……'

본성이야 어떻든 겉으로 보기에 써니는 정말 멋진 여자였다.

내가 흥분될 정도니 보통 사람이라면 넋을 잃고 바라볼 것이 다분했다.

"어서 오세요, 보스. 오랜만에 오시네요."

써니가 웃으며 두영을 맞았다.

동생들을 훈련시킬 때의 모습은 간 곳이 없고, 차분하면서도 매우 이지적인 목소리였다.

"바쁜 일이 있어서 말이야. 그나저나 굉장하게 꾸며놨더군? 오빠가 해준 건가?"

"그동안 어느 정도 준비를 해오셨다고 하더군요. 덕분에 시간을 많이 절약할 수 있었어요."

어느 정도의 준비 가지고는 이 정도의 시설을 만든다는 것은 턱도 없는 일이라는 것을 알고 있지만 두영은 더 이상 묻지 않았다.

써니가 자신을 따르고 있는 것이 진정임을 알기에 설사 무엇을 감추고 있다 하더라도 일단 믿어보기로 한 것이다. 묻지 않더라도 마음이 허락할 때 스스로 이야기해 주기를 두영은 기대하고 있었다.

"다행이로군. 이 정도 준비하자면 고생이 많았을 텐데, 수고했다고 말해줘."

"알겠습니다, 보스."

"그런데 동생들의 상태는 어때?"

이미 구인회를 구성하고 있는 써니의 의동생들에 대해 설명을 들은 두영이 수련 상태를 물었다.

듀크를 통해 받은 연락으로는 상당히 고된 수련을 하고 있다고 했기 때문이다.

"아직 만족할 정도는 아니지만, 지금이라도 충분히 제 몫은 해낼 수 있을 겁니다. 모두 보스 덕분이에요. 호호호!"

써니가 대답하며 환하게 웃었다. 가슴까지 시원하게 해주는 밝은 웃음이었다.

'요물이다.'

두영은 써니의 웃음이 지독한 마력을 지녔다는 생각이 들었다. 삼묘의 성지에서 마음의 수련을 닦은 자신으로서도 상당히 흔들렸던 것이다.

'안젤라의 미소가 포근함과 안온함을 준다면, 써니의 웃음은 열정 그 자체로구나. 나에게 마음이 있는 것 같은데, 잘못해서 상처나 주지 않았으면 좋겠군.'

두영의 마음속에는 이미 안젤라라는 거대한 바위가 들어앉아 있는 상태라 마음을 다잡았다.

자신을 위해 엘프로서의 삶을 전부 포기할 정도의 마음을 안젤라로부터 받은 후였다.

안젤라와의 의리를 지켜야 한다는 생각도 있었기에 써니에게 흔들리는 마음을 두영은 애써 진정시켰다.

"언제부터 실전에 투입할 수 있는 거지? 슬슬 활동을 시작할 때가 됐는데 말이야."

"보름 정도는 더 훈련을 시켜야 하겠지만, 지금도 충분히 투입이 가능합니다."

"알았어. 훈련이 끝나면 알려주도록 해. 이제 슬슬 제니언 교수에 대한 작업을 시작해야 하니까 말이야."

"제니언 교수라면, 드디어 시작하실 생각이군요?"

드디어 복수의 시간이 시작되었다고 생각했는지 써니가 반색하며 물었다.

"아니. 아직은 아니야. 얼마 안 있으면 중요한 실험을 해야 하는데 제니언 교수가 있으면 좀 거추장스러운 일이 발생할 것 같아서 그래. 열흘 정도 제니언교수를 따돌려야 하는데 가능하겠어?"

"으음, 아이들을 투입하면 충분히 가능할 거예요."

조금 실망스럽기는 하지만 이제는 따라야 할 사람이었기에 써니는 동생들이면 가능함을 알렸다.

"좋아. 그렇다면 써니가 맡아줬으면 하는데, 괜찮겠어?"

"걱정하지 마세요. 그렇지만 방법은 제가 알아서 하도록 할게요. 그 교수가 알아차리지 않도록 열흘만 시간을 내면 되는 거지요?"

"맞아!"

"충분히 가능한 일이니 원하시는 대로 해드릴게요."

"써니가 자신이 있어 하니까 마음이 놓이는군. 실험을 준비 중인데 부담없이 시행할 수 있을 것 같아."

두영은 써니가 알아서 자신의 심정을 대변해 주니 고맙기 그지없었다.

뛰어난 판단 능력과 과감한 일처리로 워마캣에서 이름을 날리던 제로나인의 수장다운 써니였다.

제니언 교수를 따돌리는 계획을 끝으로 실험을 할 준비가 완료되었기에 두영은 마음이 놓였다. 가장 어려운 일이었기 때문이다.

'이제는 스티브를 만나봐야 할 차례다.'

스티브를 만나야 할 시간이었다. 그가 꾸며놓은 이곳 아지트에 설치되어 있는 기계들과 장비들에 대해 자세히 듣고 싶었다.

천천히 살펴본 결과, 이곳은 듀크의 내부와 흡사했다. 아공간 구조로 만들어지지 않아 장비들이 전부 모습을 드러내고 있지만 근본적인 구조는 같다고 할 수 있었다.

스티브가 만약 듀크와 같은 메인타워를 만들어낸 원조라면 그에게 도움을 받은 일이 많았던 것이다.

"그나저나 오빠는 어디 계시지?"

"오빠요?"

두영이 오빠를 찾자 의아한 듯 써니가 물었다.

그동안 두영이 자신의 오빠에 대해서는 그다지 관심을 드러내지 않았기에 오히려 궁금한 써니였다.

"날 왜 찾나?"

때마침 두영을 보러 오던 스티브가 물었다. 그는 칼마와 함께 들어오고 있었다.

"안녕하십니까? 여쭤보고 싶은 것이 있어서 그렇습니다."

두영은 자신에게 다가온 스티브에게 고개를 숙여 인사한 후 물었다.

"그런가? 나도 할 말이 있었는데 마침 잘됐군. 다들 내 실험실로 들어가자. 모두가 들어야 할 일이니."

"무슨 일이지?"

지금까지 자신은 물론 써니까지도 자신의 실험실에 들이지 않았던 스티브인지라 칼마가 의문을 드러냈다.

"들어와 보면 안다."

스티브는 궁금한 듯 쳐다보는 사람들을 뒤로한 채 자신의 실험실이 있는 곳으로 발걸음을 옮겼다.

'분명 뭔가 있어.'

평소와는 다른 스티브의 태도에 써니는 뭔가 중요한 일이 있음을 알 수 있었다. 평상시와는 달리 스티브의 얼굴이 무척이나 심각해 보였던 것이다.

"알았어, 오빠. 들어가요, 보스."

"그러지."

써니의 재촉에 두영은 써니를 따라 스티브가 향한 곳으로 향했다. 칼마 또한 궁금한 표정으로 두 사람의 뒤를 따랐다.

스티브가 들어선 곳은 오직 그 자신만이 출입할 수 있도록 만들어진 공간이었다.

가문이 멸문지화를 당하기 직전 가지고 온 것을 지키기 위해 만들어진 곳이라 스티브 자신도 꽤나 조심스럽게 출입해야 할 정도로 엄청난 출입 통제 장치가 설치된 곳이었다.

'이곳은?'

실험실 안으로 들어서자 두영은 깜짝 놀랐다. 실험실 전체에 아공간 설계가 되어 있었던 것이다.

벽을 가득 메운 서랍장들이 바로 아공간을 감추고 있는 문들이었다. 서랍장을 여는 순간 원하는 장비들을 곧바로 꺼낼 수 있는 것으로 마법이 가미되어 있었다.

스티브는 사람들이 들어오자 벽장 한쪽으로 다가가 서랍장 하나를 열었다. 그리고 그 안에서 거무튀튀한 금속으로 만들어진 상자 하나를 꺼냈다.

"그게 뭐지요?"

"이야기가 길어질 테니 일단 자리에 앉아라."

스티브는 모두에게 자리를 권했다.

　표정이 굳어 있는 스티브의 얼굴을 보며 세 사람은 실험실 한쪽에 놓여 있는 탁자에 가서 앉았다.

　스티브도 세 사람과 같이 자리에 앉은 후 상자를 써니 앞으로 내밀었다.

　"네게 남겨진 것이다. 열어봐라."

　"나에게?"

　"그래. 네 피를 상자 위에 떨어뜨리면 열릴 것이다."

　스티브의 말에 써니는 자신의 품에서 단검을 꺼내 손가락을 찌른 후 상자 위에 떨어뜨렸다.

　똑!

　붉은 핏방울이 상자 위에 떨어졌다.

　차르르!

　기이한 소음과 함께 상자가 진동하기 시작하고 난 뒤 점차 모양이 변해갔다.

　상자가 점점 커지기 시작했다.

　네 사람이 마주 앉은 탁자를 가득 메울 정도로 커진 것은 그야말로 순식간이었다.

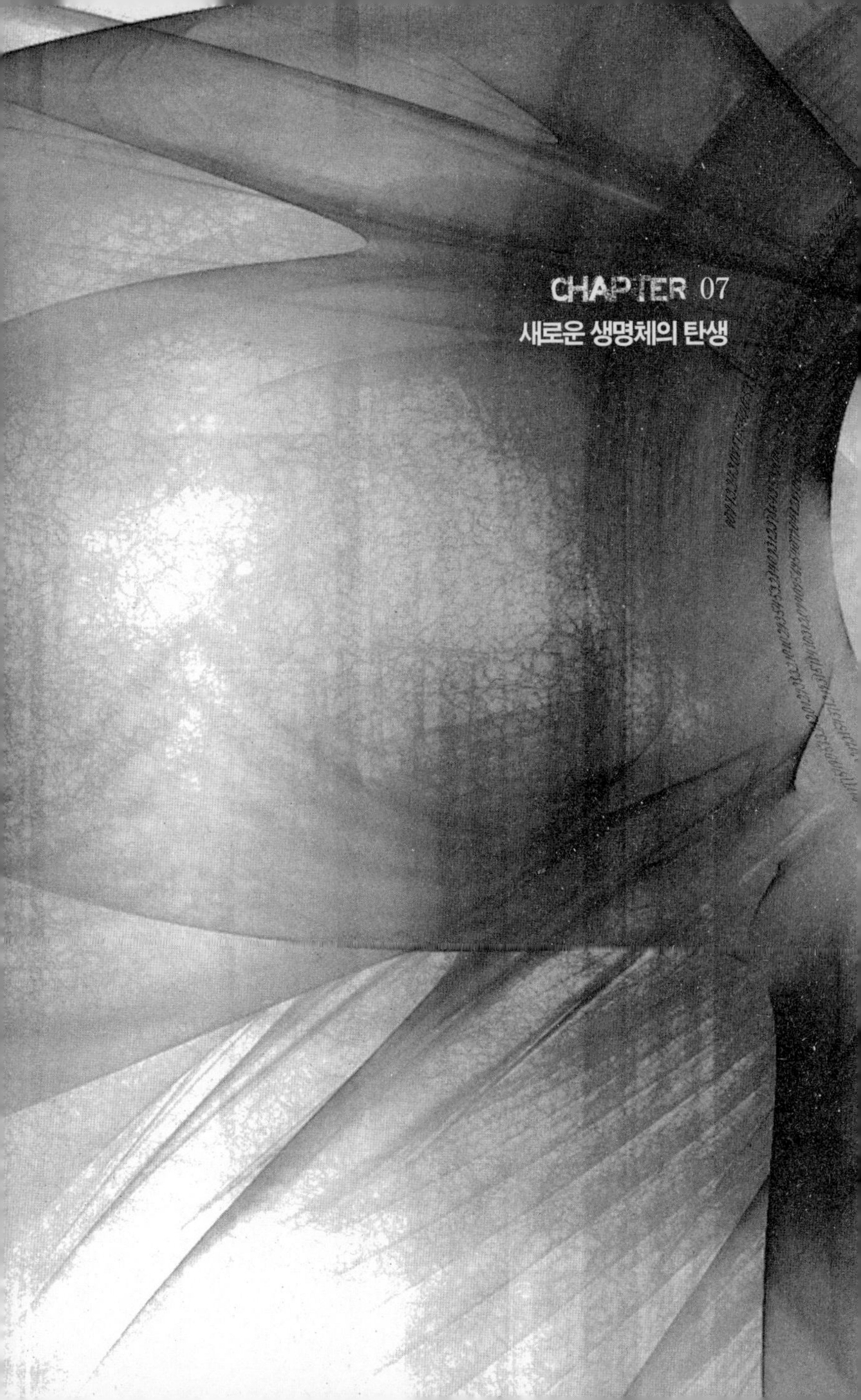
CHAPTER 07
새로운 생명체의 탄생

TIME SLICE 타임 슬라이스

덜컥!

탁자를 가득 메운 상자의 뚜껑이 열렸다. 높이 또한 마찬가지로 커진 터라 써니와 칼마는 자리에서 일어나 상자 안을 들여다보았다.

상자 안에는 거무스름한 옷들과 먹빛에 약간의 광택이 나는 열 쌍의 팔찌, 그리고 상자와 같은 재질로 보이는 검은색 표지에 싸인 두꺼운 책이 두 권 들어 있었다.

"모두 꺼내라!"

써니와 칼마는 스티브의 말에 안에 들어 있는 것들을 모두 꺼냈다.

차르르르!

　물건들을 모두 꺼내자 상자가 다시 소음을 내며 스티브가 가지고 왔던 크기대로 줄어들었다.

　써니와 칼마는 자신이 들고 있던 것들을 탁자 위에 내려놓으며 자리에 앉았다.

　"우선 이것은 네 것이다."

　스티브는 두 권의 책 중 펜타그램이 새겨져 있는 책을 칼마에게 내밀었다.

　"이게 제 것이라고요?"

　"그래. 일단 책을 펴지는 말고 겉모양을 자세히 살펴봐라!"

　자신의 것이라는 사실에 놀라고 있던 칼마는 스티브의 말에 책을 살폈다.

　"이, 이건!"

　"그래, 가문이 보유하고 있던 마법의 정수가 기록되어 있는 스펠북이다. 앞으로 네가 비전을 이어야 할 것이다."

　"그럼, 이것은 뭐지요?"

　적들에게 빼앗겼을 것이라고 생각했던 스펠북이 자신의 손에 들려 있다는 사실에 놀란 칼마는 다른 책을 가리키며 물었다.

　"이것은 내가 이어야 할 것이다."

　"그럼?"

　"그래, 가문의 마법기계공학이 담긴 책이다. 그리고 다른 것은 써니가 가져야 할 것이다. 마법과 마법기계공학의 정수가 담긴 슈트들이다. 저 슈트들에는 우리 가문이 수천 년을 이어온 마법무투술의 비기들이 담겨 있다.”

“오빠! 지금 한 말들이 정말이야?”

스티브의 말에 써니가 노여운 표정으로 되물었다.

지금까지 완전히 잃어버린 것이라 생각하던 가문의 유진들이 모습을 드러낸 까닭이었다.

유진들을 처음부터 익히기 시작했다면 복수가 더욱 빨라졌을 수 있었기에 스티브에게 화를 내는 것이다.

“써니야, 네 기분은 충분히 이해가 가지만 어쩔 수 없이 감추어야 했다. 지금까지 이것들은 우리에게 전혀 소용이 없는 물건들이었기 때문이다. 어쩌면 앞으로도 소용이 없을지도 모르는 일이고.”

“소용이 없다니 그것이 말이 돼? 이것만 있으면 돌아가신 아버지와 고모의 복수도 할 수 있었을 텐데.”

써니는 스티브를 추궁했다.

하지만 써니의 추궁에도 불구하고 스티브는 담담하기 그지없는 표정으로 말을 이어 나갔다.

“살펴보면 알겠지만 그것들을 익히려면 그만한 실력이 되어야 한다. 그렇지 않으면 그것들은 우리에게 죽음만 불러올 뿐이니 말이다.”

“그, 그게 무슨 말…….”

스티브의 말에 화를 내려던 써니는 자신의 손을 잡는 두영으로 인해 말을 끝까지 이을 수가 없었다.

“써니, 오빠의 말이 맞는 것 같다.”

"예?"

써니가 두영의 태도에 의문스러운 눈빛을 보내자 두영이 설명을 해주었다.

"지금 오빠가 내놓은 것들은 예전 같으면 절대 쳐다봐서는 안 되는 것들이야. 지금도 위험하기는 마찬가지고."

"그게 무슨 말이죠?"

"아무래도 이 물건들에 금제가 걸려 있는 것이 분명해 보이니까 말이야."

"금제라니 무슨 말이죠?"

금제라는 말에 써니는 두영에게 물었다.

가문의 유진에 금제가 걸려 있다는 것이 믿을 수가 없었던 것이다.

"맞는 소리다, 써니야. 아버님께서는 놈들의 습격을 받고 가문의 유진에 금제를 걸었다. 덕분에 장로들 일곱 분이 희생을 해야 했지. 만약 그분들이 돌아가시지 않았다면 놈들의 손에서 좀 더 많은 사람을 살려낼 수 있었을 텐데 가문의 유진을 보존하기 위해서는 어쩔 수 없는 일이었다."

써니의 의문에 스티브가 대답을 해주었다.

"가문이 멸문의 위기에 빠져 있었을 때 장로들이 안 보인 이유가 이것들 때문이었구나."

"그렇다."

"그런데 왜 지금까지 이것들을 감추어두고 있었던 거야?"

"만약 수련을 시작했다면 우리는 곧바로 놈들에게 발견되고 말았을 것이다.”

“그게 무슨 말이야?”

“금제를 걸었던 장로 중 하나가 바로 배신자였다. 그자는 유진의 봉인이 풀리는 순간 곧바로 추적할 수 있도록 마법을 걸어두었다. 해서 지금까지 난 이것들을 감추어둘 수밖에 없었다. 만약 이런 것이 있다면 넌 위험을 감수하고서라도 익히려 했을 테니까.”

“누, 누가?”

“파로스!”

“파로스라면……!”

“그렇다. 고모를 얻으려 했던 그자다. 아버님께서 고모와의 결혼을 허락하지 않자 놈은 가문을 배신했던 것이다.”

“어찌 그럴 수가?”

자신을 귀여워하며 많은 것을 가르쳐 주었던 파로스가 배신했다는 소리에 써니는 망연자실한 표정을 지었다. 파로스가 고모를 진심으로 사랑했다는 것을 알기에 그럴 수밖에 없었다.

“파로스는 우리와 같은 드워프가 아니다. 다른 이들은 가능히지만 고모는 마법무투술의 정통을 계승한 사람이라 아버님께서 인간과의 결혼을 절대 반대했던 것인데 파로스는 적들과 내통해서라도 고모를 얻으려 했었던 모양이다.”

“고모의 손이 자신의 가슴을 뚫었는데도 가만히 있었던 것을 보면 진심으로 사랑한 것 같았는데… 믿을 수가 없어, 오빠!”

"본의는 아니겠지만 사실이니 믿어야 한다."

"어떻게 그럴 수가!"

"아마도 놈들은 파로스에게 정신마법을 걸었을 것이다. 고모와의 결혼이 반대에 부딪치자 심기가 허했던 파로스에게 정신마법을 거는 것은 무척 쉬웠을 테니까 말이다."

"으음!"

파로스는 인간이지만 가문의 일원으로 받아들여진 이였다. 고아지만 인연이 닿아 가문에서 거두어들였고, 뛰어난 실력으로 외부 세력을 감찰하는 일을 맡았던 사람이다.

밖으로 돌아다닐 일이 많았기에 써니는 스티브의 말대로 파로스가 적들에게 당했을 수도 있다는 생각이 들었다.

"나도 파로스 장로가 스스로 가문을 배신했다고는 믿지 않는다. 가문을 배신한 것도 아마 놈들의 마법에 당한 탓이겠지."

"알겠어. 그런데 어째서 이것을 지금까지 감추고 있다가 이제야 내놓은 거야?"

"이제는 때가 되었다고 생각했기 때문이다. 지금의 네 실력이라면 놈들의 위협이 있더라도 무사히 가문의 유진을 이을 수 있을 테니까. 그리고 저 사람이라면 우리를 지켜줄 수 있다는 확신이 들었기에 비밀을 밝히는 것이다. 가능하겠나?"

자신이 그동안 숨겨온 비밀을 이제야 밝히는 이유를 설명한 스티브는 두영을 바라보며 물었다.

"가능합니다. 그리고 원하신다면 그 안에 담긴 추적 마법이 작동하는 일 없이 유진의 내용을 여러분에게 알려 드릴 수도 있을 것 같습니다."

"그 말, 정말인가?"

추적 마법을 지울 수 있다는 말에 스티브는 자리에서 벌떡 일어나며 물었다.

어느 정도 위험을 감수해도 된다고 생각하며 비밀을 밝힌 스티브였다. 두영의 말대로 가능하다면 좀 더 안전한 가운데 가문의 유진을 자신들이 익힐 수 있었기에 흥분할 수밖에 없었다.

"가능합니다. 절 믿으십시오."

"으음!"

솔직히 믿지 못할 이야기였다.

하지만 어쩌면 두영이 지금까지 보여준 능력이라면 가능할 수도 있다는 생각이 들었다.

스티브가 믿을 수 없는 표정을 짓고 있지만 삼묘족의 주법이라면 간단하다. 금제를 푸는 것에서부터 안에 있는 내용까지 모두 읽어낼 수도 있다.

하지만 금제는 그냥 놔두고 안에 있는 유진의 내용만 읽어내기로 했다. 추적마법은 나중에 놈들을 유인하기 위해서 필요하니 남겨두기로 한 것이다.

"당장 안의 내용을 알아볼까요?"

얼떨떨한 표정을 짓고 있는 스티브에게 물었다.

"가능하다면 바로 해보게."

"알겠습니다. 아마도 이 금제를 풀려면 직계의 피가 필요한 것 같은데… 써니."

"예!"

"네 손가락에 있는 피를 내 손에 조금만 묻혀주겠어?"

"알았어요."

써니에게 손을 내밀었다. 아직 완전히 지혈이 되지 않았는지 써니가 손가락에 힘을 주자 붉은 핏방울 하나가 손바닥에 떨어졌다.

"위험할 수도 있으니 조금 물러나 주시죠."

세 사람을 물러나게 했다. 위험 요소보다는 내 기운의 정체를 들키지 않기 위해서다.

찬황기를 조금 쌓자마자 다시 사용해야 했다.

하지만 조금만 사용해도 안에 있는 내용을 알아내 세 사람에게 전하는 것은 어렵지 않기에 큰 부담은 없었다.

"혈주(血呪) 비찰(秘察)!"

위험한 주법인 혈법의 비기 중 하나를 펼쳤다.

금제나 봉인을 살피는 주법이다.

혈족으로 내려오는 피의 금제가 걸린 것이라 써니의 피를 사용했지만 주법은 확실히 발휘됐다.

주법이 끝나자 드워프 일족이라는 써니 가문의 비기들이 의식 속으로 흘러들어 오기 시작했다.

은은한 핏빛 광채가 손을 떠나 유진들로 스며드는 것을 보며 스티브는 두영이 그간 보아온 이능력자들과는 다른 특이한 능력을 가지고 있음을 깨달았다.

'저것이 어떤 술법이지? 술자 가문에도 없는 술법이다. 그동안 숱한 이능력자를 보아왔지만 저런 술법을 사용하는 것을 한 번도 본 적이 없다. 용언과 같이 말로써 뜻을 이루는 언령이라니!'

언어로서 마법을 발휘하고 뜻을 이루는 절대의 경지는 오직 한 종족만이 할 수 있다고 알고 있는 스티브였다.

용언이 바로 그것이다. 그 옛날 세상을 지배했던 자들 중 한 갈래인 용족이 사용했다는 용언과 같은 언령 마법이 펼쳐지고 있는 것이다.

용언은 용족들 사이에서도 전설처럼 내려오는 것이다. 기나긴 용족의 역사에서도 몇몇 로드만이 발휘할 수 있다는 언어의 마법이었던 것이다.

그런데 인간이 아무렇지 않게 언령의 마법을 시전하고 있었다. 그것은 스티브로서는 도저히 믿지 못할 일이었다.

"난 실험실로 가봐야 할 것 같으니 써니는 준비가 되는 대로 연락을 줘."

"알았어요, 보스."

"걱정 말게. 나 또한 본격적으로 나설 생각이니, 자네는 실험에만 매달리게."

"고맙습니다. 본격적으로 도와주신다니 마음이 든든하군
요."

써니의 대답과 동시에 스티브가 나서며 말했다. 그동안 방
관적으로 대해온 것과는 달리 이번에는 남다른 열의를 가진
것 같았다.

'오빠가 결심을 했구나. 그렇다면 오빠에게 내 비밀을 이야
기해도 되겠구나. 오빠도 내게 감추고 있는 것이 있었으니 뭐
라고 그러지는 않겠지.'

스티브의 모습을 보며 써니는 기뻤다. 스티브가 이런 모습
을 보인 것은 정말이지 오랜만의 일이었기 때문이다.

그러면서 자신이 간직하고 있는 비밀을 말해주어도 괜찮겠
다는 생각이 들었다.

가문 내에서도 오직 자신과 고모만이 전승해 온 비밀인 스
피릿아머에 대해서 이제는 말해주어야 할 때가 왔다는 것을
느낀 것이다.

"써니, 그럼 나중에 보자."

"살펴 가세요. 준비가 되는 대로 연락을 할게요."

"그럼!"

두영은 써니에게 당부를 한 후 스티브에게 인사를 하고는
곧장 성준이 있는 실험실로 향했다.

"아직도 믿을 수가 없구나. 이렇게 간단히 가문의 유진을 얻
을 수 있다니 말이다."

너무도 허무하게 끝나 버린 유진의 전수 때문인지 두영이

나간 후에 자조하듯 중얼거리는 스티브의 목소리에는 허탈함이 깃들어 있었다.

　두영이 알아낸 유진의 내용은 세 사람에게 전부 전해졌다.
　자신이 알아낸 것들을 두영이 인식의 주를 사용해 세 사람의 의식 속에 그대로 심어버렸기에 내용을 전달하는 것은 금방 끝이 났다.
　금제가 해제되지 않은 채 안의 내용을 전부 알게 되자 스티브는 멍한 표정이었다.
　언령을 이용해 뜻을 이룰 뿐만 아니라, 다른 이에게도 부작용없이 유진의 내용을 전한 두영의 능력이 정말이지 가공스러웠던 것이다.
　유진의 내용을 전부 전달하자 두영은 스티브에게 부탁했다. 때가 되면 유진에 남겨진 금제를 이용해 가문을 멸문으로 빠뜨린 자들을 응징할 수 있을 테니 잘 보관하고 있으라는 부탁이었다.
　두영의 뜻을 알아차린 스티브는 그것도 좋은 방법이라고 판단되있다.
　두영의 생각처럼 나중에 추적 마법을 이용한다면 손쉽게 적들을 유인할 수 있을 것이기 때문이었다.
　아직은 힘이 모자라지만 가문의 유진을 수련하고 나면 충분히 상대할 수 있다는 자신이 있었기에 스티브는 오랜만에 찾아온 흥분을 애써 다스려야 했다.

"어떻게 하면 좋을 것 같으냐?"

흥분을 가라앉힌 스티브가 써니에게 물었다. 이런 방면에 있어서는 써니의 능력이 탁월하기에 뭔가 방법을 생각하고 있을 것이기 때문이었다.

"이곳에서 일하고 있는 교수님들을 이용할 생각이야."

"교수들을?"

"그래. 놈들이 교수님들이 살아 있다는 것을 알면 어떤 생각을 할까?"

"제거하려 들겠지."

"맞아. 제거하려 할 거야. 그리고 또 하나! 놈들은 교수들을 빼돌린 배후세력에 대해서도 조사를 할 것이 틀림없어. 교수들이 살아 있다는 것을 알면 그토록 완벽하게 빼돌린 뒤에는 누군가 있을 것이라는 생각을 할 테니까."

"그렇기는 하겠지만, 놈들이 배후 세력을 찾으려 든다면 우리가 위험해지지 않겠냐?"

"걱정 말아, 오빠. 놈들은 아무도 잡을 수 없으니까. 어쩌면 돌이킬 수 없는 피해를 입힐 수 있을지도 몰라."

"피해?"

"동생들을 이용해 놈들을 다른 조직과 충돌하게 만들 생각이야. 보스가 실험을 끝낼 시간 동안만 벌면 되기는 하지만 이번 기회를 그냥 흘려보내면 아쉬울 것 같으니까."

"알았다. 계획이 선 것 같으니 이 오빠가 할 일만 말해다오.

완벽하게 처리해 줄 테니까.”

스티브는 써니가 이미 복안을 가지고 있다는 판단하에 적극 돕기로 했다.

“알았어. 이번 일은 오빠와 칼마의 도움이 많이 필요해.”

“알았어. 나도 적극적으로 도울게. 마법 수련은 이 일을 끝내고 해도 늦지 않으니까.”

칼마 또한 최대한 노력을 기울이겠다고 나섰다.

“그래, 보스의 일이 우선이니까.”

세 사람은 가문의 유진을 곧바로 수련하고 싶었지만 두영이 부탁한 일을 우선 처리해야 하기에 시기를 조금 늦추었다.

세 사람 모두 두영을 자신들을 이끌어줄 사람이라고 생각하고 있었기에 아무런 불만이 없었다.

“그리고 오빠.”

써니는 자신이 가지고 있는 스피릿아머인 문라이트에 대해 알려주기 위해 스티브를 불렀다.

“할 말 있냐?”

“응. 나도 오빠에게 지금까지 감추고 있던 비밀이 있어.”

“비밀?”

자신에게 감추고 있던 비밀이 있다는 소리에 스티브가 영문을 모르겠다는 표정으로 써니를 바라보았다. 차신은 동생에 대해서 모르는 것이 없다고 생각하고 있었기 때문이다.

“오빠, 고모가 나에게 문라이트를 물려줬어.”

“무, 문라이트!”

너무 놀랐는지 스티브가 말을 더듬거렸다. 문라이트가 사라진 지 이미 천여 년이 넘는데 그것을 자신의 동생이 가지고 있었다니 놀라지 않을 수 없었던 것이다.

"사실이야. 금제가 걸려 있어서 그동안 비밀로 해왔어. 아직은 완벽한 상태가 아니라서 말이야. 이해해 줄 거지?"

"그랬었구나."

그동안 자신이 동생이 구인회 같은 조직을 만들고 워마켓에 뛰어든 이유가 궁금했는데 이제야 의문이 풀리는 스티브였다.

문라이트를 가지고 있었다면 복수를 충분히 생각해 볼 수 있었을 것이라는 생각이 든 것이다.

"오빠, 그동안 속여서 미안해."

"아니다. 문라이트라면 어쩔 수 없었겠지. 그동안 마음고생이 심했겠구나."

커다란 비밀을 가슴에 품고 그동안 혼자서 가문의 복수를 위해 고군분투했을 동생을 생각하니 마음이 아려온 스티브가 써니를 안아주었다.

"오빠도 그랬을 텐데, 뭘!"

"네 보스에게도 말했지만 이제 오빠도 전력을 기울이마."

"고마워, 오빠."

"고마워할 필요 없다. 나 또한 그를 보스로 모시기로 했으니까."

"정말이야?"

너무 놀란 탓인지 써니는 스티브의 품에서 떨어지며 물었다. 남의 밑에 있는 것을 죽도록 싫어하는 자신의 오빠가 두영을 보스로 섬긴다고 하니 의외의 이야기가 아닐 수 없었다.

"지금까지 살펴본 바로는 그 사람이라면 내 전부를 걸어도 좋을 것 같다는 생각이 들었다. 어쩌면 너를 통해 그를 만난 것이 운명인지도 모르지."

"우와! 그럼 우리 세 사람, 이제부터 완벽하게 한 팀이네요?"

칼마 또한 스티브의 합류가 기쁜지 반색을 했다. 스티브라면 정말이지 많은 도움이 될 터였기에 칼라로서도 반가운 일이 아닐 수 없었다.

"그래, 앞으로 잘해보자. 그분의 꿈이 매우 큰 것 같으니 우리 세 사람 다 잘 보좌해야 할 것이다."

스티브는 이제부터 마음의 결심대로 행하겠다는 듯 두영을 대하는 호칭을 달리 했다.

"그럼 빨리 계획부터 세워야겠네. 이번 일이 보스의 첫 번째 명령이니까."

"그런가? 그럼 준비해 보자구나. 하하하!"

써니의 말에 스티브가 너털웃음을 흘리며 두 사람을 끌어안았다.

이제는 자신의 주군이 될 두영의 첫 번째 명령을 이행한다는 생각에 스티브도 가슴 벅차오르고 있었던 것이다.

'주군, 앞으로 잘 부탁드립니다. 그리고 우리 써니도요. 안

그러시면 아주 괴로우실 겁니다.'

두 사람을 끌어안고 어깨를 두들기는 스티브의 얼굴에는 묘한 웃음이 맺히고 있었다.

*   *   *

'보스, 보고드릴 것이 있는데요.'

'잠시만!'

실험을 준비하는 도중에 써니로부터 텔레파시가 도착하자 두영은 휴게실로 자리를 옮겼다.

써니와 연락을 주고받으며 준비할 수 있는 실험이 아닌 탓이었다.

'됐어. 이야기해 봐!'

'어느 정도 계획이 세워졌습니다.'

'벌써?'

부탁한 지 하루도 지나지 않아 계획이 세워졌다는 소리에 두영이 물었다.

'호호호! 이미 생각은 하고 있던 일이라 금방 끝났습니다. 오빠와 함께 연구 중인 교수님들을 이용할 생각인데 어떨까요?'

'교수님들의 행방을 드러내 바쁘게 만들자는 소리로군. 좋아, 괜찮은 생각인 것 같군. 그런데 교수님들의 안전은 괜찮은 거겠지?'

'물론이지요. 칼마의 홀로그램을 이용할 생각이에요.'

'홀로그램을 이용한다면 위험할 요인은 없겠군.'

'그리고 이번 기회를 이용해 제니언 교수의 배후와 목적에 대해서 알아볼 생각인데 어떠세요.'

'동생들을 투입할 생각인가?'

'그렇게 하려고 해요.'

'아니, 아직은 섣불리 놈들을 건드리지 않은 것이 좋겠어. 나도 준비하고 있는 것이 있으니까. 제니언 교수의 바로 윗선인 타이너란 자에 대해서만 주의를 기울여.'

'알았어요. 알아서 준비할 테니 염려 마세요.'

보고를 마친 써니가 두영의 실험에 대해 물었다.

'그런데 실험은 잘되어가나요?'

'준비가 이제 거의 끝나가고 있는 중이야. 써니가 행동을 개시하면 곧바로 실험을 개시할 수 있을 거야.'

'그럼 오늘 밤 정보를 흘릴 예정인데 시간은 알아서 정하세요. 빨러 움직인다면 아마 내일부터 움직일 가능성이 커요.'

'맞춰서 준비하면 되겠군.'

'그럼 실험이 성공하기를 빌어요.'

성공을 빌며 써니가 텔레파시를 끊었다.

'이 정도면 실험을 진행해도 정보가 새어나갈 염려는 없을 것 같구나.'

죽어버렸던 교수들이 실상은 죽은 것이 아니라 모처 어딘가에서 특별한 연구를 진행 중이라고 하면 제일 먼저 몸이 달 사람이 바로 제니언 교수였다.

거기다가 그를 수족으로 거느리고 있는 타이너 또한 바쁘게 움직일 터였다. 비록 많은 시간을 비우지는 않겠지만 그 정도면 충분했다.

두영과 성준이 실험을 마무리하는 데 필요한 시간은 사흘이면 족했기 때문이다.

써니와 연락을 마친 두영은 휴게실을 나와 성준이 있는 실험실로 향했다.

두영은 써니가 잘 알아서 할 것이라는 생각에 세부적인 계획은 묻지 않았다.

하지만 써니가 생각하고 있는 계획의 전모를 알았다면 분명 반대했을 것이다.

이로 인해 뜻밖의 사건에 휘말려 운명을 마주하게 될 줄은 이때까지만 해도 아무도 몰랐다.

"어디 갔다 왔냐?"

"휴게실에 잠시 좀. 그나저나 준비는 어떻게 됐냐?"

"내일이면 배양이 끝나고 실험을 진행할 수 있을 것 같다."

"문제는 없겠냐?"

"그게 좀……."

"뭐가 문제냐?"

"에너지 수급에 문제가 조금 있을 것 같다. 최소한 1기가와트 이상이 필요한데 학교에 있는 것으로는 턱도 없으니 말이야."

"으음, 그건 내가 어떻게 해볼 수 있을 것 같은데."

"네가?"

두영의 말에 성준이 의문을 표시했다.

그 정도의 전력을 수급하기 위해서는 별도의 설비가 필요한데 설치하려면 아주 많은 시간이 필요했기 때문이다.

"걱정하지 마라. 방법이 있을 것 같으니까."

"정말이냐?"

"녀석, 내가 누구냐?"

"알았다. 네가 틀린 말을 한 적이 없으니. 실험은 예정대로 사흘 후에 진행하도록 준비하마."

미덥지는 않았지만 예정대로 실험을 진행하기로 한 성준은 바쁘게 움직였다. 두영이 에너지 문제를 해결해 주기로 했으니 이제는 진행하는 일만 남은 것이다.

실험 준비는 제니언 교수 모르게 착착 진행되었다.

써니의 작전이 진행됐는지 실험이 시작되기 하루 전에 제니언 교수가 출장을 갔다.

실험 당일!

제니언 교수가 실험실에 나오지 않아 자신들이 만들어낸 별도의 장치들도 모두 가지고 와 준비를 마친 상태였다.

성준과 두영은 긴장한 채 실험에 앞서 모든 기기를 하나하나 점검했다.

"실험이 성공하다면 인류 역사에 한 획을 그을 수 있는 일인데 우리 둘만 보고 있자니 아깝다는 생각이 든다, 두영아.”

“어쩔 수 없는 일이다. 잘못했다가는 연구 결과를 모두 미국에 빼앗길 수도 있는 일이니까.”

“그렇겠지?”

“그럴 거다. 성공만 한다면, 그야말로 황금알을 낳는 거위가 될 테니까.”

제니언 교수도 교수지만 실험의 결과물에 대한 이익을 미국에 넘겨주지 않기 위해서라도 비밀리에 진행해야 했던 두 사람은 역사적인 실험을 지켜보는 사람이 자신들밖에는 없다는 것에 아쉬움이 들었다.

하지만 어쩔 수 없는 일이었다.

괜히 알려졌다가 남 좋은 일만 시키는 꼴이 될 것이 분명했고, 잘못하면 자신들도 미국에 매인 몸이 될 수도 있었던 까닭이다.

실험이 성공하면 무슨 수를 쓰더라도 자신들을 붙잡으려 할 것이고, 한국으로 돌아가려 한다면 어쩌면 목숨을 노릴 수도 있는 일이었던 것이다.

“그럼 시작한다. 그런데 정말 에너지 문제는 해결된 거냐?”

“걱정 말고, 스위치나 눌러라.”

성준의 걱정이 무엇인지 알지만 이미 해결해 놓은 상태였다. 듀크를 이용해 근처의 전력을 실험실로 모두 끌어 모을 수 있도록 조치를 해놓은 것이다.

“알았다. 셋! 둘! 하나! 스위치 온!”

두영의 대답을 들은 성준이 카운트를 한 후 스위치를 눌렀다.

실험실 내부에 만약의 사태를 대비해 만들어진 특수한 공간이 있었다. 1미터 두께의 콘크리트로 사방을 둘러싸고, 거기에 덧대어 10센티미터의 철판이 둘러싼 실험 공간이었다.

내부에 특이한 구조물이 있었는데, 이번 실험을 위해 특별하게 제작된 플랜트였다.

우우우웅!

사방 1미터 정도 크기의 스테인리스로 만들어진 플랜트가 가동을 하기 시작했다.

각종 시약과 재료들이 컴퓨터의 제어에 의해 순차적으로 두영의 세포로 주입되며 온도와 습도, 그리고 자기장까지 완벽하게 컨트롤되고 있는 모습이 모니터에 나타나고 있었다.

"아직 이상은 없지?"

"그런 것 같다. 에너지 가속 전까지는 큰 문제는 없을 것 같다."

"얼마나 남았지?"

"이 상태라면 10분 후에 에너지 가속을 시작할 거다."

"내부 기기는 견딜 것 같으냐?"

"온도는 10만 도까지, 압력은 최대 백만 파스칼까지 견딜 수 있도록 세팅된 거다. 양이 많으면 모를까, 저 정도라면 충분히 견딜 거다."

"대단하구나."

성준의 준비에 만족한다는 표정을 지었지만 두영의 속내는 조금 불안했다. 다른 사람과는 다른 자신의 세포 때문이었다.

'혹시 모르니 주법으로 강화를 좀 해야겠다. 에너지 파장이 어디까지 흘러나올지 모르지만 그것도 막아야 하고.'

두영은 주법을 펼쳐 실험 장치의 중앙부를 강화하며 에너지 파장이 퍼지는 것을 막기로 했다.

타임 슬라이스를 타고 오는 동안 얼마나 많은 에너지가 농축되었을지 모르기에 위험할 수도 있었다.

또한 다른 이들이 알아차리지 못하도록 특유의 에너지 파장을 막아야 하는 것도 중요했다. 네오클래스나 세상에 숨은 칠대부족이 알아차린다면 문제가 될 소지가 있었던 것이다.

'주(呪) 금강결(金剛結)! 쇄(鎖)!'

주법을 시행하지 투명한 기운이 두영의 손가락을 떠나 플랜트의 중심부에 머물렀다. 두영의 세포가 들어 있는 곳이었다.

'어느 정도 안심이다. 잘못하면 이곳이 날아갈 수도 있으니까 다른 준비도 해야겠다.'

플랜트를 강화하는 주법을 마치기는 했지만 그래도 불안한 마음이 든 두영은 자신과 성준을 보호할 수 있는 결계를 치기로 했다.

금강결을 뚫을 정도라면 방어 결계로는 어림도 없을 것이기에 공간을 나누는 공간 결계를 이용하기로 했다.

'주(呪)! 이면결(裏面結)! 계(界)!'

실험실 공간을 나누어 에너지 파장을 빗겨나도록 한 후에 겨우 안도감이 든 두영은 실험 과정을 지켜보았다.

"이제 시작이다."

에너지가 가속되기 시작하자 성준이 말했다. 이제부터가 실험 과정 중 가장 중요한 순간이었기에 두영은 눈빛을 빛내며 모니터를 바라보며 듀크를 불렀다.

'듀크, 전력 상태는 어때?'

―이미 스탠바이 중입니다. 유휴 전력부터 공급할 예정이니 염려하지 마십시오.

'시간이 길어지면 어떻게 하지?'

―대규모 정전 사태가 예상되기는 하지만 충분히 공급 가능합니다.

'잘못하면 보스턴이 암흑 천지에 휩싸일 수도 있겠군.'

―최대한 전력 소모가 적은 시간을 잡았기에 문제는 없을 겁니다.

'듀크의 에너지를 다른 곳으로 돌리지만 않았다면 그다지 문제가 없었을 텐데 말이야.'

―어쩔 수 없는 일입니다. 현재 인공위성 설치와 통신망은 주군께 가장 필요한 것입니다.

'알지만……'

정보망의 건설은 이번 실험보다 우선시해야 할 사항이었기에 어쩔 수 없음을 알지만 두영은 조금 아쉬웠다.

대규모 정전 사태가 일어난다면 다른 이들이 알아차릴 수 있을지도 모르기에 걱정스러웠던 것이다.

―걱정하지 마십시오. 추적을 한다고 해도 다른 곳에서 사

용했다는 증거밖에는 찾지 못하도록 조치를 해놨습니다.

'그래, 그렇다면 안심이군. 도둑질하는 것이라 마음이 찜찜했는데 말이야.'

─이제 시작인 것 같습니다. 주군께서도 준비하십시오.

듀크의 말에 두영은 실험에 집중했다. 에너지가 가속되고 새로운 세포가 만들어지기 직전이기에 집중을 해야 했다.

'일단, 공명을 시작해 보자. 반응이 있다면 성공한 것이다.'

두영은 천천히 의식을 집중하며 만들어지고 있는 세포질과 감응하려고 노력했다.

'되, 된다. 치, 침착해야 한다.'

반응이 왔다. 꿈에도 기다리던 순간이다. 흥분하면 감응도가 떨어지기에 두영은 머리를 차갑게 식혔다.

─주군, 유휴 전력으로는 필요한 에너지를 맞추기 어려우니 순차적으로 다른 전력을 끌어들이겠습니다.

'정신을 집중해야 하니까 지금부터는 방해하지 말고 알아서 하도록 해.'

듀크와의 통신으로 감응도가 떨어지자 두영은 다급하게 텔레파시를 보냈다.

듀크도 인식한 듯 자율적으로 전력을 공급하기 시작했다.

*　　　*　　　*

파파팟!

"이거 왜 이래?"

실험을 하고 있던 도중에 갑자기 전력이 나가 버리자 폴은
화가 치밀었다. 주전원이 나가며 자동적으로 들어오는 예비
전원마저 나가 버린 탓이다.

지난 3년간 꾸준히 준비해 온 실험이었는데 완전히 망쳐 버
린 것이다.

"교수님, 어떻게 하지요?"

조교 중 하나인 에이미가 안타까운 목소리로 말했다.

"망했어! 난 망했다구!"

이번 실험의 결과로 앞으로 소요될 연구비 지급 여부가 결
정되기에 폴 교수는 머리를 감싸 안으며 절규했다.

자정이 넘은 시간 전력이 나가 곤경에 처한 것은 폴 교수만
이 아니었다.

샤워를 하며 머리에 샴푸를 했던 이는 물이 나오지 않아 어
둠 속에서 헤매야 했고, 중요한 프로그램을 작성하던 컴퓨터
프로그래머는 지금까지 하던 작업을 모두 날려야 했다.

이러한 상황은 보스턴 도심 곳곳에서 벌어졌다. 도시는 모
두 어둠에 싸여 임흑의 공간으로 변해 버렸고, 이로 인해 안 좋
은 사태까지 발생했다.

정전으로 인해 무인 경비 시스템이 마비된 것을 알아차린
불량배들에 의해 상점들이 털리고, 강도가 기승을 부렸다.

다행스러운 것은 듀크가 병원과 교통 신호에 쓰이는 전력은
그냥 내버려 두었다는 것이다.

그렇지 않았다면 교통 신호가 마비되어 곳곳에서 교통사고가 발생했을 것이고, 의료 기기로 목숨을 연명하던 중환자들이 사망하는 사고가 곳곳에서 벌어졌을 터였다.

정전 사태는 그리 오래가지 않았다. 약 한 시간 정도 정전이 된 후 전기가 들어오기 시작한 것이다.

보스턴 시 당국에서는 정전 사태가 발생한 원인을 찾고자 부심했지만 그 누구도 직접적인 원인을 찾을 수 없었다. 그나마 찾은 것이라고는 전력 회사의 송전 장비 일부가 고장을 일으켜 송전이 제한되었다는 것이다.

송전 회사는 이로 인해 대규모 손해보상을 해야 했고, 보스턴에서 발생한 초유의 정전 사태는 그것으로 잠잠해져 갔다.

*　　*　　*

치지지직!

방전 때문에 불꽃을 튀어 오르며 타고 있는 플랜트를 바라보며 성준은 망연자실한 표정을 지었다.

"이, 이럴 수가!"

에너지 가속화가 시작되고 자신이 계산한 임계점을 넘어서 버린 탓에 플랜트가 타버린 것이다.

실험은 실패로 돌아가 버렸다. 자신하고 한 실험인데 실패해 버리자 성준은 두영을 볼 낯이 없었다.

두영이 창백한 안색으로 실험실을 바라보고 있었던 것이다.

“미안하다. 성공할 것이라고 생각했는데 내가 계산을 잘못했나 보다.”

“아직은 모르는 일이다. 일단 결과물부터 살펴보자.”

아직 실패하지 않았다며 확인을 해보자는 두영의 말에 성준이 고개를 흔들었다.

“저 안은 지금 고 에너지장이 펼쳐져 있다, 방전도 계속되고 있고. 어떤 생물도 저 안에서는 살아남을 수 없다. 설사 우리가 만들려고 했던 세포가 정상적으로 만들어졌다고 해도 저 상태라면 모두 타버렸을 것이다.”

“성준아, 무슨 말인지 알지만 타버린 것이라도 다음 실험을 위해서 뭔가 단서를 얻을 수 있을지도 모르니 반드시 살펴봐야 한다.”

“알았다. 하지만 살펴보려면 조금 더 있어야 한다. 전력이 방출되고 에너지장이 풀려야 하니까.”

두영의 심정을 알기에 성준은 실패한 것이라도 확인해 보기로 했다.

하지만 지금 실험실 문을 여는 것은 위험한 일이기에 조금 기다리기로 했다.

10여 분이 지나고 모니터에 나타나는 에너지 준위가 정상으로 돌아왔다. 실험실 안을 가득 채웠던 전자가 방출되자 성준은 스위치를 눌렀다.

치이익!

유압으로 작동하는 실험실 문이 열렸다. 두영은 재빨리 결계를 풀어버리고 실험실 안으로 들어갔다.

완전히 녹아 붙은 플랜트를 치우던 두영의 손이 멎었다.

"뭔가 나온 거라도 있냐?"

"성준아, 우리 실험 말이야, 어쩌면 성공한 것일 수도 있다."

"저, 정말이냐?"

신경세포가 살아 있다는 소리에 성준이 급하게 실험실 안으로 들이닥쳤다.

"어디 보자!"

성준은 두영이 들고 있는 것을 보았다. 녹아 붙은 스테인리스 위에 까만 덩어리가 보였다.

"타, 타버린 거잖아!"

"아니. 이거 아직 살아 있는 것 같다."

"살아 있어?"

"그래. 느낌이기는 하지만 살아 있는 것 같다."

"그럼 일단 현미경으로 확인부터 해보자."

성준은 두영의 손에 들린 것을 빼앗듯 집어 들더니 실험실 밖으로 나갔다.

"천천히 해라."

현미경에 샘플을 올려놓는 성준을 바라보며 두영이 말했다.

이미 감응을 통해 신경세포가 만들어졌음을 확인한 후라 두영의 목소리에는 여유가 넘쳤다.

성준이 현미경을 들여다보며 손을 내저었다. 확인을 하는 동안 말을 시키지 말라는 뜻이었다.

한참을 들여다보던 성준이 고개를 떼더니 두영을 바라보았다. 감격에 겨운 듯 성준의 눈에서는 눈물이 흐르고 있었다.

"성공했다. 네 말대로 세포가 살아 있다! 살아 있어!"

"그보다는 실험실을 정리하는 것이 우선이다. 잘못하면 제니언 교수가 알아차릴 테니까."

"알았다. 우선 배양실에 넣어놓고 치우도록 하자."

성준은 다급히 일어나 만들어진 세포를 배양액에 넣은 후 배양실로 가져갔다.

배양실로 집어넣은 세포를 다시 한 번 확인한 성준은 문을 닫고는 보안 시스템을 가동시켰다.

혹시나 몰라 아무도 열 수 없도록 특수 잠금 장치를 붙여놓았던 것이다.

실험실에 남아 있던 불타 버린 플랜트는 금방 치워졌다. 이미 상자를 준비해 실험에 소용된 물건들을 밖으로 빼낼 준비를 해놓았었다.

혹시라도 누가 열어보더라도 완전히 불탄 잔해로는 무슨 실험을 했는지 알아볼 수 없을 것이기에 문제는 없어 보였다.

"이제 만들어진 세포를 어떻게 빼돌리느냐가 문제인데, 어떻게 할 생각이냐?"

실험실을 다 치운 후 성준이 물었다.

"일단 배양이 가능한지 여부부터 확인해 봐야 할 거다. 배양이 되지 않는다면 소용이 없는 일이니까."

배양 시설은 이곳에 있는 것이 가장 첨단이었다. 배양이 가

능해야지만 나머지 계획도 성공할 가능성이 있기에 성준이 고
개를 끄덕였다.

"제니언 교수가 돌아올 때까지 아직 시간이 있으니 배양이
되는지 여부부터 살펴야겠구나."

"그래야 할 거다. 빼내가는 방법이야 아주 많으니까."

"그래, 조금 더 지켜보기로 하자. 그건 그렇고, 오늘 실험에
대한 성공을 자축해야 하지 않겠냐?"

성준이 은근한 눈으로 두영을 바라보았다. 휴게실에 몰래
꿍쳐놓은 와인을 먹자는 소리였다.

"좋지."

"가자. 한잔 마시고, 오늘은 푹 자자!"

성준은 두영을 잡아끌며 휴게실로 향했다. 실험을 준비하는
동안 노심초사했기에 한잔한 후 늘어지게 잘 작정이었다.

*　　　*　　　*

"나타난 곳이 어디라고 했습니까?"

타이너의 호출로 워싱턴으로 날아온 제니언 교수는 죽었다
던 교수들이 나타난 곳부터 물었다.

턱!

타이너는 대답 대신 제니언 교수가 앉아 있는 책상 위로 서
류 뭉치를 던졌다.

제니언 교수는 극비라고 적혀 있는 서류철을 들췄다.

서류철 안에는 위성사진을 비롯해 사람들이 찍힌 사진과 여러 가지 정보가 들어 있었다.

제일 처음 제니언 교수의 눈에 들어온 것은 웃고 있는 사람들의 사진이었다.

"음……!"

사진 속에 있는 사람들의 모습을 확인한 제니언 교수의 입에서 마른 신음이 흘러나왔다.

루이스 교수를 비롯한 죽은 교수들이 사진 안에 있었고, 사진 아래쪽에는 며칠 전 날짜가 선명하게 박혀 있었다.

"죽은 것을 확인했는데 어찌 된 일입니까?"

장례식에 참석까지 하며 시신을 확인한 제니언은 믿을 수 없다는 듯 타이너를 바라보았다.

"나도 영문을 모르겠다. 알 만한 사람을 불렀으니 확인이 될 것이다."

믿을 수 없는 것은 타이너도 마찬가지였다.

죽은 교수들에 대한 사망 확인은 타이너도 관여한 사항이었다. 부검에서부터 죽은 자가 목표로 한 자가 맞는지 유전자 검사까지 진행해 보고를 받은 터였다.

"그런데 어째서 이들이 이곳에 있는 겁니까? 혹시 이 정보, 조작된 것이 아닙니까?"

파일들을 보면 죽었다던 교수들이 머물고 있는 곳은 중동 지역이었다.

생물학 무기를 만들고 있는 곳으로 의심되는 연구 시설에

근무하고 있는 것으로 되어 있었다. 정보가 조작될 가능성도 있기에 제니언 교수가 물었다.

"CIA의 일급 정보원이 현장 부근에 잠입해 캐내온 정보로 인공위성을 이용해 확인까지 했다. 조작일 리 없다."

지상에 있는 10센티미터의 물체를 식별할 수 있는 정찰 위성의 고성능 정찰카메라로 잡힌 영상도 교수들임을 증명하고 있어 살아 있는 것이 틀림없어 보였다.

똑! 똑!

"들어와라!"

제니언 말고도 블랙워크의 워커를 부른 타이너는 노크한 사람을 들어오도록 했다.

"무슨 일인가?"

워커는 느닷없이 자신을 부른 타이너를 향해 불쾌한 듯 낮은 목소리로 물었다.

"서류나 보고 이야기해라."

"서류?"

"제니언 교수는 알 테고, 그가 보고 있는 서류부터 봐라."

타이너는 침착한 목소리로 워커에게 말했다. 미리 조사한 바에 의하면 블랙워크에서는 자신의 의뢰대로 임무를 수행했고, 많은 피해를 보았기에 교수들의 일에 관여하지 않았다고 생각하고 있었기 때문이다.

"누군가 우리를 가지고 논 것 같군."

서류를 읽어가던 워커의 목소리가 분노로 물들고 있었다.

"그런 것 같다. 블랙워크을 완벽히 속이고, 언론 플레이를 통해 압박을 했다면 둘 중에 하나라고 본다.

"사령사인가?"

"그럴 가능성이 높다. 블랙워크를 속일 수 있는 능력도 능력이지만 백 년 만에 나타나서는 중동 쪽과 제일 먼저 거래를 튼 것으로 파악되고 있으니 말이다."

"그렇다면 전쟁이로군."

"그렇다고 봐야겠지. 난 나설 수 없다는 것을 잘 알 테니 사령사와의 전쟁은 너희들이 알아서 해라. 의뢰를 실패한 것은 너희들이니까, 교수들을 제거하는 것도 확실히 마무리 지어라."

"웃기는 이야기로군. 교수들의 소재를 파악해 준 것은 너희였지, 아마?"

"네오클래스에서 직접 내려온 지시다."

워커의 비아냥거림에 타이너는 그럴 줄 알았다는 듯 네오클래스의 지시임을 강조했다.

"으으음!"

네오클래스의 지시라면 워커도 발을 뺄 수 없었다. 블랙워크를 창설하면서 내걸었한 조건이었기 때문이다.

그렇다고 워커에게 불리한 것만은 아니었다. 교수들을 제거하면 그동안 블랙워크를 묶어두고 있던 족쇄에서 벗어날 뿐 아니라, 타이너의 야욕도 저지할 수 있기 때문이었다.

"마지막 약속 이행인가?"

"그렇다. 이번 임무를 끝으로 조건으로 내걸었던 약속은 모두 이행된 것이라고 생각하겠다는 전언이다."

"그렇다면 이번엔 참관인을 파견해 주어야겠다."

수행 여부의 판단과 함께 이후에 발생하게 될 문제 때문에 워커는 타이너에게 네오클래스에서 참관자를 파견해 줄 것을 요구했다. 책임 여부를 확실히 해두고 싶었던 것이다.

"약속 이행의 증표로 말인가?"

"그렇다."

"좋아, 그것은 내 선에서도 가능하니 그렇게 하도록 하지."

타이너는 워커의 요구 조건을 순순히 승낙했다.

네오클래스의 명령을 받을 당시 직접 확인하도록 지시를 받았기 때문이다.

"용건이 끝났으니 이만 가도록 하겠다. 준비가 되면 연락하도록 하지."

"알았다."

워커는 자리에서 일어나 타이너의 사무실을 나섰다. 빠른 시일 내에 임무를 완수하고 네오클래스의 족쇄에서 벗어나고픈 터라 그의 발걸음은 무척이나 빨랐다.

"제니언!"

타이너는 워커가 나가고 난 후 제니언을 불렀다.

"말씀하십시오."

"연구는 어느 정도 진행됐나?"

"신경 계통을 차용한 로직은 어느 정도 완성이 된 것 같습니다. 하지만 신경세포를 만들어내는 것은 아직……."

“정확히 어느 정도 완성이 됐나?”

신경세포를 만들어내는 것까지 원한 것은 아니었다. 현재의 기술로는 불가능하다는 것을 타이너 또한 잘 알고 있었기에 프로그램된 로직이 어느 정도 완성이 되었는지 물었다.

“완벽하게 구현되었다고 볼 수 있습니다. 지금 당장 사용한다고 해도 문제는 없을 겁니다.”

“호오, 그래? 대단한 놈들이로군.”

“천재라고 할 수 있는 자들입니다.”

“그쪽에서는?”

“마틴 회장과 제레미도 연구 결과에 만족하는 눈치였습니다. 준비되고 있는 과정을 보면 머지않아 로직을 적용해 시운전을 할 것 같습니다.”

“그렇다면 우리도 준비를 해야겠군.”

마틴 쪽에서 만족하고 있다면 충분히 사용이 가능하다는 소리였기에 타이너의 입가에 미소가 맺혔다.

“이미 기반 프로그램과 핵심 코어도 모두 확보해 전송했습니다. 시운전 결과가 나오는 대로 결과를 알려 드리도록 하겠습니다.”

“좋아, 잘 마무리 짓도록. 그리고 이왕 온 김에 우리가 만들어내고 있는 것들을 한번 봐주도록 하게. 우리 쪽 연구원들이 여간 성화가 아니라서 말이야. 그동안 자네가 보내온 것들을 적용시키기는 했지만 아직 이해가 안 가는 부분이 많다고 해서 말이네.”

"알겠습니다. 워낙 획기적인 것들이라 연구원들에게 따로 설명해 줄 시간이 필요하다고 생각하던 중이었습니다."

자신도 두영과 성준의 설명이 아니었다면 이해하기 힘든 부분이 많은 기술들이었다.

그냥 자료와 연구 결과만 받아서 적용시킨 탓에 이해하지 못하고 있을 것이라 생각하고 있던 제니언 교수였다.

타이너의 제안대로 네오클래스에서 비밀리에 만들고 있는 기갑슈트의 연구원들에게 자신이 알고 있는 것들을 알려주기로 했다.

"안내해 줄 사람이 밖에서 대기하고 있을 테니 가보도록 하게. 기술 전수가 끝난 후에는 곧바로 돌아가 연구 결과를 확인하도록 하고."

"예, 그럼 전 이만."

"수고하게."

CHAPTER 08
네오클래스의 혈탑

TIME
SLICE 타임 슬라이스

삐이!

제니언 교수가 타이너에게 인사를 하고 사무실을 나가자 타
이너가 인터폰을 눌렀다.

삐이!

―예!

인터폰을 통해 비서의 대답이 흘러나왔다.

"캠프로 갈 예정이니 헬기를 대기시키도록!"

―알겠습니다.

비서의 대답을 들은 타이너는 자리에서 일어나 외투를 걸쳤
다. 살아 있는 것이 확인된 교수들을 제거하기 위해 움직이게
될 블랙워크를 감시할 참관자를 데리러 가기 위해서였다.

"그나저나 그 악마 같은 녀석들이 있는 곳에 가려니 으슬으슬하군. 하지만 의장의 명령이 있었으니……."

타이너가 가려고 하는 캠프는 일명 죽음의 도살장이라 불리는 곳이다.

캠프는 네오클래스의 전위대원들을 양성하는 곳으로, 타이너뿐만 아니라 네오클래스의 임원들도 섣불리 가려고 하지 않을 정도로 흉험함이 넘치는 곳이었다.

*   *   *

휘이잉!

사방이 황갈색의 암석만이 존재하는 곳에 거친 바람이 흙먼지를 말아 올렸다.

흙먼지로 인해 시야가 흐려진 이곳은 네바다 사막 근처에 있는 오지 중의 오지로 워낙 험해 사람은커녕 동물조차 잘 다니지 않는 곳이었다.

그런데 오늘 험준한 지형을 따라 은밀하게 움직이는 이들이 있었다.

마치 군사훈련을 하는 듯 사막 지형과 비슷한 위장복을 입은 이들의 얼굴에는 흘러내리는 땀방울을 따라 긴장이 흐르고 있었다.

"개새끼들! 완전히 쥐 잡듯이 하는군."

"어쩔 수 없다. 이번이 마지막 테스트니까. 모두 긴장들 해

라. 브라보 팀 꼴 나지 않으려면.”

찰리 팀을 이끌고 있는 크리스는 수하의 불만을 잠재웠다.

이글라인의 핵심이라고 할 수 있는 알파, 브라보, 찰리 팀이다. 특수한 경우를 제외하고는 나서지 않는 알파 팀을 제외하고 대부분의 임무를 수행했던 브라보 팀이 지난번 임무에서 거의 와해되어 버렸다.

이글라인이 탄생된 이후 처음 있는 일이라 상부의 지시로 전보다 훈련이 강화되었지만 불만을 터뜨릴 여유가 없었다.

앞으로 상대해야 할 자들이 만만한 이들이 아니었기에 임무 수행 중 생존율을 높이기 위해서라도 훈련은 강도 높을수록 좋다고 생각하는 크리스였다.

“그런데 팀장, 브라보 팀 놈들이 왜 그렇게 변한 것인지 아십니까?”

불만을 터뜨리던 테리가 물었다. 찰리 팀의 대항군으로 움직이고 있는 브라보 팀이 전과는 완전히 달라졌기 때문이다.

테리의 질문에 찰리 팀원들이 시선이 모아졌다. 그들도 궁금해하던 사항이었기 때문이다.

이글라인에서 팀별 순위가 정해져 있기는 하지만 찰리 팀원들은 알파나 브라보 팀과 해볼 만하다고 생각했었다.

하지만 임무를 실패한 후에 어딘가 다녀온 후로는 완전히 달라진 브라보 팀원들을 상대로 이번 마지막 테스트에 고전하고 있었기에 궁금하지 않을 수 없었다.

이번 대항전을 시작하기 전 브라보 팀은 팀장인 맥글레인을 포함해 다섯 명, 찰리 팀은 모두 사십 명이었다.

하지만 대항전을 시작하고 이틀이 지난 지금, 자신들은 팀장인 크리스를 포함해 브라보 팀과 같은 인원인 다섯 명밖에는 살아남지 못했다.

브라보 팀원은 단 한 명도 잡지 못한 채 일방적으로 몰리고 있었던 것이다.

"나도 자세한 내용은 모르지만 본부로 호출된 후 특수 장비를 지급받았다는 이야기를 들었다."

"특수 장비요?"

그까짓 장비 하나 때문에 자신들이 이렇게 몰리고 있다는 것을 이해할 수 없는 테리가 반문했다.

"본부에서 심혈을 기울여 연구하고 있는 것이라고 한다. 그리고 장비도 장비지만 브라보 팀원들은 스스로 자원해 생체 개조도 받았다고 한다."

"생체 개조요?"

"특수 장비를 사용하려면 생체 개조를 받아야 한다고 하더군."

"아무리 그렇다고 해도 이건……."

"아직 불리한 것은 아니다. 언제나 역전의 기회는 있는 법이니까."

"좋아, 한번 해보자고!"

크리스의 말에 테리가 팀원들에 외쳤다.

"특수 장비가 대수라고! 한번 해보자고!"

"좋아!"

팀원들도 질 수 없다는 듯 테리의 외침에 화답했다. 자신들의 능력이 결코 브라보 팀에 못지않다는 것을 보여줄 생각이었다.

'재미있군.'

스텔스 기능과 투명화 기능을 동시에 가동한 채 찰리 팀원의 모습을 바라보고 있는 맥글레인의 입가에 조소가 맺혔다.

전이라면 모를까, 기갑슈트를 착용하고 있는 지금, 정규 인원수대로 편성이 된 찰리 팀이라 할지라도 브라보 팀 한 명이면 충분했기 때문이다.

이번 테스트도 명목은 새로운 브라보 팀을 꾸민다고 되어 있었지만, 사실 자신이 입고 있는 기갑슈트의 테스트 성격이 짙었다.

—팀장, 저 정도면 브라보 팀원으로 받아들여도 괜찮을 것 같은데, 팀장 생각은 어때요.

근처에 은신해 있던 게링이 통신기를 이용해 맥글레인에게 물었다.

기갑슈트를 운용하고 있는 자신들을 상대해 이만큼 버텼다는 것은 충분히 브라보 팀이 될 수 있는 실력이라는 판단이 들었기 때문이다.

'마지막으로 무력을 확인한 후에 본부로 보내도록 한다. 탈락한 자들은 그대로 찰리 팀에 남게 하고 지원을 맡기는 것이

좋을 것 같다는 보고도 올려라.'

'알겠습니다.'

'지금부터 십 분 후에 공격을 개시한다. 근접전을 통해 기갑슈트의 싱크로율과 활용도를 최대한 높이도록 노력해라.'

이미 적수가 될 수 없기에 맥글레인은 수하들에게 기갑슈트의 활용법을 숙달하도록 지시했다.

타격 지점은 폐광이 되어버린 은광이었다. 다른 은광은 관광지로 사람들이 몰리는 곳이었지만 오늘 찰리 팀이 이동 경로로 택한 곳은 워낙 소규모 은광으로 잘 알려지지 않은 곳이었다.

전술에 있어 탁월한 능력을 발휘하는 크리스가 아마도 은광을 대전 장소로 삼은 것이 분명했다.

개활지나 이런 사막 지역에서 스텔스와 투명화 기능이 있는 기갑슈트는 무적이었다.

하지만 지형지물이 있는 은광이라면 이야기는 달랐다. 행동 반경이 좁을 수밖에 없기에 기갑슈트의 기능 중 하나인 순간 가속이 어려웠기 때문이다.

이미 크리스의 전술을 눈치챈 맥글레인은 근접전을 택했다. 그동안 치고 빠지는 작전으로 찰리 팀원들을 하나하나 줄여왔다면 이번에는 전면적인 근접전을 통해 테스트를 끝내고자 했던 것이다.

'왔다!'

은광에 도착한 후 팀원을 분산, 매복시킨 크리스는 브라보 팀이 왔음을 알렸다. 모습은 보이지 않지만 그의 본능적인 감각이 누군가 은광 근처로 진입하고 있다는 것을 알려왔기 때문이다.

'눈에 보이지 않지만 자신의 감각을 믿어라. 단 일격이다. 놈들이 근접전을 택한 것 같으니 자신의 감각을 믿고 검을 휘둘러라.'

이번 전투는 무성 무기를 택했다. 총소리가 나서 자신들에게 유리할 것이 없기 때문이다.

수하들에게 지시를 내린 크리스는 조용히 숨을 가라앉히며 심박 수를 줄여 나갔다. 찰리 팀을 가르친 밀교의 승려로부터 배운 호흡법이 그의 몸을 무생물로 만들어갔다.

'대단하군. 순식간에 사라지다니…….'

적외선 스코프에 나타나 있던 찰리 팀원의 모습이 사라지자 맥글레인은 놀라지 않을 수 없었다.

사막 지형이라 온도가 높아 체온을 어느 정도 떨어뜨리면 적외선으로는 감지가 되지 않는다고 하지만 체온과 지형의 온도 차이가 거의 6도가 넘었다.

그런데 천천히도 아니고 자신이 접근하는 순간 곧바로 체온을 떨어뜨리고 감지 범위에서 사라져 버린 것이다.

찰리 팀원 대부분이 일정 수준의 능력을 보유하고 있다고 알고 있었는데 이 정도면 능력자의 범주에 속하는 능력이었다.

'적외선 스코프에서 타깃들이 사라졌나?'
'그런 것 같습니다. 대단하군요, 팀장님.'

은광의 전체 상황을 감시하고 있던 게링이 놀랍다는 목소리로 통신을 보내왔다.

'그럼 공격하기를 기다렸다가 반격하는 것이 낫겠군. 모두 그렇게 알고 대비해라.'

기습을 역이용하라는 지시가 맥글레인에게서 떨어지자 브라보 팀원들은 기갑슈트의 모드를 방어로 바꾸고는 자신이 타깃으로 삼고 있는 찰리 팀의 팀원들을 찾아 나섰다.

휘이익!

픽!

크리스는 측면으로 다가드는 기운을 느끼고 검을 휘둘렀다. 손가락을 끼워 손잡이를 잡도록 만든 검에 충격이 느껴졌다.

'됐다.'

티타늄으로 만든 몸체에 다이아몬드 코팅이 되어 있는 검이었다. 상대가 타격을 입었다고 생각한 크리스는 물러나는 기운을 향해 다시 검을 휘둘렀다

스으윽!

다시금 무엇인가 갈라지는 듯한 느낌이 검신에서 전해졌다.

하지만 보통 사람 같으면 무력해지거나 숨이 끊어져도 이상할 것이 없는 공격임에도 브라보 팀원으로 보이는 보이지 않

는 신형은 아직도 움직이고 있었다.

파파팟!

물러나는 적을 향해 크리스는 전면으로 덤벼들었다. 적과 자신의 거리를 최대한 좁힌 일직선을 공격 루트로 택한 것이다.

탁!

"큭!"

목 언저리에 충격을 느낀 크리스가 신음을 토해냈다. 그의 목울대가 맥글레인의 손아귀에 잡힌 것이다.

"많이 늘었구나, 크리스. 하지만 아직 멀었다."

"맥글레인! 어, 어떻게?"

자신이 공격하던 자가 맥글레인이라는 것도 놀라웠지만, 목소리로 봐서는 아무런 타격도 입지 않은 것 같기에 크리스는 의아하지 않을 수 없었다.

"후후후, 앞으로 너도 나와 움직일 것이다. 하지만 그 순간까지 잠을 좀 자두어라."

퍽!

뒷목에 느껴지는 충격과 함께 크리스는 정신이 아득해져 옴을 느꼈다.

털썩!

크리스가 바닥으로 쓰러지고 맥글레인의 모습이 현장에 나타났다. 투명화 기능을 해제한 것이다.

맥글레인은 검은색으로 된 옷을 입고 있었는데, 그것이 바로 네오클래스에서 새로 개발한 기갑슈트였다.

크리스의 공격이 상당했던 듯 그가 입고 있는 기갑슈트에는 칼로 베인 자국들이 있었다.

"조금만 더 깊었으면 기갑슈트를 뚫었을 수도 있겠군. 후후, 그래 봐야 소용이 없었겠지만. 복원!"

맥글레인이 명령하자 기갑슈트가 스스로 복구 작업을 진행했다. 칼로 베인 자국들이 순식간에 사라지며 원 상태로 회복했다.

크리스의 공격은 어느 정도 성공했지만 바위도 베어버릴 수 있는 그의 공격은 기갑슈트의 외부 장갑만을 벨 수 있을 뿐이었다.

설사 외부 장갑을 뚫었다고 하더라도 생체와 결합한 내부 장갑이 있었다.

내부 장갑은 외부와는 달리 충격이 가해지는 순간 즉각적인 복구가 이루어져 큰 타격을 입힐 수 없었기에 크리스의 공격은 무모한 것이나 다름없었다.

마지막 테스트가 끝났기에 맥글레인은 크리스를 어깨에 들쳐 메었다.

맥글레인이 움직이기 시작하자 브라보 팀원들도 제압한 찰리 팀원들을 업고는 속속 합류했다.

"실력들은 어떻던가?"

"기갑슈트가 아니었다면 우리가 당했을 수도 있습니다."

맥글레인의 질문에 게링이 대답했다.

"크리스가 그동안 잘 가르쳐 온 모양이로군."

"그런 것 같습니다. 그런데 곧장 본부로 향하는 겁니까?"

"이들도 새롭게 창설될 오메가 팀에 합류할 것이니 본부로 가야겠지. 조금 있으면 헬기가 올 거다."

"그럼 총 열 명이 되겠군요. 알파 팀은 어떻게 되는 겁니까?"

어떤 전력을 가지고 있는지, 누가 팀원인지조차 비밀로 가려져 있지만 이글라인 중 최강의 전력은 누가 뭐라고 해도 알파 팀이었다.

브라보 팀원들도 이전까지는 몰랐지만 작전 실패 후 새롭게 거듭나기 위해서 본부로 들어간 후 알파 팀의 비밀 중 하나를 알 수 있었다. 모두가 능력자들로 구성되어 초인적인 힘을 가진 자들이라는 것이다.

그런 그들이 자신들과 같이 생체 융합형 기갑슈트를 얻게 된다면 가히 무적이라고 할 수 있을 것이기에 묻지 않을 수 없었던 것이다.

'폐기처분될까 두려운 모양이로구나. 쓸데없는 걱정은 전력만 떨어뜨릴 뿐이니 어느 정도 설명을 해주는 것이 나을 것 같다.'

게링은 물론 팀원들도 알파 팀원들이 새로 창설될 오메가 팀에 들어오게 된다면 자신들의 입지가 줄어드는 것을 염려하고 있는 것으로 보였다. 맥글레인은 팀원들의 심정을 알기에 설명을 해주기로 했다.

"알파 팀과 오메가 팀은 별도로 운영할 방침이라고 하니 염려할 필요는 없다. 그리고 잘은 모르지만 알파 팀은 우리와는 다른 형태의 기갑슈트를 지급받을 것이라는 소리를 들었다. 우리와는 체질적으로 다른 자들이니까. 하지만 우리가 지급받은 것도 기능은 그다지 차이가 나지 않는다고 했으니 알파 팀에 뒤질 이유는 없다. 우리가 이제부터 맡게 될 임무도 전과 그리 다르지 않을 것이고."

맥글레인은 장비의 수준도 비슷하고, 별도로 운영될 것이기에 문제가 없음을 알려주었다.

"알겠습니다. 팀장님 말씀대로라면 우리가 그들 휘하로 들어갈 염려는 없겠군요."

"후후, 나도 인간 같지 않은 그들의 수하가 되고 싶은 마음은 전혀 없다. 우리가 비록 살인 무기로 키워졌다고 해도 근본은 인간이니까."

보통 사람이 가지지 못한 특별한 능력 때문인지, 아니면 훈련을 그렇게 받아서인지 알파 팀에 속한 자들은 피에 미친 자들이었다. 광기에 휩싸이면 동료조차 돌아보지 않는 자들이었기에 맥글레인도 그들과 합류하고 싶은 생각은 눈곱만큼도 없었다.

브라보 팀원들도 맥글레인과 같은 심정인지 고개를 끄덕였다.

"헬기가 오는 것 같군."

소리조차 들리지 않지만 헬기가 오는 것을 느낀 듯 맥글레인이 서쪽 하늘을 바라보았다.

"준비를 해야겠군요."

"탈락한 자들은 이미 이송됐을 테니 이들만 데리고 간다. 본부에 들어가기 전에 의식을 차리게 하고 상황 정도는 설명해 줘라. 특히 알파 팀에 대해서는 충분한 설명이 필요할 거다."

"알겠습니다."

자신도 알파 팀의 실체를 알고 나서 엄청난 충격을 받았기에 대답하는 게링의 안색이 굳어졌다.

타타타타!

잠시 뒤, 탑승 준비를 서두르는 브라보 팀의 상공으로 헬기가 나타났다. 훈련을 마친 이글라인 요원들을 수송하기 위한 헬기였다.

*　　　*　　　*

타타타타!

타이너가 타고 있는 헬기가 사막 상공을 가로질렀다.

비행 금지 구역으로 지정된 곳이지만 타이너가 타고 있는 헬기는 개의치 않았다.

사막을 횡단하던 헬기가 서서히 기체를 하강시켰다. 활주로가 보이고, 근처에 헬기 착륙장이 나타났다.

헬기가 서서히 지상에 닿기 시작하자 착륙장을 중심으로 보안 요원으로 보이는 이들이 곳곳에서 나타났다. 미국의 국가 최고 기밀 지역인 에어리어51을 지키는 보안 요원들이었다.

에어리어51은 기밀 지역이기는 했지만 세상에는 상당히 많이 알려진 곳이다.

추락한 외계인을 연구하는 시설이라거나, 최첨단 비행체를 연구하는 시설이라는 소문이 끊임없이 나돌며 세간에 관심을 끌고 있는 지역이었다.

워낙 비밀이 많은 곳이라 급기야는 연구팀을 꾸려 연구하는 사람들까지 생겨날 정도로 유명한 곳이기도 했다.

이토록 세상에 이름이 알려진 곳이기는 했지만, 만들어진 지 50여 년이 넘는 동안 에어리어51의 미스터리를 푼 자는 아무도 없었다.

국회 차원의 진상 조사도 여러 번 있었으나 어찌 된 일인지 진실한 정체가 밝혀진 적이 한 번도 없는, 그야말로 불가해한 곳이었다

이토록 끊임없는 논란의 대상이 되어왔던 에어리어51의 중심부에 도착한 타이너는 보안 요원들의 안내를 받으며 근처 격납고로 보이는 건물에 들어섰다.

'언제나 오는 곳이지만 삭막하기 그지없군.'

매번 오는 곳이지만 비밀 무기 연구 센터와 함께 특수전 요원을 양성하는 곳이어서 그런지 무척이나 경직된 곳이었다.

격납고 안으로 들어서자 사방이 커다란 검은 천으로 둘러싸인 구조물이 눈에 들어왔다.

보안 요원들은 구조물을 중심으로 빙 둘러서며 타이너를 지

켜보기 시작했다.

보안 요원들이 제자리를 잡자 타이너는 천을 들추고 안으로 들어갔다.

장막처럼 쳐진 천의 안쪽에는 검은색 금속 같은 것으로 만들어진 피라미드 형태의 구조물이 놓여 있었다.

높이는 대략 10여 미터에 사방이 그와 같은 길이로 된 사면체의 피라미드 구조물이었다.

피라미드 구조물 앞에 선 타이너가 손을 들었다. 그의 오른손 중지에는 피라미드와 같은 형태의 장식이 달린 반지가 끼워져 있었다.

타이너는 천천히 피라미드를 향해 주먹을 내밀었다.

치지지직!

손가락에 낀 반지와 피라미드가 가까워지자 두 물체 사이에서 방전이 일어나기 시작했다. 정전기가 이는 것처럼 푸른색의 뇌전이 반지와 피라미드 사이를 오가더니 급기야 피라미드에서 검은색의 안개가 흘러나오기 시작했다.

검은색의 안개는 사방에 가려진 장막을 넘지 않았다. 장막 안쪽을 중심으로 타이너와 피라미드를 감싸 안았다.

검은 안개는 점점 짙어지기 시작했고, 타이너의 모습은 자취를 감추었다.

팟!

한 치 앞도 볼 수 없는 검은 안개로 감싸였던 공간이 일순 환해졌다. 빛과 함께 검은 안개는 사라지고 장막 안에는 피라미드만이 남아 있었다. 타이너가 사라져 버린 것이다.

"우욱!"

공간을 건너뛰어 비밀의 장소에 도착한 타이너는 울렁거리는 속을 달래지 못해 헛구역질을 했다. 공간을 여는 문을 이용해 이동해 온 탓인지 몸이 적응을 못한 것이다.

타이너가 도착한 공간은 커다란 협곡 안이었다. 타이너가 서 있는 자리 옆에는 에어리어51의 격납고 안에 잇던 피라미드와 같은 형태의 구조물이 서 있었다.

'크, 마중을 나왔군.'

헛구역질을 하며 주변을 살피던 타이너는 누군가가 자신에게 다가오고 있는 것을 볼 수 있었다.

네오클래스의 근거지라고 할 수 있는 공간을 안내할 사자가 찾아오고 있었던 것이다.

"의장님을 뵈러 온 것이냐?"

"그렇습니다."

외부에서 활동하는 자 중 서열이 두 번째로 높지만, 네오클래스에서의 서열은 말단이나 다름없기에 타이너는 사자의 말에 공손히 대답했다.

"따라오너라."

검은 로브로 온몸을 둘러쓴 사자는 타이너를 이끌고 협곡을 따라 걸었다.

평소 태도와는 달리 타이너는 조심스럽게 그의 뒤를 따랐다.

협곡을 따라 걷던 타이너는 협곡이 끝나는 지점에서 거대한 사원을 볼 수 있었다. 협곡은 막혀 있었는데 막힌 부분의 절벽을 뚫고 만들어진 사원이었다.

"참관자를 붙여줄 테니 의장님과의 면담이 끝나면 나에게 오너라."

타이너를 사원 앞까지 안내해 온 제일사자는 쌀쌀히 한마디를 던지고는 이내 사원의 정문 옆에 뚫린 조그만 동굴을 통해 사라졌다. 이제부터는 타이너 혼자 사원으로 들어가라는 이야기였다.

"후우!"

타이너가 참았던 숨을 내쉬었다.

제일사자이자 자신의 가장 든든한 후원자인 타론이 어떤 연유에서 노한 것인지는 모르지만 타론이 사라지자 압박감도 사라진 후라 긴장이 풀린 탓이었다.

'타론님께서 어찌 이리 진노하시는지는 모르지만 일단 의장님부터 만나 뵙고 난 뒤에 알아봐야 겠구나.'

타론이 사라진 동굴을 바라보던 타이너는 사원의 정문으로 시선을 돌렸다. 지금 가장 시급한 것은 의장을 만나는 것이기 때문이다.

타이너는 천천히 걸어 계단을 올라갔다. 계단 안으로 들어서자 사원 안에는 휑하니 아무도 없었다.

'피에 미친 새끼들은 없는 것 같군.'

사원 안쪽으로 걸어 들어와 주변을 살핀 타이너는 자신이 가장 두려워하는 존재들이 사원에 없는 것을 알 수 있었다.

자신이 두려워해야 할 존재들이 있다면 반드시 맡아지던 혈향이 없었던 것이다.

‘으스스하군.’

거대한 기둥이 도열하듯 줄지어 서 있는 사원 안은 횃불이 어둠을 밝히고 있었다. 사원의 웅장함과 고요함이 전해주는 기분 탓인지 타이너는 기분이 그리 좋지 않았다.

“왔느냐?”

타이너가 사원의 중심부에 위치해 있는 제단으로 다가서자 울리는 듯한 목소리가 들려왔다. 네오클래스의 절대 권력자인 의장의 목소리였다.

“위대한 빛의 종 타이너가 의장님께 인사드립니다.”

타이너는 한쪽 무릎을 꿇으며 목소리가 들려온 방향을 향해 고개를 숙였다.

“그래, 꽤나 고생하고 있다는 이야기는 들었다. 상당한 성과를 얻었다고 하던데, 수고했다.”

따뜻함이 실린 목소리가 타이너의 귓가에 들려왔다.

모습은 보이지 않고 목소리만 들려옴에도 타이너는 늘 겪어온 듯 감사의 인사를 했다.

“감사합니다.”

“약간의 문제가 생겼다고 하던데, 제일사자에게 이야기를 해놓았으니 조치를 해줄 것이다.”

“오면서 제일사자님께 들었습니다.”

"제일사자가 걱정이 됐나 보구나. 알아서 처리할 터인데. 하하하!"

괜한 우려라는 듯 의장의 웃음소리가 사원 안을 울렸다.

"그러신 것 같습니다. 앞으로도 염려하시지 않도록 마무리를 철저히 하도록 하겠습니다."

"그래, 그동안 잘해왔으니 실수하지 않을 것이라고 믿는다. 그만 가보도록 해라."

보고를 다 받은 듯 의장은 타이너를 돌려보내려 했다.

"알겠습니다, 의장님."

"아, 잠깐!"

의장은 인사를 하고 돌아가려는 타이너를 불러 세웠다.

"그리고 어려운 일이 있으면 날 찾아오도록 해라. 공을 세웠으니 그만한 보답을 줄 것이다."

어쩐 일인지 다른 때와는 달리 의장은 자신이 타이너에게 호의가 있음을 내비쳤다.

"고맙습니다."

의장의 호의가 자신의 출세를 보장하는 것이었기에 타이너는 안면에 미소를 띤 채 의장을 향해 인사를 한 후 사원을 나섰다.

"괜찮은 기분이군. 의장님께서 나를 인정해 주다니. 그럼 이제는 타론님을 만나 뵈러 가야겠구나."

의장의 관심에 흥분이 되는 듯 타이너는 들뜬 목소리로 혼잣말을 중얼거리며 사원을 나섰다.

하지만 타론이 사라진 동굴을 향해 바삐 발걸음을 놀리는 타이너의 눈동자는 차갑게 가라앉아 있었다.

*   *   *

붉은색의 암굴!
피처럼 붉은 암석이 사방을 둘러싼 암굴 속에는 타론이 서
성거리고 있었다. 뭔가 고민하는 표정이 역력한 그의 눈가에
는 가끔은 노기가, 그리고 또 가끔은 당혹스러움이 스쳐 지나
가고 있었다.
저벅! 저벅!
누군가 다가오는 소리가 들리자 타론은 서성거림을 멈추고
는 입구를 바라보았다.
그가 기거하는 암굴에 나타난 이는 타이너였다.
"왔느냐?"
"예. 그리고……."
"잠시만 기다리도록 해라!"
무엇인가 이야기를 하려는 듯한 타이너를 기다리도록 한 타
론은 오른손을 휘둘렀다.
번쩍!
그의 손을 따라 붉은 광채가 사방으로 뻗어나가며 암벽에
부딪쳤다.
암벽에 부딪친 붉은 광채는 산산이 부서지며 속으로 스며들
었다.

타론의 손에서 뻗어 나온 붉은 빛이 작용한 듯 바닥은 물론 사방에서 붉은 광채를 흘리는 펜타그램이 솟아오르기 시작했다.

앞으로 나눌 이야기가 절대 외부로 새어나가서는 안 되기에 타론이 자신의 힘을 이용해 세상과 격리시키는 결계를 발동시킨 것이다.

"이제는 이야기해도 된다."

모든 것이 차단된 둘만의 공간을 만들어낸 타론이 타이너를 재촉했다.

"저에게 노여운 것이 있으신지요."

사원 앞에서 만났을 때와는 달리 압박감이 많이 없어지기는 했지만 평소와는 다른 타론의 모습에 조금은 불안한 타이너가 조심스럽게 물었다.

"어째서 나에게 먼저 이야기를 하지 않은 것이냐?"

다짜고짜 묻는 것이지만 타이너는 타론이 자신에게 질책하는 것이 무엇인지 알았다.

두영과 성준의 연구 결과에 대해 누구보다 먼저 자신에게 알리지 않았다는 것도 그렇지만 의장에게 보고한 것을 질책하고 있는 것이다.

"블랙워크와 관련된 사항이었습니다. 의장 쪽과 연결된 선이 있어 저도 어쩔 수가 없었습니다."

"제니언이란 놈 말이냐?"

의장 쪽과 관련된 일이라면 타이너로서도 어쩔 수 없는 일이라는 것을 알기에 표정이 풀어진 타이론이 물었다. 의장 쪽과 연결된 자라면 제니언 교수밖에는 없었기 때문이다.

"그렇습니다. 그가 의장 쪽 인물임을 알아차리지 못했다면 문제가 커질 수도 있었습니다, 스승님."

"으음! 마트암이 이미 손을 쓰고 있었다니……."

의장인 마트암이 자신도 모르게 손을 썼다는 생각에 타론은 진저리를 쳤다.

자신보다 언제나 한발 앞서는 마트암의 행보가 이번에도 또 이어졌기 때문이다.

"제니언이라는 자가 마트암과 심원의 맹약을 맺은 것 같더냐?"

심원의 맹약은 자신이 타이너와 맺은 맹약과 같은 것이었다. 스승과 제자의 관계를 설정하는 것으로 대대로 이어져 내려오는 절대의 힘을 계승할 자가 정해졌다는 것을 의미했다.

"제가 보기에는 아무래도 의장이 제니언과 맹약을 맺은 것 같습니다. 그리고 그쪽에서는 아직은 제가 스승님과 심원의 맹약을 맺은 사실을 모르고 있는 것 같습니다."

"그래?"

의아하다는 반응을 보이는 타론을 행해 타이너가 미소를 띠며 대답했다.

"후후후, 저에게 손을 내밀더군요."

타론의 얼굴이 굳어졌다. 타이너는 마트암이 속고 있다고 생각하고 있었지만 타론은 아닌 것 같았다.

"타이너, 아닐 것이다. 마트암은 나조차 속에 뭐가 들어 있는지 알 수가 없는 자다. 어쩌면 놈은 나와의 관계를 이미 눈치채고 있는지도 모른다."

"그럴 리가요?"

언제나 철저하게 자신을 관리하며 타론과의 관계를 숨겨온 타이너는 믿을 수 없다는 표정을 보였다.

그만큼 그동안 자신의 행적이 완벽하다 자신하고 있었던 것이다.

"지금까지 느껴온 것이지만 마트암은 정말이지 속을 알 수 없는 자다. 의장으로 있는 100여 년 동안 행적을 전혀 드러내지 않을 만큼 말이다."

"아직까지도 의장의 행적을 파악하지 못했다는 말씀이십니까?"

타이너가 알기로 의장을 추적해 온 시간이 상당했다.

스승인 타론의 능력으로 볼 때 의장의 행적을 아직까지 파악하지 못했다는 것은 문제가 있었다.

"그렇게 됐구나. 언제나 침묵의 사원에 있는 것으로 보이기는 한다. 그러나 아무도 모르게 수시로 자리를 비우고 있다는 것이 내 판단이다. 애석하게도 어떻게 그것이 가능한지조차 파악을 하지 못하고 있다."

"의장은 절대 침묵의 사원을 떠날 수 없는데 그 일이 가능하다면 조력자가 있지 않을까요?"

"그러니 더 문제다. 금제가 걸려 있음에도 자리를 비우는 것을 보면 마트암의 배후가 심상치 않다는 것을 뜻하니까. 앞으로 계속 지켜보기는 하겠지만 지금으로서는 마트암이 무엇을 하고 있는지 알아낸다는 보장은 없구나."

"어렵게 됐군요."

의장인 마트암이 무엇을 노리는지 알아내는 것이 중요했다.

하지만 스승인 타론 또한 금제가 걸려 있어 활동에 제약이 있는 터라 의장의 행적을 파악한다는 것이 쉽지가 않은 일이라는 것을 알기에 타이너는 침중한 안색으로 생각에 잠겼다.

"스승님, 제가 의장 쪽으로 들어가면 어떻습니까?"

"네가 말이냐?"

의장이 눈치를 채고 있을 것이라 판단하고 있던 타론이 물었다. 자칫 잘못하면 섶을 들고 불속으로 뛰어들어 가는 꼴이 될 것이기 때문이다.

"제게 생각이 있습니다. 잘하면 의장이 가지고 있는 목적을 알아낼 수도 있을 것 같습니다."

"네 뜻은 알겠지만 위험한 생각이다."

타론이 말리고 나섰다. 계승자를 함부로 위험에 노출시킬 수는 없는 노릇이었다.

"걱정하지 마십시오. 이번에 개입한 일을 통해 제니언을 이용한다면 충분히 알아낼 수 있을 겁니다."

"이글라인에서 시험하고 있는 것 말이냐?"

"그렇습니다. 의장의 관심이 지대합니다. 아마도 그자가 가지고 있는 목적을 위해서는 반드시 필요한 것 같으니 제니언을 이용한다면 반드시 알아낼 수 있을 것 같습니다."

"그렇기는 하지만……."

충분히 가능한 일이지만 타론은 말끝을 흐릴 수밖에 없었다. 마트암이 타이너에 대해 알고 있다면 역으로 이용당할 수도 있기 때문이었다.

화르르르!

타론의 불안을 불식시키려는 듯 타이너는 자신의 오른손을 들어 붉은 불꽃을 만들어냈다.

"드디어 마스터한 것이냐?"

적광이 번지는 불꽃을 본 타론은 제자이자 제일사자의 힘을 계승하게 될 타이너가 자신이 생각한 것보다 더 강력한 힘을 가지고 있다는 것을 알 수 있었다.

"그렇습니다, 스승님. 이제 적광을 넘어 백광에 도달하게 되면 아무리 의장이라고 해도 저를 어쩔 수 없을 것입니다."

"좋다, 네 뜻대로 하도록 해라. 그 정도 실력이면 문제는 없을 것이다."

"알겠습니다. 그런데 이번에 참관자로 파견할 자는 선정이 된 것입니까?"

"선정이 끝났다. 의장이 손을 썼는지 알파 팀에서 한 명 보내는 것으로 결정이 났다."

"알파 팀에서요?"

이글라인의 알파 팀은 피의 살육자라 불리는 이들이다. 타이너는 그들을 미친 새끼들이라 부르지만 실력만큼은 알아주는 자들이었다.

하지만 보통 사람들과는 다른 이능력을 가진 탓에 힘에 취해 인류와 도덕을 모두 잃어버리고 광기에 사로잡힌 자들이었다.

그들 중 하나가 참관자로 파견된다면 블랙워크의 행사를 참관하기보다는 스스로 나서 살육을 벌일 확률이 컸기에 의문이 아닐 수 없었다. 네오클래스에서 이런 어리석은 결정을 내릴 리가 없기 때문이다.

"아마도 이번에 네가 제공한 기술로 뭔가를 이룬 모양이다. 제어가 잘 되지 않는 자들을 의장이 나서서 보내려고 하는 것을 보면 말이다."

"한번 살펴봐야겠군요."

"그래야겠지."

"그럼 저는 이만 가보겠습니다. 참관할 놈을 인수해 가려면 시간이 없을 것 같으니 말입니다."

"그래라. 그리고 조심하도록 해라."

"걱정하지 마십시오."

타론의 염려 섞인 당부에 타이너는 자신있는 표정을 지어 보였다.

타이너의 표정을 보며 조금은 안도감이 든 타론이 손을 흔들었다. 펼쳐 놓았던 결계를 거둔 것이다.

'젊은 혈기도 좋기는 하지만 마트암을 상대하려면 신중에

신중을 기해도 모자랄 것이다. 타이너! 잘해주어야 할 텐데……'

암굴을 벗어나는 타이너를 보는 타론의 얼굴에 근심이 서렸다. 의장인 마트암을 직접 겪어본 그로서는 당연한 걱정이었다.

'부족의 안위를 위해서 만든 네오클래스가 어떤 방향으로 가고 있는지 아직도 모르고 있으니 큰일이로구나. 어떻게 해서든 침묵의 사원을 빠져나가 무엇을 하는지 알아야 한다.'

타론은 결심을 굳혔다. 자신의 금제를 파하는 한이 있더라도 의장인 마트암의 비밀을 파헤치기로 결심한 것이다.

이미 맹약이 실현되어 계승자인 타이너가 자신이 바라는 것보다 큰 성취를 이루고 있는 마당에 그로서는 더 이상 미룰 이유가 없었던 것이다.

*　　　*　　　*

타론의 거처인 암굴을 빠져나와 이글라인이 있는 곳으로 가고 있는 타이너를 보고 있는 자가 있었다.

이글라인의 극비 조직인 알파 팀원 중 하나인 바르디엘이었다. 선천적으로 빛의 굴절을 이용해 모습을 감출 수 있는 능력을 타고난 바르디엘은 타론을 감시하고 있는 임무를 맡고 있었던 것이다.

'타론이 거처에서 나와 이글라인으로 향하고 있습니다.'

타이너가 암굴에서 나오자 바르디엘은 지체없이 의장인 마트암에게 텔레파시로 보고를 했다.

'어떻더냐?'

'결계를 치고 대화를 나누어 무슨 이야기가 오갔는지 자세히는 모르겠지만, 아마도 의장님의 생각이 맞는 것 같습니다.'

'그렇겠지. 타론이 가만히 있지는 않을 테니까.'

'계속 감시하도록 할까요?'

'그렇게 하도록 해라. 타이너는 너희 못지않은 능력자니까 조심하도록 하고.'

'알겠습니다.'

바르디엘은 보고를 마치고 텔레파시를 끊었다. 이글라인으로 향하는 타이너를 마중하기 위해서는 먼저 가야 했기에 발걸음을 서둘렀다.

그가 간 곳은 엉뚱하게도 이글라인까지 통하는 통로가 아니라 사원 옆으로 길게 늘어선 절벽이었다.

'열어라!'

바르디엘은 자신만이 가진 특수한 파장을 이용해 벽 너머로 텔레파시를 보냈다.

벽이 갈라지며 통로가 나타났다. 타이너는 제일사자의 능력을 이어받은 자라 기감이 예민했다.

자신이 아무리 몸을 감추는 능력을 타고났다고 해도 들킬 염려가 있었기에 바르디엘은 비밀 통로를 이용해 이글라인으로 향한 것이다.

이글라인의 본부에 도착한 바르디엘은 서둘러 타이너를 마중 나갔다.

지하에 만들어진 이글라인의 본부는 3층으로 이루어진 석탑 같은 건물이었는데, 피라미드를 거꾸로 땅속에 박아놓은 듯한 형태를 취하고 있었다.

밑으로 갈수록 층수가 높아지는 형태였는데, 타이너가 도착한 곳은 그중 제일 많은 면적을 차지하는 1층이었다.

이글라인에 도착한 타이너는 2층으로 내려가기 위해 대기하고 있는 맥글레인 일행을 볼 수 있었다.

'음! 브라보 팀이 작전에 실패하고 새롭게 합류했다고 하더니 이번에 찰리 팀까지 합류시킬 모양이로군. 실험이 성공한 것인가?

언뜻 살펴본 인원 중에 찰리 팀의 팀장과 팀원이 눈에 보였다.

생체기갑슈트!

일명 키메라슈트의 테스트 대상으로 선정된 브라보 팀 말고도 찰리 팀의 핵심멤버들이 기절한 상태로 있는 것을 보고 타이너는 어렵지 않게 실험이 성공했음을 짐작할 수 있었다. 2층으로 내려가는 입구에서 누군가 나타났다.

대기하고 있는 브라보 팀을 마중하기 위해 나온 자였다. 타이너도 잘 아는 자로 알파 팀에서 유일하게 이성이 제대로 박힌 바르디엘이었다.

바르디엘은 항상 모호한 표정을 짓고 있는 것으로 유명한 자로, 알파 팀에서 유일하게 대외적으로 알려진 인물이었다.

바르디엘은 브라보 팀에게 몇 가지 지시를 하더니 곧장 타이너에게 다가왔다.

"실험이 성공했나 보군."

"아주 양호한 편입니다. 모두 다 타이너님께서 전해주신 것들 덕분입니다."

바르디엘은 공손한 어조로 타이너에게 대답했다. 알파 팀은 네오클래스가 가진 무력 중 핵심 전력이기는 하지만 서열상 타이너보다는 밑에 있는 까닭이었다.

"참관할 자는?"

"대기 중입니다."

"곧장 데리고 갈 테니 불러오도록!"

"이왕이면 오신 김에 구경 좀 해보시죠."

뜻밖의 제의였다. 타이너라도 1층 이상 들어올 수 없도록 되어 있었기 때문이다.

"보안 규정상 내가 내려갈 수 없다는 것을 모르나?"

"하하하, 걱정하지 마십시오. 의장님께서 하락하신 일이니 말입니다."

"의장님이?"

제니언으로부터 얻은 결과들을 보고하면서 몇 번 참관 의사를 내비치기는 했지만 보안을 이유로 거절당했었다.

내심 포기하고 마틴 측에서 만들어지고 있을 것으로 추정되는 기갑슈트 제조비법을 얻으려고 생각했는데 뜻밖에 의장의 허락이 떨어진 것이 의문이 아닐 수 없었다.

"이번 성공은 모두 타이너님의 공이라며 결과물들이 어떤지 참관하셔도 좋다는 허락이 떨어졌습니다."

"그런가? 의장님께서 허락해 주셨다니 고마운 일이로군."

어찌 되었든지 자신의 입장에서는 잘된 일이었기에 의도가 의심스러웠지만 타이너는 일단 의장에 대한 고마운 마음을 표시했다.

"그럼 가시죠."

바르디엘은 조심이 앞장서며 타이너를 안내했다.

'어떤 의도로 이런 혜택을 베푸는 것인지 모르지만 확인해 보고 싶은 마음도 없지 않아 있었으니 한번 보기로 하자.'

타이너는 바르디엘을 따랐다.

지하로 내려가는 입구처럼 생긴 곳에 들어서자 바르디엘은 입구의 상층부에 시선을 주었다.

스르르!

입구 지체기 천천히 아래로 내려가기 시작했다.

'텔레파시를 이용해 작동시키는 것이로군. 그 옛날에 이런 것을 만들 수 있었다니 정말 놀라운 일이다.'

어찌 보면 그냥 평범한 엘리베이터일 수도 있었다. 하지만 단순하게 볼 수 있는 것이 아니었다.

2층으로 내려가는 엘리베이터는 전기가 아니라 순전히 기관의 힘으로 움직이는 것이었다.

기관을 이용해 만들어진 것이라면 소음도 날 만한 일이지만 소음 하나 없이 미끄러지듯 내려가고 있었다. 현대의 엘리베이터라 해도 이토록 부드럽게 움직일 수는 없을 터였다.

정말 놀라운 것은 이런 시설이 만들어진 시기였다. 지하에 마련된 3층 석탑은 근래도 아니고 기원전에 만들어진 건물이라는 것이었다.

그 시절에 이런 장치가 만들어질 수 있다는 것이 믿어지지 않을 정도로 아주 정교한 건물이었다. 한마디로 불가사의라고 밖에는 할 수 없었다.

침묵의 사원, 사자의 터널과 함께 네오클래스 내에서 삼대 불가사의라고 불리는 피의 탑이 바로 이글라인의 본부인 석탑이었다.

"음!"

2층으로 내려오자 코끝을 찌르는 혈향으로 인해 타이너의 얼굴이 찌그러졌다.

대기 중에 머물고 있는 피 냄새가 그의 역겨움을 자극하고 있었다. 마치 피안개가 뿌려진 듯한 붉은 조명도 한몫을 했다.

"이쪽으로 가시죠."

타이너의 찡그린 표정을 보면서 묘한 미소를 짓던 바르디엘이 앞장서 나갔다.

'마치 대기 중에 피를 뿌려놓은 듯하구나.'

바르디엘을 따라갈수록 진해지는 혈향에 타이너는 실험이 진행되고 있는 중심부로 가고 있다는 것을 알 수 있었다.

"끄아아악!"

얼마쯤 걸어갔을 때 모골이 송연한 비명이 통로 안을 울렸다. 누군가 고통에 못 이겨 내지르는 비명이었다.

"실험 재료로 쓰일 제물이 발악을 하는 모양이로군요. 보통은 사일런스 마법을 사용하는데 잊어버린 모양입니다."

"그랬나? 주의력이 부족한 자로군."

"죄송합니다. 조치하도록 하지요."

자신의 핀잔에 고개를 숙이며 대답했지만 타이너는 바르디엘의 눈동자에 스쳐 지나가는 광기를 놓치지 않았다.

'뻔한 수작에 죄도 없는 놈 하나가 죽겠군. 어차피 내가 상관할 일은 아니지만 말이야.'

기를 죽이기 위해 일부러 비명 소리가 들리도록 했을 것이다. 자신의 핀잔으로 인해 실험에 참여하고 있는 마법사 하나가 생목숨을 잃겠지만 어차피 서로 간을 보는 것이기에 타이너는 상관하지 않았다.

바르디엘이 앞파 팀원 중에 그나마 이성이 박힌 놈이라고 해도 피에 미친 자들 중에 하나라는 것은 분명했던 것이다.

바르디엘이 다시 앞장서기 시작했다. 조금 지나자 광장 같은 거대한 공동이 나타났다. 실험이 진행되고 있는 장소였다.

광장 안은 기괴하기 그지없었다. 완전한 붉은 조명에 피에 전 듯한 공기가 전역에 퍼져 있었다.

　공동에는 수십 개의 철창이 있었다. 붉은 조명을 받아 요요하게 빛나는 은백색의 철창 안에는 발가벗은 사람들이 한 명씩 들어 있었다.

　갇혀 있는 사람들은 전부 여자였다. 금발의 백인에서부터 검은 광택이 흐르는 피부를 가진 흑인, 찰랑거리는 흑발의 아시아인까지 매우 다양했다.

　하지만 갇혀 있는 여인들에게는 한 가지 공통점이 있었다. 몸은 다 자란 어른이지만 자세히 보면 아주 어려 보인다는 것이었다.

　갇혀 있는 여인들은 한결같이 고통과 공포에 젖은 듯한 표정들이었다. 그것은 중심부에서 흘러나오는 비명 소리와 광장 안을 가득 메운 혈향 때문인 것 같았다.

　철창 안의 여인들은 오래 머물지 않았다.

　길어야 열흘, 보통은 일주일 안에 어디론가 옮겨진다. 여인이 옮겨지고 난 뒤 얼마 뒤면 혈향이 더욱 짙어진다.

　갇혀 있는 여인들은 혈향이 짙어진 이유가 끌려간 여인의 죽음에서 비롯되었다는 것을 본능적으로 느끼고 있었기에 언제 자신의 차례가 될지 몰라 공포에 젖어 있는 것이다.

　철창이 놓여 있는 공간을 가로지른 바르디엘은 돌 벽으로 가려진 구조물 앞에 섰다.

　"이 안에서 키메라슈트가 만들어지고 있습니다."

　"피 냄새가 무척이나 짙군. 사람의 피가 필요한 것인가?"

　"들어가서 보시죠."

바르디엘이 안으로 들어가기를 권했다. 직접 보고 확인하라는 소리였다.

"알았네."

타이너는 별다른 대꾸 없이 안으로 들어섰다.

'제기랄……!'

안으로 들어선 타이너는 속으로 욕을 삼켰다. 차마 눈 뜨고 볼 수 없는 잔혹의 현장이 눈앞에 펼쳐져 있었다.

은빛으로 빛나는 십자가에 여인이 매달려 있었다. 그 옛날 예수처럼 손과 발에 검은색 대못이 박힌 것은 물론, 심장에도 대못이 박혀 피를 흘리고 있었다.

당장 죽어도 이상하지 않은 광경이었으나 십자가에 매달려 있는 여인은 고통에 겨워 신음만 내지를 뿐 숨이 끊어지지는 않았다.

삼각형을 이룬 채 서 있는 세 개의 십자가에 매달려 있는 여인은 모두 세 명이었다.

은빛의 십자가들은 흠뻑 피를 뒤집어쓰고 있었다.

좔좔좔!

여인의 몸에서 흘러나온 피는 은빛 십자가 위에서 요요하게 빛나며 아래로 흘러내렸다.

십자가의 아랫부분은 중앙에 있는 원형의 구조물을 향해 서로 연결되어 있었는데 흘러내린 피는 그 안으로 들어가고 있었다.

원형의 구체 주변에는 세 명의 마법사가 서 있었다. 사자들의 계승자와는 달리 네오클래스에서 자체적으로 운영하고 있는 마법전단에서 파견된 자들이었다.

마법사들은 여인들의 피가 흘러들고 있는 구체에 손을 얹고 마나를 불어넣고 있는 중이었다.

여인들의 피는 구체 안에서 새로운 형태로 재탄생하고 있었다. 타이너가 제공한 정보를 바탕으로 키메라슈트가 만들어지고 있었던 것이다.

"기술적인 문제는 마법으로 보완한 모양이로군."

"그렇습니다. 의장님께서 신경을 써주신 덕분에 마법전단의 마법사들이 도움을 주고 있습니다."

"그런데 저 여인들의 피만으로 가능한 일인가?"

피에 스며 있는 마나의 기운을 이용할 수는 있겠지만 그것만으로 기갑슈트를 만든다는 것은 불가능한 일이기에 타이너가 물었다.

"하하하, 그냥 피가 아닙니다. 저 여인들을 자세히 보십시오."

"특별한 여자들인가?"

"자세히 살펴보면 아시게 될 것입니다."

대답에 친절하지 않는 바르디엘을 한번 쳐다본 타이너는 십자가에 매달려 있는 여인들을 바라보았다.

"아아아악!"

"아악!"

"사, 살려줘요!"

비명을 지르고 있는 모습을 바라보던 타이너는 여인들이 보통 사람과는 다르다는 것을 발견할 수 있었다.

비명을 지르는 입 언저리로 드러난 뾰족한 송곳니가 그것이었다.

'서, 설마 뱀파이어라는 말인가?'

『타임 슬라이스』 5권에 계속…

무림은 그를 영웅이라 불렀고,
그는 자신을 소인이라 칭했다.

"사람이 가져야 할 것 중 가장 기본은 인의(人義). 자신이 정한 바
를 흔들림없이 나아가는
것이 바로 군자의 도(道)다."

얽히고설킨 그들의 인연에 의해 시간의 수레바퀴가 돌아가고,
숨죽였던 무림이 풍룡과 함께 웅대한 날개를 펼친다!!

검의 길을 걷길 원했지만, 태생적인 한계로
꿈을 접어야 했던 치유사 랑스.
그러나 결코 접을 수 없었던 지고(至高)의 꿈을 위해,
자신이 가진 모든 재능을 이용해 최강의 적과 맞서 싸운다!

총탄과 포탄과 마법이 난무하는 전장의 한복판을 지배하는 최강의 전력 기사!
그런 기사에 맞서기 위해, 랑스는 금지된 힘에 손을 대고야 마는데……

과학과 문명이 발달된 새로운 판타지의 전쟁!

THE PANDORA COMPANY

PANDORA

판도라

류승현 퓨전 판타지 소설

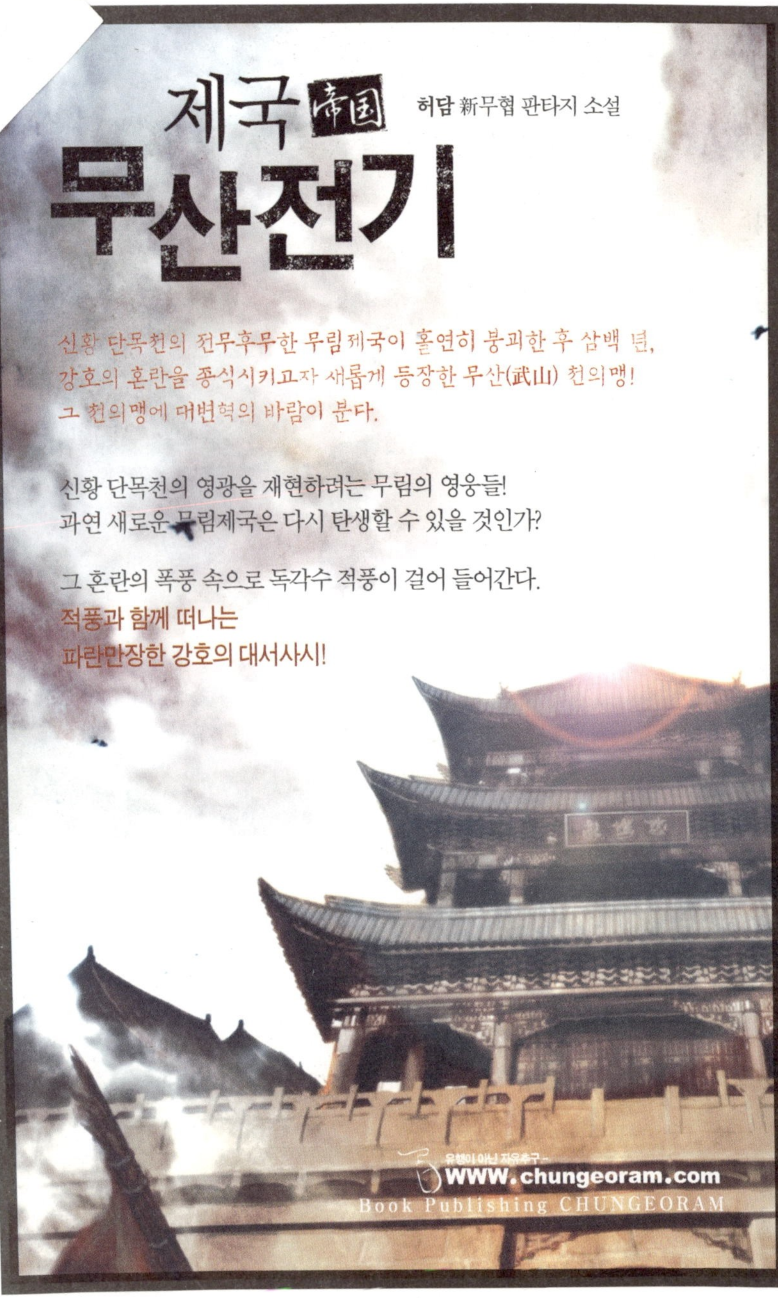

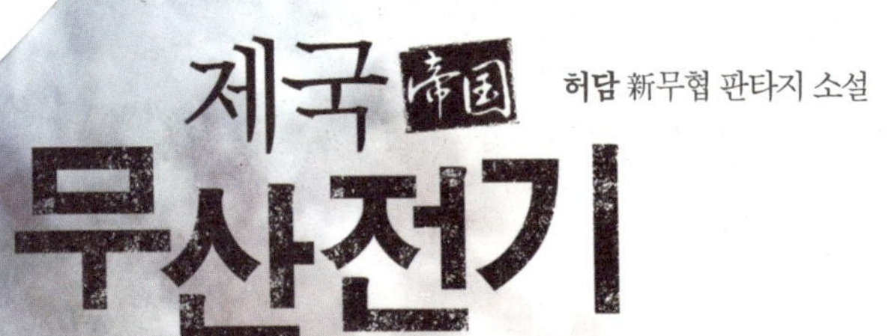

신황 단목천의 전무후무한 무림제국이 홀연히 붕괴한 후 삼백 년,
강호의 혼란을 종식시키고자 새롭게 등장한 무산(武山) 천의맹!
그 천의맹에 대변혁의 바람이 분다.

신황 단목천의 영광을 재현하려는 무림의 영웅들!
과연 새로운 무림제국은 다시 탄생할 수 있을 것인가?

그 혼란의 폭풍 속으로 독각수 적풍이 걸어 들어간다.
적풍과 함께 떠나는
파란만장한 강호의 대서사시!